七班阅读

悄悄遇他心 2

图样先森／著

图书在版编目（CIP）数据

悄悄遇他心 . 2 / 图样先森著 . -- 南京 : 江苏凤凰文艺出版社 , 2022.3
ISBN 978-7-5594-5347-1

Ⅰ . ①悄… Ⅱ . ①图… Ⅲ . ①言情小说 – 中国 – 当代
Ⅳ . ① I247.5

中国版本图书馆 CIP 数据核字 (2021) 第 252248 号

悄悄遇他心 . 2

图样先森 著

责任编辑 张 倩
出版统筹 曾英姿
特约编辑 黄 欢 胡 蓉
装帧设计 苏 荼
出版发行 江苏凤凰文艺出版社
南京市中央路 165 号，邮编： 210009
网 址 http://www.jswenyi.com
印 刷 长沙金鹰印务有限公司
开 本 880mm × 1230mm 1/32
印 张 9
字 数 258 千字
版 次 2022 年 3 月第 1 版
印 次 2022 年 3 月第 1 次印刷
书 号 ISBN 978-7-5594-5347-1
定 价 45.00 元

目录 CONTENTS

目录 CONTENTS

第一章
欺负你

纵使是坐在草坪上，沈渡仍未沾半点粉尘。

容榕嫩白的指尖扣在他的黑色骑士服上，鼻尖闻到了若有似无的香味。

I品牌独角兽，橙花的甜香混着天然绿草味，与眼前一望无际的草坪相辉映。

容榕见沈渡的眉头小幅度地皱起，不像是没摔疼的样子，于是又抬高声问了一句："真的吗？"

贵客摔了，几个看热闹的人都连忙朝这边走过来，沈渡心头微动，隐去嘴角差点没藏好的笑意。薄唇拉成一条平直的线，垂眸，细长的睫毛挡住了瞳孔中的那一抹狡黠。

沈渡的声音依旧好听，惜字如金："假的。"

"既然被你发现了那我就顺便装个可怜博取一下你的同情和好感"的招数，让一旁默默围观的徐北也嘴角一抽。

偏偏容榕这个直女中招了，眼中的担忧越来越明显："我扶你去那边休息吧？"

徐北也的嘴角轻扬，又恢复了往日最不着调的模样："你这么点力气哪儿能扶得动他啊？"

徐北也利落地蹲下身，一把抬起沈渡的胳膊：“来，沈总，我扶你。”

容榕迅速起身让位：“你说得对。”

沈渡淡淡地扫了徐北也一眼，对方回给他一个友善的微笑。

这时老爷子也赶了过来，忙询问沈渡有没有事。

徐北也摆手，抢先替沈渡回答了：“男人只要没摔到影响传宗接代，都是小伤，我扶他去那边坐着休息一下就好。”

容榕抿唇，稍稍移开脸。

老爷子瞪眼警告他：“你小子说话正经点！”

“我话糙理不糙啊。”

徐北也伸手在沈渡后背上豪迈一拍：“沈总，难道你受了重伤？”

意有所指。

沈渡面无表情：“没有，不劳徐律师扶我。”

“要不是沈总替我挡着，可能受伤的就是我了。”徐北也蹙眉，眼中的担忧快溢出来了，“沈总，你还能走吗？需要我背你吗？”

老爷子欣慰，这小子可算是说了一回人话。

“别勉强自己，你和北也这小子差不多高，他应该背得动。”

就连容榕都附和：“是啊。”

徐北也心里发笑，静待沈渡装不下去的激动时刻。

然后沈渡的眉头只皱了那么几秒钟，随即舒展开，冲着他轻笑：“那麻烦了。”

徐北也：“……”

沈渡这男的不但奸诈，还不要脸。

徐北也心里暗骂了两声，在所有人的催促下屈辱地半蹲下来。

原想着他和沈渡差不多高，背沈渡应该能行，结果沈渡看着瘦，也不知道脚上是不是捆了铁块，沉得不行，徐北也起势了好几回，另一条腿硬是没抬起来。

背上的人非常体贴，主动给他找台阶下：“是我高估徐律师了，还是不麻烦你了。”

徐北也觉得自己的男性尊严被按在地上狠狠摩擦了。

徐北也现在就想把沈渡的双脚捆起来挂在马鞍上，让马拖着沈渡绕着马场跑上二十几圈。

但是他不得不被残酷的现实磨得棱角尽失，扶着沈渡的胳膊带他去那边休息。

容榕在一旁小心翼翼地跟着，还时不时地询问沈渡有没有事。

徐北也心里不爽极了，语气发酸："我刚也摔了。"

容榕绝情得十分理所应当："你摔了没事。"

徐北也绷着下巴，忍住心中泪千行。青梅竹马打不过天降，这什么垃圾破定律。

接着，容榕的下一句话立刻让徐北也的心情轻盈起来。

容榕看着沈渡的尾椎骨，叹气："沈先生年纪大了，骨头经不起摔，这要是在我们的马场上受伤了，传出去对我们家的名声不好。"

沈渡："……"

徐北也醍醐灌顶："还是小榕子想得周到。"

最后徐北也陪沈渡在旁边坐着，马场让了出来，容榕兴奋地跑过去骑马了。

徐北也松了口气，语气十分轻敌："沈总，路漫漫其修远兮啊。"

沈渡："这句话还是送给徐律师自己吧。"

"小榕子讨厌我，哪是说掰就能掰回来的。"徐北也低头，自嘲地笑了两声，"她和她姐的关系搞得这么奇怪，说实话我确实有责任，但有时候又忍不住觉得可笑，难道我自己喜欢谁，还得看她们姐妹的面子？这又不是打官司，审判官规定我这颗心归谁，我就必须得恭恭敬敬地双手奉上。"

徐北也话虽说得不清不楚，但沈渡一颗玲珑心，略微想了一会儿也就明白了。

徐北也心里这话也憋了好久，如今好不容易吐出来，居然是在情敌面前，他别扭了半分钟，整个人以死猪不怕开水烫的态度松弛下来。

算了，总比烂在肚子里好。

徐北也见沈渡只是默默听着，又不说话，无奈道："您老人家倒是开口说两句话啊，不然我还以为自己对着一块木头倾诉呢。"

沈渡侧头看他："你想我说什么。"

"不知道，反正别板着张脸就行，我现在没跟你谈合同，我们算是平辈，别指望我还把你当上司。"徐北也单手撑在椅背上，跷着二郎腿，语气慵懒，"你怎么不问我为什么会喜欢小榕子？"

沈渡的薄唇微启："我比你清楚。"

徐北也愣了几秒，失笑："行吧，那你听不听？"

"我对青梅竹马的故事不感兴趣。"沈渡偏过头，脸上仍然没什么表情。

徐北也在法庭上无往不胜，全靠他能言善辩的一张嘴和敏锐的观察力，他能够迅速从对手的表情中观察到破绽。

他仰头，语气悠闲："其实我自己也不知道。"

青梅竹马之间，有的这辈子都难转变为男女之情，比如他和容青瓷。

从穿开裆裤就认识，那时候还没有一大堆辅导班和兴趣班压抑天性，上天入地，到处调皮捣蛋。

后来容青瓷被关在家里，他们见面的时间少之又少，徐北也记得有一次家里保姆临时有事出门，他又没带钥匙，只能先去容家待着，心不甘情不愿地坐在沙发上看电视。

忽然沙发陷下一角，他转头，秀丽的女孩盯着屏幕，耳根微红，能听出来尽力压抑着声音里的颤抖，问他怎么忽然来了。

他那时对感情这块也并非小白，愣了一会儿就懂了。

徐北也当时就觉得她是青春期荷尔蒙爆发，就跟他一样，看见漂亮女孩，总会忍不住停下来看看。心里非但不在意，还觉得好笑，都见过对方咬奶嘴的模样，怎么就能喜欢上呢。

后来有一次午休，他意外抓到了偷偷躲在教学楼下面吃零食的容榕。

徐北也玩心大起，一把抢过容榕手里的零食，让容榕追着他跑了好几百米。

他问容榕为什么要躲着吃零食，容榕只是揪着手指，小声说中午没吃饱，午休又不准吃东西，就只能偷溜出来吃了。

说完，容榕鼓着腮帮子，求他，让他别去跟老师告状。

那时正是盛夏，两个人站在树荫底下，容榕因为追着他跑了一会儿，嫩白的脸上起了一层薄汗，脸颊红彤彤的，又是有求于他，一双杏眸都在冒光，比洒在她脸上的日光还亮。

他闻到一阵香味，不知道是樟树香，还是她身上的香味。

在这个午休时间，他对她起了异样的心思。

原来青梅竹马之间也可以生出男女之情，这种动心无迹可寻，几乎是瞬间就能发生。

其实那会儿要去看五月天的演唱会，不是没人陪他去，是他不想跟别人去。

哪怕坐在宾馆门口被蚊子叮一整夜，徐北也仍觉得心里甜滋滋的。

后来，阿信在台上说“打电话给你们喜欢的人，我唱《温柔》给他听”，徐北也下意识地看向了身边的容榕。

不用打啊，就在身边。

这种心思最终还是很难藏住。

容青瓷向他告白后，他下意识地指向了躲在暗处的容榕。但好像，这两姐妹都很反对这个事实。

可这就是事实，既然大家都不接受，他索性就不承认好了。

这种拙劣的回避终于在那次视频会议上彻底败露。

他没法再装了。

不远处的容榕骑在马上，她和打小养大的那匹白马感情极好，配合默契。

只是几个口令，白马就抬起蹄，越过低栏，她的身形微动，落地后仍是背脊挺直，仰起头目视着前方，帽带扣着她精巧的下巴，将她那张脸衬得只有巴掌大小，那双杏眸里仍淌着星河。

两个男人默契地看着马场，谁也没打扰谁。

直到容青瓷戏谑的声音响起："女同志在马场上驰骋，你们两个大男人倒也好意思坐在这里偷懒。"

徐北也打着哈哈："我跟沈总在谈心呢。"

"情敌谈心，你们男人的胸襟真是好大哦。"容青瓷"哟"了一声，坐在他们中间，"介不介意多个异性旁听？"

徐北也起身，叫上沈渡："沈总，跟我来一场正式的，怎么样？"

沈渡轻笑："那当然最好。"

容青瓷挑眉，任由二人离开，只是在沈渡走过时，忽然轻声问了一句："我妹妹说她答应你的追求了，只是没那么明显，你知道吗？"

领先几步的徐北也催促道："沈总，还比不比啊？"

"等会儿。"沈渡敷衍地应了一声，低头看着容青瓷，"没那么明显？"

"我不知道有多不明显。"容青瓷耸肩，有些哭笑不得，"所以你真的不知道？"

沈渡双眼微眯，语气微沉："现在知道了。"

容青瓷双手抱胸看着沈渡："所以她回答了你什么？说出来，说不定我能帮你分析分析。"

沈渡顿了顿，声音清冷："喜不喜欢梅西？"

容青瓷："啊？"

沈渡微微点头："这就是她的回答。"

"什么意思？"

两个人都是一脸茫然。

徐北也等得不耐烦了，三两步走过来直接拽人："说什么要这么久，聊人生吗？"

容青瓷目光幽幽地看着徐北也，淡淡地问："你喜欢梅西吗？"

"你不知道我是C罗的脑残粉？"徐北也皱眉，"他宣布退役那天我还在朋友圈发了篇小论文，你没看见？屏蔽我了？"

容青瓷白眼一翻："问你还不如问百度。"

几分钟后，容青瓷扯着嘴角吐槽："电视剧害人啊。"

沈渡将手机还给容青瓷，接着不急不缓地看向马场上正笑得开心的容榕。

他的目光深沉，喉间微动，也不知道到底是什么想法。

总之正跟自家马开开心心亲昵的容榕忽然浑身一颤。

容榕看向休息区，发现只有容青瓷冲她招了招手，因为隔得有些远，她看不清她脸上的表情。

沈渡和徐北也正牵着马朝她走来。

容榕正站在障碍物起点，徐北也看到她挡着路，挥了挥手赶人："让个位。"

"你们要干什么？"容榕兴致盎然，低头看着两个男人，"比赛吗？"

徐北也："知道还问？"

容榕一拉马绳，立刻给两位男士让位，顺便还加了个油："加油。"

徐北也饶有兴趣地问她："你在给谁加油？我还是沈总？"

容榕下意识地看向沈渡。

沈渡根本就没打算回她眼神，侧着头给马顺毛，只留给她一个高冷的后脑勺。

容榕有些失落，喃喃道："给你们一起加油。"

徐北也很不满意这个回答："你这算什么，加油当然只能给一个人加啊。说吧，你更希望谁能赢？"

徐北也原本也只是顺口一问，但容榕这不明不白的语气让他更加在意胜负，哪怕待会儿输给了沈渡，起码"小榕子"是支持他的，输得不丢人。

面对徐北也循循善诱的语气，容榕仍瞥向那个后脑勺。

沈渡没表态。

她咬着唇，指着徐北也："小北哥哥，你加油。"

就算输了也无所谓的徐北也咧嘴笑了，得意地望向沈渡。

“不好意思了，沈总。”徐北也耸肩，有些无奈，“这第一局我就暂且拿下了。”

沈渡闻言终于转过头，目光冷淡：“恭喜。”

没得到加油鼓劲的本人好像全然不在乎，倒是“打气官”怒了。

她用鼻子哼气，高傲地带着马转身，头也不回地跑开了。

等坐回休息区时，容榕撑着下巴生闷气，想不通这男人到底哪里出了问题。

一瓶饮料忽然挡住了她的视线。

容榕抬头，容青瓷轻轻晃了晃手中的桃子酒，将冰凉的罐身贴在她的脸颊上：“喝吗？”

容榕接过桃子酒，有些奇怪：“马场怎么会有这个？”

“上次去国外的时候顺带一起买回来的。”容青瓷利落地打开罐口，将拉环戴在无名指上。

这是容青瓷从小到大的习惯，也是容榕的。

她们那时什么都不懂，学着电视剧里的结婚典礼片段，用拉环充当戒指，一个扮演新郎，一个扮演新娘。

容青瓷是姐姐，纵使很想当新娘，但还是无奈地把新娘的角色让给了妹妹，为她的头上盖上一层薄薄的白色头纱。

这是她们悄悄从自己的公主裙上剪下来的。

纵使现在她们的手上会戴一些装饰的戒指，但这个习惯始终没有改掉。

容青瓷抿了一口，含糊道：“你推荐我喝的，虽然有些甜了，但平时闲来无事喝喝还挺不错，就拿了些到马场来。”

容榕微微仰头，甜甜的桃子酒流过口腔，虽只有百分之三的酒精度数，喉咙处仍有些微烫。很快，满嘴都是桃子味。

圆润的粉色桃子正躺在罐身上，容榕用拇指捏了捏，抬手又喂了自己一大口。

“喝个饮料酒还喝出拼酒的架势。”容青瓷咬着罐口，声音落在罐子里，隐隐有些回音，“谁惹你了？”

容榕腹诽自己怎么就这么藏不住情绪，面上又不得不敷衍：“没有，就是很久没喝了。”

容青瓷拍拍容榕的肩膀：“那两个人怕是比不成了。”

“什么？”

容榕刚问出口，就知道答案了。

两个男人的马只顾谈恋爱，不理主人的黑脸。连马尾巴都恨不得交缠在一起，澄澈的马眼里只有对方。

周围的人都有些哭笑不得。

容榕只是笑了几声，又苦恼地垂下头。

春天来了，连马都恋爱了，沈渡还跟她置气。明明查个百度就能知道的答案，她怀疑沈渡就是个老年人。

把过错尽数推到别人身上的容榕矫情地委屈起来。

“徐北也缺根筋。”容青瓷向后一靠，忍不住笑了，“光数落自己的马有什么用，谈恋爱这种事一个巴掌拍不响。”

不远处的徐北也恨铁不成钢，正教育着自己的马。

马有灵性，低着头不看他。

容青瓷的语气难得这样轻盈，让容榕忍不住侧头细细打量她。

如果不是容青瓷脸上的妆偏成熟，此时和她没什么两样。

姐姐依旧很年轻，保养得当，就算过了二十五岁，眼角也没有一丝细纹。

容青瓷总以为自己喜欢徐北也这件事，在她告白前，谁也不知道，但她不知道，这种以为不过是掩耳盗铃。

除了她，谁都明白。

容榕忽然和容青瓷碰了个杯。

对方惊讶地看着她：“干什么？”

“干杯。”容榕只是举举杯，先一步喝了一大口，喉咙里都沁着甜，稍稍掩盖了心里的那点黯然。

容青瓷就像跟她心灵相通，忽然挑眉笑了："连马都会谈恋爱，你还不如马。"

说完容青瓷又微微一叹："亏我之前一直觉得你跟你妈挺像，结果你只是继承了她的相貌，遇到喜欢的男人，还犹犹豫豫矫情着不肯上前，你妈要是你这德性，你都没机会出生。"

容青瓷向来对这个从天而降的大伯母没什么好感，纵使对方已经死了很多年了，容青瓷仍是对她嗤之以鼻。

要不就不提那个女人，只要一提就必定讥讽容榕。

容榕这次却没那么反感了。就算那时候她还小，也是知道自己的母亲是如何嫁入容家的。

不论结果如何，起码那个女人当时很成功，无论容家怎么反对，爸爸也坚决要娶她。

容榕问容青瓷："你就这么讨厌她吗？"

容青瓷嗤笑："要是没你妈，自然也就没你，没你们两个人，大伯现在还活得好好的，徐北也就算不喜欢我，也不会喜欢上我妹妹，让我这么没面子。"

爷爷更偏爱谁无所谓，她不再是容家的独生孙女也无所谓，她和容榕之间那些与生俱来的差距，她都逼着自己不在乎。

但她没法不在乎从小到大喜欢的男生，用那种屈辱的方式拒绝她。

她坦然面对着自己的卑劣和自私，纵使这样伤害了无辜的容榕。

只要他们不在一起就行。

容榕鼓起勇气，说出自己一直想说的话："其实你可以换一个人喜欢。"

容青瓷反问她："我现在让你别喜欢沈渡，你能做到吗？"

见容榕不回答了，她才笑道："虽然我对沈渡没感觉，但沈渡不喜欢我这件事吧，还是让我觉得有些不爽。趁我没做坏事之前，你赶紧去跟他说清楚吧，女孩子不该主动，但一直被动着会赶跑人的。你们有了结果，说不定我就能对徐北也乘虚而入了。"

她真坦白啊。

容榕觉得，要是自己有容青瓷这么坦白，也不至于告个白还要用潜台词。

手中的桃子酒已经喝完了。

容青瓷起身：“我再去拿一罐，你还要吗？”

“要。”

见容榕一直盯着不远处那个男人，容青瓷知道自己的话起作用了。

容榕总这样小心翼翼，三步走两步退，是该催化一下了。

容青瓷回去拿酒时，恰好碰上了大哥和二哥。

徐南烨看了一眼她手中还没来得及丢掉的粉色罐子，笑道：“你也跟榕榕一样喜欢喝这种饮料了？”

容青瓷有些尴尬，缩回了手：“喝着玩，二哥要试试吗？”

“不了，我还是比较习惯喝啤酒。”徐南烨摆手，拿着啤酒先行离开了冷藏室，临走前催了一声还在找酒的徐东野，“哥，你要是找不到那种酒就干脆换个喝吧？”

容青瓷好奇地凑过去：“大哥，你什么酒找不到？”

徐东野起身，声音低沉：“一直习惯喝的，可能被其他人喝完了。”

“那你要不要试试桃子酒？”容青瓷指着储酒箱的最下层，“还有好多。”

容青瓷自己说这话都觉得没什么底气，毕竟徐东野连换个牌子喝啤酒都不愿意。

徐东野凌厉的眉眼舒展着，淡淡点头：“好。”

徐东野宽厚的手居然真的从最下层拿出一罐桃子酒，利落打开仰头喝了一口。皱眉：“过分甜了。”

容青瓷憨笑：“是有些甜。”

他垂眸，看着容青瓷无名指上的拉环，神情松动：“你这习惯一直没改。”

容青瓷“啊”了一声，有些窘迫，急忙要取下拉环。

徐东野拿起自己那罐的拉环，在容青瓷伸手要取之前，大拇指与食指轻轻捻着它，戴在了她的无名指上。

容青瓷一愣。

徐东野眼里有细不可见的笑意："送你玩。"

等容青瓷又回到休息室时，容榕笑着指向她的手指："怎么戴了两个啊？"

容青瓷耸肩："大哥给我套上的。"

"说起来，我们小时候玩这个游戏，总是到处开罐子，因为二叔不准我们多喝饮料，所以都藏了起来。"容榕回想着，嘴角间有怀念的笑意，"当时就去他们家搜刮，二哥不喜欢喝饮料没法帮我们，小北哥哥放学以后每天固定请他的朋友们喝饮料，但都不如大哥直接用他的零花钱买了几箱收集得多。"

日落西山，夕阳渐渐下沉。

草坪渐渐染上一层薄红。

老爷子坐在车里催两个孙女："怎么还不上车？"

容青瓷拉着容榕，将她往外拖。

容榕用脚抵着地，不肯妥协。

"沈渡就要回家了，你今天又打算这么混过去？"容青瓷恨铁不成钢，"照你这个进度，沈渡儿子都会打酱油了，你估计还在考虑该怎么表达心意呢。"

容榕别扭："他今天好像生气了，我还是不去惹他了。"

"他生气十有八九是你作的，平时少看点电视剧吧，而且电视剧里八集定律在一起，你这都十六集要大结局了还没个动静，好的不学净瞎学些没用的。"

容榕有些奇怪："你不是不看吗？"

"我不会搜吗？"容青瓷很直接，"赶紧去找沈渡。"

"我不。"容榕誓死不从，"我害羞。"

容青瓷点头，冷笑："害羞是吧？行，我去坐，要是我不小心说漏了什么，你可别怪我。"

容青瓷说完就绝情地冲着一脸不耐烦的老爷子喊道："爷爷，我去坐……"

容青瓷剩下的话被容榕给吃掉了，她捂着容青瓷的嘴，跺脚认输："我知道了，我知道了。"

容青瓷满意地拉着她走到沈渡的车子旁。敲了敲沈渡的车窗，里面的人摇下窗子，露出疑惑的神情。

"沈总今天怎么自己开车？"容青瓷笑嘻嘻地找了个话题，"魏助理呢？"

沈渡淡淡地回答："他请假了。"

"魏助理这个以加薪升职为人生终极目标的工作狂居然会请假？"容青瓷有些惊讶，"你是不是虐待他了？"

沈渡扯了扯嘴角："小容总要是觉得我虐待他了，大可收留他。"

容青瓷摇头："算了吧，连陪老板逛街都觉得累的助理我可不要。"

沈渡收回视线，问她："什么事？"

"一个人开车多无聊，想不想要个说话的伴？"容青瓷双手一推，将容榕推到他的面前，"考虑考虑？"

容榕抓着手指，有些小心翼翼地看着他。

沈渡只是轻轻看了容榕一眼，面无表情地拒绝了："不必了。"

姐妹俩没想到沈渡会拒绝。

尤其是容榕。她觉得自己的自尊心被按在地上狠狠摩擦了。

容青瓷同情地看了容榕一眼。

容榕这人平时出了名的矫情又被动，但被逼到一定程度上，脸皮也是可以不要的，理智也会被暂且丢在一边。

被气得头顶都在冒烟的容榕二话不说绕到副驾驶座那边，利落地打开门坐了进去。恶狠狠地为自己扣上安全带，一脸无畏："你说不要就不要？那我岂不是很没面子？"

容青瓷：“……”

有病。

沈渡诧异地看着容榕，抿唇，忍住了某种不可意会的情绪，冷淡地妥协了：“好吧。”

容榕抓着安全带：“你不会嘴上答应，其实打算半路把我扔下吧？”

“被你发现了。”沈渡拉下手刹，发动车子，“但是很可惜，来不及了。”

车子外的容青瓷猝不及防间，跑车以绝佳的性能，几乎瞬间就向前驶离消失在这片草坪上。

车上的容榕一个惯性，后背紧紧贴着靠背，有种被耍了的感觉，又真的担心沈渡将她半路丢下，咽了咽口水确认道：“你真要把我丢在半路？”

沈渡没看她，简短地回答：“嗯。”

“别这么狠吧？”容榕的神情纠结，试图装可怜，“好歹也是表白过的关系了。”

沈渡惊讶：“原来你还知道。”

容榕抿唇：“我又没失忆，当然知道。”

“我以为你只知道问我喜不喜欢梅西。”沈渡的脸上没什么表情，“其他的都不知道。”

车子忽然从公路上开出去，驶向侧边的河湾。

这一路鸟不拉屎，大多是未开发区或是待开发区，连个站点都没有，容榕惊觉不好，急忙解释：“我这是告白啊！”

沈渡没听她的，径直朝前开。

“你别把我扔在这里！”容榕以为沈渡真的被自己的矫情磨得没脾气了，这时候脸面哪有小命重要，她闭着眼大喊了一句，“我喜欢你！”

车子停下了。

容榕惊魂未定地睁开眼，刚睁开，刺眼的阳光就占满她的视线。

沈渡的语气带笑：“我说什么你就信什么吗？”

眼前是波光粼粼的河湾，他们赶上了夕阳半落的时刻，柔和的光芒落入眼中，到处一片薄红。

容榕喘着气，脸和耳朵比夕阳还要红。她死死地咬着唇，几欲羞愤而死。

容榕足足缓了好几分钟，才说出一个事实："你耍我。"

沈渡的指尖轻轻敲着方向盘，毫无愧疚之心，嘴角微勾："是啊。"

"你这个糟老头子坏得很。"容榕"呸"了一声，解开安全带就要下车。

沈渡不紧不慢地提醒容榕："下了车我就真把你丢在这儿了。"

容榕宁愿在这里自生自灭也不愿意面对这个糟老头子，非常有骨气地决绝地下车了，然后大步朝前走，脚步很潇洒。

她越走越没了底气，渐渐地放慢了脚步，怎么没听到追上来的脚步声？

她停下，想要回头，又不愿意回头。

而后耳边忽然响起沈渡的低笑："怎么不走了？"

容榕的心脏瞬间狂跳，猛地捂住耳朵警惕地回头瞪他："你故意不出声？！你欺负我！"

沈渡失笑："有声音还怎么欺负你？"

"我现在一张老脸都没了。"容榕放弃了求生欲，羞愤地蹲下来，抱着膝盖一副任人宰割的模样，"要杀要剐随你便吧。"

沈渡弯腰，撑着大腿歪头看她："真的？"

"嗯。"她用鼻音应道，语气有些软糯。

沈渡蹲下身子，清冽的气息忽然凑近。

容榕也不知道是紧张还是害怕，闭上了眼睛。

微软的触感落在她脸颊上，沈渡轻轻张开唇，牙齿咬在她的脸颊上。

容榕的脸颊上本来就有些肉，被他含在嘴里，感觉就像被吃了一口。

他睁眼，顺势退开，毫不留情地伸手掐在她另一边脸上。

容榕吃痛："你干什么？"

沈渡的声音很轻：“欺负你。”

她红着脸，盯着沈渡英俊的眉眼出神。

这算哪门子欺负，让人觉得怪不好意思的……

“榕榕。”沈渡放过容榕的脸颊，又捏住她的鼻子，眼里都是被夕阳浸染过的温柔，“做我女朋友吧。”

他连语气都变得温柔了。

容榕心里的可乐瓶子，在上下摇晃了几百下后，瓶盖轻拧，“哧”的一声全溢出来。

爆炸的喜悦和羞涩，从头蹿到脚。

其实沈渡也没怎么用力捏她的鼻子。

容榕还是可以自由呼吸的，但鼻头莫名一痒，她不受控制地仰头闭眼，打了个轻微的喷嚏。

她的脸红得不像话，头往后仰，躲开他的手，像只螃蟹往旁边挪了挪。

沈渡皱眉：“感冒了吗？”

容榕只是用力摇头，声音很小：“鼻子有点痒。”

沈渡轻叹，终于放过容榕的五官，轻轻揉揉她的头：“起来吧。”

她扭捏着不肯站起来，大着舌头问他：“我还没说‘好’呢。”

这句话刚说出口，容榕自知失言，将头埋在膝盖里装死。

沈渡淡声威胁她：“你要说不好，今天就在这儿过夜吧。”

容榕：“……”

她缓缓地站起来，盯着沈渡的衣领发呆。

刚蹲下的时候，还不是男女朋友，现在站起来了，转眼间就成男女朋友了。

谈恋爱这个事情真的好神奇。

半个太阳已经落下，天色将晚，容榕坐在车子里，悄悄地利用车窗偷看沈渡。

他们真的是男女朋友了吗？怎么感觉这么没有真实感。

沈渡告白的时候，神情温柔得能掐出水来，现在才过去多久，他就又恢复了往常清冷的样子，就连刚刚两个人走回车子旁边时，也是一前一后各走各的，没有一点谈恋爱的自觉性。

她的手都准备好了，结果他也没有牵。

容榕越想越没有底气，看他的眼里不禁藏着一丝幽怨。

初中物理课本上提到过光的反射，当她意识到沈渡的目光与她相对时，知道自己的偷窥行为败露了。

她心虚地收回目光，故作严肃地指着前面的路况：“开车时要看着前面，知道吗？”

沈渡单手握着方向盘，空出的另一只手又伸过来掐她的脸：“报复心真重。”

容榕撇头躲开，语气傲娇：“我说得不对吗？”

“对。”沈渡赞同地点了点头，笑意中夹杂着几分揶揄，“榕榕，你不用透过车窗看我。”

容榕试图狡辩：“我没看你啊。”

沈渡也不拆穿她，抛出论点，让人无法反驳：“女朋友不看男朋友，想看谁？”

容榕猛地缩起肩膀，像一只警惕的小鹿，杏眸瞪圆，直勾勾地盯着沈渡的侧脸。

沈渡怡然自得地享受着这并不温柔的注视，虽然很想看她，但还是要注意交通安全。

因为一看，就很难再挪开目光。

容榕的眼睛瞪累了，悻悻地偏过头：“沈先生。”

沈渡应了一声：“嗯？”

“我想喝奶茶了。”

“好。”沈渡朝路边看去，似乎在寻找有没有临街的奶茶店。

她轻声说：“我想喝的那家店这边没有。”

“在哪里？”

容榕报出地点，沈渡打开转向灯，换了个车道，带着她去买奶茶。

等到了目的地时，沈渡看着这一长龙，又见容榕兴高采烈地排在队伍最末尾，无奈地笑了笑陪着她一起排队。

买奶茶的大多是年轻女孩，偶有打扮时髦的男孩，旁边通常站着一个和他穿情侣鞋的女孩子。

小情侣总有说不完的话题，两个人的脑袋挤在一起，看着手机屏幕傻笑。

容榕有些害羞，不敢跟这个刚确定关系的男朋友聊天，也没心思刷手机，只好将双手别在背后，目光四处游移，从头到脚都写满了不自在。

看着前面那对小情侣靠在一起的后脑勺，她酸了。

沈渡在这队伍里实在打眼。浅色风衣，黑色长裤，锃亮的商务皮鞋。眉眼好看，单手插在裤兜里，站姿难得有些松弛。

容榕倒是打扮得非常年轻，杏色开衫和格子短裙，长发扎成简单的丸子头。

从沈渡这个角度能看到容榕垂下的睫毛和鼓鼓的腮帮子。

她离他特别远，沈渡敛去眼中的神色，任由她越挪越远。

有不少人在看他们。

容榕以前在路上也不是没被人认出来过，并没有什么影响，但现在因为旁边站着沈渡，她莫名有些羞耻。

她推了推沈渡："我买就好了，你去旁边等我吧。"

沈渡只淡淡地看了她一眼，然后真的迈开腿走了。

"……"好气。

容榕点了两杯奶茶，因为照顾到沈渡的口味，她特意让小姐姐给其中一杯少冰少糖。

等容榕把奶茶递给沈渡时，他微微蹙眉："奶茶太甜了。"

她气死了，语气有些不耐烦："少冰少糖了。"

沈渡指着容榕那杯："你的呢？"

"正常糖正常冰啊，我习惯这么喝。"容榕见沈渡不说话，又加了一句，“现在天气还有点凉，喝冰的对胃不好。”

沈渡垂眸，不动声色地说：“我想尝你的。”

容榕皱着鼻子：“只能一口。”

她恋恋不舍地吐出吸管，发现管口上有口红印。

出门还是得涂不脱色的。

容榕下意识地要将自己的吸管抽出来换上沈渡的，但他的指尖已经搭上她的手背，握着她的手抬起奶茶，张开嘴含住了吸管，唇恰好覆在她的口红印上。

沈渡的脸凑得很近，容榕的手捧着奶茶，从这个角度看就像是捧着他的脸。

容榕咬唇：“你吃到我的口红了。”

沈渡只喝了一小口，直起腰时，言简意赅地评价：“很甜。”

也不知道沈渡在说什么甜，容榕有点撑不住，颤着音转移话题：“其实我喜欢先吃掉一点上面的奶油和碧根果，然后再把剩下的和奶茶混在一起搅拌，这样喝会更甜一些。”

说完她就张嘴咬上，没控制好力道，蓬松的奶油黏在了她的唇上。按照平时的习惯，她直接伸舌舔掉就好了。

容榕粉色的舌尖刚伸出一点点，忽然动作一顿，然后微微侧过头要去拿包里的纸巾。

沈渡的目光暗淡，声音很低：“这里人很多。”

容榕“啊”了一声，看了一眼周围熙熙攘攘的人群，又看了一眼这一条街上各色的LED灯，呆呆点头：“我知道啊。”

谈恋爱的时间还不到二十四个小时，容榕确定了一件事，沈渡真的很喜欢掐她的脸。

他板着一张脸，气息吐露在她的耳边，带着一丝警告的意味：“不许再喝得到处是。”

纵使容榕还想再咬一口绵绵的甜奶油，也不敢了。

等再上车时，她非常安静，一个人在心里生闷气。

跑车划过夜色，稳稳地停在容榕家的小区楼下。

沈渡淡淡地说："上楼吧。"

容榕没动弹，心里说不出来的失落。

她总觉得哪里不太对劲，她跟沈渡除了有这么一层精神上的关系，本质好像和以前没什么区别。

要是她回家睡了一觉，又回到原点怎么办？

容榕患得患失，终于鼓足了勇气，严肃地叫他："沈先生。"

"嗯？"

容榕大着胆子质问："你觉得我们现在这样和没确定关系之前有区别吗？"

还不等沈渡说什么，容榕又说："这几个小时里，我们连手都没牵过，别人谈恋爱起码走在路上也要牵个手吧？"

亏她和沈渡走了一条街。

"要是这样，我们还谈恋爱干什么？"容榕不满，心里觉得这恋爱谈得也忒不真实了。

虽然这才第一天，凡事都要循序渐进，但她就是想跟沈渡亲近一下。

她又不敢碰他，只能等着他主动。

容榕的别扭和矫情在有了男朋友的那一刻，被无限放大再放大。

沈渡的声音很轻："我以为，你会觉得快。"

容榕嘟囔："牵个手也快吗？那要真做什么不得等到猴年马月？"

沈渡很会抓重点："做什么？"

"没什么。"

沈渡叹气，没再调戏她："那你不要怕。"

容榕皱眉："怕什么？"

"再害羞也要忍着。"沈渡没回答容榕的问题，声音沙哑，"这是你自找的。"

容榕更不解了，茫然地看着沈渡解开安全带，迅速下车绕到她这边打开车门，替她解开安全带。

沈渡直接牵起容榕的手，微凉的手包裹住她的，把她从车子上带下来。

神情呆滞的容榕完全没有多想，注意力全放在她和沈渡相握的手上。

终于牵手了。

容榕的心里不自觉地升起一股欣喜。直到坐上电梯，又回到家，容榕才意识到不对劲。

沈渡站在她的身后，替她关上了门。

容榕不敢回头，换好拖鞋背对着沈渡说道：“你坐吧，我去给你倒一杯水。”

“不用。”沈渡淡淡道，“我现在想喝点别的。”

沈渡上前两步，有力的手臂环上她的腰肢，稍稍使力，背对着他的小姑娘便被他一把抱起。

容榕双脚离地，被沈渡带着走几步，直到她坐在他的腿上。

沈渡轻松地将容榕换了个方向，让她面对自己。

这一系列动作快速又流畅，容榕猝不及防间，任由他摆布。

然后她被扣住后脑勺，沈渡的唇压了上来。

有些急，容榕“唔”了一声，下意识地想要退开，沈渡双手微微用力，被桎梏在他掌心中的后脑勺根本无法动弹。

幸好腿还能动，容榕悬空晃了晃腿，又被他惩罚地咬了一下嘴唇。

容榕睁大眼睛，看着沈渡清俊的眉眼和微颤的睫毛，唇上有他的气味。混着奶茶的香味，还有他清冽的气息。

容榕一直以为沈渡不抽烟，嗜烟的人就算再注意卫生，也难免会留下淡黄色的痕迹和无论如何都洗不掉的浓重烟味，沈渡的手指一直很干净，身上也没有任何烟味，应该很少抽烟。

原来是只有这样靠近他的时候，才能闻到那淡淡的烟草味。

容榕浑身乏力，靠在冰凉的墙壁上，仿佛有细微的电流流过她的身体，她闭着眼不敢动弹。

“我就想牵个手而已。”容榕睁大眼看沈渡，“不是想要这个。”

沈渡根本不许她退缩："我想要。"

容榕没话说了，心里还是很高兴的。

安静的室内，只有两个人彼此交缠的呼吸声。

容榕正想抚平心跳，忽然觉得脚上一痒。

她向下望去，一个毛茸茸的生物正在蹭她的脚心。

她忘了，这个家还有一只猫呢。

沈渡也看到了，心头的火跟着消了大半，挠了挠她的腰："照顾你的猫去。"

她急匆匆地从沈渡腿上站起来，蹲下身子将"可爱"抱起来。

小猫"喵"了一声，用爪子碰碰容榕抚在它身上的手，然后又用鼻子闻了闻。

被摸得舒服了，"可爱"从她怀中跳出来，蹲在地上，用透明的蓝瞳望着沈渡。

沈渡没养过猫，伸手想摸摸它的头，"可爱"却以为他是要跟它玩，仰起头用鼻子碰他。

他低笑一声，转而去挠它的下巴。

"可爱"眯着眼睛，发出"咕噜咕噜"的声音。

"它很可爱吧？"容榕笑眯眯地给它顺毛，"所以我叫它'可爱'。"

被粗暴的取名方式逗笑的沈渡漫不经心地夸奖她："好名字。"转而摸了摸她的下巴。

"但是这名字不该给它。"

容榕歪头，不解："那给谁？"

"给你。"

刚亲过，他的心里正软着。

和女人不一样，男人在亲近过后，什么话都说得出口，说起肉麻的情话来，那更是一套一套的。

"你比'可爱'还可爱。"

第二章
你心里来的

汉服清河：“‘花神者，唐时临川上清派女冠，精修毕道，又善养花木’，这次‘清河花朝节’的花神小姐姐就是大家熟知的榕妹@门前一棵大榕树，戊戌年花朝节活动在此召集各位同胞光临农历二月最诗情画意的花朝节汉服游园活动，活动地点和报名方式都在下图，来呀。”

“是我们榕妹！”

“我们市也有花朝节，但没有榕妹。”

“清河本地知名的汉服娘那么多，居然找了一个圈外的美妆博主当推广人。”

“我就想问问这位推广人买过几套汉服？跟风还是真心爱？买的山寨货还是正版？”

沐良琴“啧啧”两声，再次感叹：“你这都被眼红多少次了啊？”

容榕小声哼着歌挑衣服，满不在乎：“随便他们说好了。”

“这心态可以啊。”沐良琴走到容榕身边，掐掐她的脸，“从我一进门开始你就傻笑，可以确定你不是因为我才这么兴奋的，说吧，遇到什么好事了？”

“没有啊，就是心情好而已。”

沐良琴满脸质疑：“我有眼睛，别想骗我。”

“没有。”容榕收了收笑容，转而拍拍她的肩膀，“你和温槐安最近怎么样？”

一听这个名字，沐良琴的注意力立刻就被转移了。

她耸肩，摇头：“我不敢找他了。”

“为什么？”

“上次被他发现我在路边吃鸭肠以后，我这满腔热情都消失无踪了。”沐良琴双手撑着下巴，弓着背语气低落，“亏我在餐厅凹人设凹得那么成功，白费了。”

容榕失笑：“他也没说反感啊。”

沐良琴摆手，一副不愿和容榕多说的模样：“不是他反感，而是我反感，你不懂的，你母胎单身不会明白我的心。”

容榕刚要张嘴，沐良琴又叹了一口气：“不过还好有你陪着姐们一起单身，连你这种仙女都单身，我也没什么好遗憾的了。”

容榕想说的话又吞了回来。算了，等沐良琴那边有点进展再请她吃饭吧。

容榕借口换衣服，偷偷溜进帘子里给沈渡发消息。

“请我朋友吃饭的事情估计要拖后了。”

过了两分钟，沈渡回消息了：“后悔了？”

“不是，就是想晚点再告诉她。”

沈渡的脑洞很大：“我见不得人吗？”

容榕也不知道怎么解释，只好说：“我怕给她发狗粮她会跟我绝交。”

沈渡没回复，直接拨了个视频通话过来。

容榕连忙接起，小声抱怨：“干什么这么突然？”

沈渡似乎将手机架在桌上，右手还拿着钢笔，下巴一抬：“把手机给你朋友吧。”

“干吗？”

“我先给她打一个预防针。”

“你这样是在加速破坏我们之间的友情。”容榕的手指放在挂断键上，作势要挂断，“我要挂了。”

沈渡低头笑了：“别挂。”

容榕不解地看着沈渡，试衣间上方的小功率灯点亮了她的眸子。

“让我看看你。”沈渡歪头，神色悠然，“不能请你的朋友吃饭，我们又少了一个见面的机会。”

她害羞地抿唇，喃喃道：“好吧。”

容榕职业自由，工作日很少出门，但沈渡每天都要去公司上班，她又不能在他上班时间去打扰，最近又因为他去邻市出了个小差，原本想着请沐良琴吃饭能有空见一见，结果也只能延后。

视频也不能光愣着不说话，容榕见沈渡又低头看文件去了，不知道该说些什么，想了一下，说：“上班开小差不好哦。”

“你不是小差。”沈渡抬眼，语气很随意，“你是大差。”

容榕：“……”

好像更不好了。

“我现在要换衣服了。”容榕转移话题，笑得有些腼腆，“待会儿穿好了你要看看吗？”

沈渡点头：“嗯。”

“那待会儿我再打给你。”她挂断了。

汉服看着仙，大袖越宽、裙摆越长越难穿，容榕正和无数衣带斗智斗勇，试衣间外的沐良琴不耐烦了：“穿个汉服你要穿到世界末日吗？”

“这个带子太麻烦了。”

“我帮你穿吧，能进来吗？”

“嗯。”

沐良琴掀开帘子帮容榕绑好了后面的带子，似笑非笑地扫了一眼她的胸：“仙女也不是哪里都完美的啊。”

容榕瞪了沐良琴一眼：“你好啰唆。”

“我觉得你当天还是不要穿齐胸襦裙了，容易滑下来。”沐良琴挺了挺胸，语气骄傲，“齐胸就交给我们这种的穿吧？”

容榕也不甘示弱，挑着她的弱点说：“你穿襦裙显胖。”

“你好烦。”沐良琴将大袖衫丢在容榕面前，“不想帮你穿了，自己套吧。”

然后头也不回地转身走了出去。

容榕撇嘴，自己穿好了大袖衫，又给沈渡打过去。

沈渡的脸刚出现在屏幕上不到几秒，门后的帘子又忽然被拉开：“我还是想看一眼仙女穿汉服是什么样子……”

容榕大惊，急忙将手机藏在袖子里，转身看着沐良琴，笑容有些勉强。

“怎么样？”

沐良琴愣了几秒钟，随即十分浮夸地捂着嘴巴尖叫：“我的天啊！这也太好看了吧！你的存在完美地诠释了‘行走的画报’！令人窒息的美貌！仙子下凡辛苦了！爱死我们榕妹了！”

学得很精髓。

容榕头一次被夸得这么尴尬，悄悄将视频通话挂断了。

沐良琴挑眉：“这波‘彩虹屁’还满意吗？”

“满意。”容榕将手机递给沐良琴，“帮我拍张照吧。”

“你要发微博吗？”

“不是，就拍一张。”

沐良琴“哦”了一声，拍好后又将手机丢给容榕，甩甩手出去了：“你再换一套吧，花朝节那天人很多，要是踩到裙摆真的掉下来了，你又要上热搜了。”

等沐良琴出去后，容榕头一次用了滤镜和美颜，编辑好了以后发给沈渡。

“好看吗？”

“你的存在完美地诠释了‘行走的画报’，令人窒息的美貌，仙子下凡辛苦了。”

非常不要脸的抄袭，连一个字都懒得原创，关键是那语气也没有学到位，感叹号都没有，敷衍的意味十分明显。

容榕刚想表示自己的不满，结果那边发来最后一句。

“爱死你了。”

“……”

改了字，姑且算原创吧。

容榕鼓嘴，不想表现得太高兴，高冷地回了个“知道了”过去。

容榕走出试衣间时，沐良琴一脸惊疑：“你不是吧？就因为几句‘彩虹屁’笑成这样？这么不经夸吗？”

“有谁不喜欢听‘彩虹屁’？”尤其是男朋友吹的。

沐良琴没在意，将自己的手机丢给她：“你又上论坛了。”

容榕自我吐槽：“我是版宠吧？”

“大榕榕当花神，汉服圈小部分人炸了。”

“找人气最高的没毛病啊，况且大榕榕不是提过她也买汉服吗？”

……

“不过大多站在你这一边。”沐良琴摆手，“你也不用太在意。”

容榕又走回了衣帽间，拉开自己的衣柜，拍了一张照，迅速发了微博。

沐良琴张大了嘴：“这么较真吗？”

“我要不这么做，明天就会有人说我买山寨货。”容榕扯了扯嘴角，语气慵懒。

门前一棵大榕树：“不是圈内的，但也知道不能买山寨货，我所有的汉服都在这儿了，全部正版。”

配上一张图。

容榕的汉服不算多，基本上是看样式才买的。

“园惊梦！”

“我看到清回阁了，啊啊啊！”

花朝节当天，恰好是个晴朗的好天气，穿着各式汉服的小姐姐们集合在一处，等着游行活动的开始。

粉色的花树上漂浮着许愿带，还有原木制成的许愿牌，坠着的小铃铛随风发出清脆的声响。

众人交头接耳，穿着便服的游客们站在一旁拿着手机拍照。

临近午后，阳光有些刺眼。

有人问了一句："什么时候开始啊？"

"在等大榕榕吧？"

"之前不是有人在官微下面反对她当推广人吗？"

"好看的汉服娘挺多的，比她懂汉服的也很多吧，不知道为什么非要选她来当……"

不知道有谁忽然喊了一声："嘉宾出来了！"

众人齐齐看过去。

为首的几个汉服娘都是圈里熟知的，有粉丝在人群中喊她们的名字，几个穿着不同制样的汉服娘冲人群里的粉丝招招手，引起了一阵小骚动。

沐良琴也站在里头，跟自己的小粉丝打招呼。

有人问她："良妹！榕妹什么时候出来啊？！"

"快了，快了，她今天那一身有些重，在后面弄呢。"

拿着话筒的工作人员终于开口说："大榕榕出来了！"

容榕再次扶正自己头上的瑶姬发冠，抚平大袖出来了。

九尾大袖与绣花薄纱内里齐腰襦裙，她恰好站在樱花树下，精美的花瓣倒影映在身上，容榕接过工作人员手中的话筒，简短地打了一声招呼："各位小仙女上午好，我是大榕榕。"

容榕是这次花朝节的花神，因此特意穿了粉色九尾，头顶上的瑶姬发冠搭配着同色系，两颗鹌鹑蛋大小的澄透水沫玉为主冠点缀，强光粉白蝶贝镶嵌在白玉周围，没有贴花钿，额上是金珠眉心坠，垂落至肩膀以下的长流苏随着她的动作轻轻晃动着。

这样隆重的打扮，可见她有多重视这次花朝节。

容榕忍着没有提前透露造型，就是为了这几分钟的惊艳。

效果很好，实时的论坛帖也跟着炸了，游园现场的最新图在各个社交论坛上曝光。

这其中以花朝节活动的官微为首，放上了九宫格的汉服照，容榕在最中间，转发量已经破万。

容榕自己也臭美地拍了一张照片发微博。

门前一棵大榕树："临时花神。"

"啊啊啊，我不管，我心目中的花神就是长这样！"

"确认过眼神，是我的女人。"

……

容榕这张汉服照直接上了热搜，再次出圈。

之后几家公信力不低的官媒转发了她的图，用来宣传中华民族那些渐渐被遗忘的传统节日。

之后论坛里有人总结了"大榕榕"三次出圈的高清图。

大榕榕从去年开始参加公开活动，除了D市那次，其余三次造型都在热搜过了一回。

讨论到后面，帖子歪楼歪到了艺术流派。

容榕看了前面几楼，没有再继续，安心地等待活动结束。游园已经把人累得够呛，她直接躺倒在后台装死。

"还好明天不用上班，我能好好在家睡一天。"沐良琴瘫坐在她的身边，深深叹了一口气，"我总算知道为什么美妆区只有我们傻乎乎地来了。"

容榕敷衍地"嗯"了一声，闭眼休息。

沐良琴还在絮絮叨叨地嘱咐她："你回去剪视频记得把我不好看的镜头都剪掉啊。"

容榕猛地睁眼，又瘫倒了。

"不想剪了，要不这视频就不发了吧？"

"你平时鸽直播鸽得还不够多吗？你就庆幸自己没签公司吧，不然非得被催死不可。”沐良琴白眼一翻，开始自怜自艾，“可怜我这个上班族，周一到周五天天坐班累得够呛，周末还要抽时间来剪视频，不剪就完不成视频指标，又要扣我的分红。”

沐良琴年初的时候签了一家新媒体公司，按理来说她的视频都会有专门的工作人员负责剪辑和后期制作，但她自己有强迫症，视频非要亲自动手剪，不然别人做得再好都不满意。

也多亏签了公司，沐良琴的视频质量突飞猛进，粉丝也涨了小二十万。

容榕有些好奇：“你每个月的视频收入已经够生活了，怎么不考虑辞职？”

沐良琴“啧啧”两声：“你这种温室的花朵哪懂人间疾苦？我现在每个月小几万是不难，但是我也要大量支出，那些用来拍视频的素材都是从我的血汗钱里拿的。而且这个职业太不稳定，万一我哪天过气了，靠着那点分成怎么够用？”

容榕若有所思。

“小富婆，要是哪天我没钱了，你养我吧。”沐良琴笑眯眯地拉起容榕的衣袖晃动了两下，“有你养我，我立刻辞职。”

“行啊。”容榕微笑，补充了一句，“如果我那时还没过气。”

沐良琴毫不在意地摆手：“仙女怎么会过气，实在不行你就进娱乐圈。”

容榕也知道沐良琴是在开玩笑，所以没有当真。

见容榕不说话，沐良琴心想自己是不是哪句话没把握好分寸，顿了顿，又说：“要不你也学别的博主，就是合作产品开发之类的，说不定能发现一个新大陆？”

容榕早在五十万粉时就有不少品牌来找她合作产品开发。

那时候容榕也没想着把这个作为正经职业，当博主纯属是因为想要分享，因此都推掉了。

到现在B站美妆区的大UP主多多少少都跟各个淘宝店铺有了合作，

说实话，不心动是不可能的。

谁都想拥有一款产品，是经过自己的巧思而出生的。

容榕还真有点被沐良琴说动了。

沐良琴伸手在容榕眼前晃了几下：“想什么呢？”

容榕回神，看着沐良琴笑了：“你真是我的人生导师。”

容榕的妆和打扮一样仙，眼角下还贴了几颗小碎钻，这样笑着看别人简直就是犯规。

沐良琴被容榕仙女看得脸发烫，深吸一口气问她：“所以大画家，你的画集怎么样了？”

容榕：“最终版已经出来了，应该快预售了，编辑给我寄了一些样本过来，送你一本吧？”

“好啊，记得给我签个名。”沐良琴嘻嘻一笑，“上面还要写，致我最爱的沐良琴小姐。”

容榕撇嘴：“我考虑考虑。”

“这本要是卖得好，你那个抠门的经纪人还会考虑给你办个人画展吗？”沐良琴侧头忽然问她，掰着指头数日子，“距离你上次办画展已经好久了吧？你的经纪人不要吃饭吗？”

“她一直待在国外，我毕业回国后就没跟我联系过。”

沐良琴眯着眼睛看她，沉默良久后淡淡地说：“你该不是被放养了吧？”

容榕想了片刻，觉得这可能性挺大，毕竟在她经纪人签的那些新人画家中，她算是最懒的了。

要不是毕业作品被学院选中拿去春季画展，她也不可能被经纪人看中，刚毕业就签约，顺利地举办了人生中的第一个画展。

用她经纪人的话说就是：“你这点天赋迟早要被惰性给消磨光。”

沐良琴随口念叨：“你好歹也要回国办一次画展吧？”

容榕摇头。

两个人并排瘫坐着，等《繁华唱遍》结束了最后的副歌部分，活动总算告一段落。

沐良琴和容榕都没开车来，打算结伴坐地铁回家。

两个相貌精致的汉服小姐姐站在地铁口，十分惹人注目。

沐良琴暗自欢喜：“这种被人用惊艳的目光看着的感觉真爽啊。”

沐良琴原本就是很秀丽大方的长相，穿上襦裙，像个从画中走出来的闺秀。

容榕忽然凑到她的耳边小声说：“你今天这么漂亮，不打算给温槐安看看吗？”

沐良琴忽然愣住，脸微微泛红，半推半就地任由手机被容榕抢走，然后十分不经意地发了一条微信消息给温槐安。

“温总，请问您现在有空吗？”

等温槐安过来时，沐良琴急忙端起架子，施施然朝那个笑容温和的男人走过去，结果一个踉跄，踩到了裙摆，襦裙猛地下滑，沐良琴低呼一声手疾眼快地抓住腰封。

她此前提醒过容榕无数次，没想到自己却栽了。

容榕看了一眼耳朵通红的沐良琴，又看了一眼不远处的温槐安。

他满眼都是温润，连嘴角都挂着无奈的笑，只是看着低头理裙的女人，也不说话，就那样将她的羞涩尽收眼底。

感情这事，旁观者最清楚。

他明明已经发现，却乐在其中。看来沐良琴也快要请她吃饭了。

温槐安体贴地表示要送容榕一起回家，容榕摆手拒绝：“不用了。”

沐良琴有些不高兴：“不行，就算现在是大白天，也抵不住有人想要流氓。”

“不用管我。”容榕犹豫了一会儿，又说，“我会让人来接我的。”

沐良琴不放心：“谁啊？我认识吗？”

“你认识，放心吧。”容榕催沐良琴，“温总该等急了。”

温槐安只是淡淡地笑了：“如果我今天不送容小姐回家，肯定不会被原谅。”

容榕只好掏出手机：“我现在就让那个人来接我。”

沐良琴叉腰：“我要看着你上车。”

最后容榕没办法了，拨通了某个人的电话。

那边轻轻叫了一声她的名字：“榕榕。”

“是我，你能来接我一下吗？”容榕看着一脸严肃的沐良琴，无奈地报出自己的地点。

“好，等我。”

挂掉电话后，容榕摊手：“放心了吧？”

温槐安似乎看出点什么来，趁着沐良琴上车的时候，低头冲她眨眼：“是沈总吗？”

容榕一惊，猛地看向他，不知所措。

他跟她做了个小交易：“我暂时替你保密，请你也替我保密，好吗？”

容榕呆呆地点点头。

“谢谢容小姐。”温槐安起身，语气轻柔，“有空请一定赏脸吃个饭。”

待温槐安开车走后，容榕才后知后觉地感叹一声。

温槐安说话都是如此春风润玉，跟沐良琴真是互补到极点。

沈渡的车来得很快。

车水马龙中，沈渡的声音听上去并不清晰：“上车吧。”

容榕提着裙摆上了车，因为怕车门压到裙子，理了好一会儿才关上门。

前排的司机和魏琛同时转头看向她，笑着打了一声招呼。

容榕有些尴尬：“你们都在啊。”

“沈总刚办完事，正打算回公司。”魏琛开口解释，“一接到容小姐的电话就赶过来了。”

容榕点头，脸颊有些发烫，转移了话题：“听沈先生说你前不久请假了？是出了什么事吗？”

魏琛的神色紧张，透过后视镜悄悄看向沈渡，结果对方连个眼神都没赏给他。

他苦笑："身体出了点问题，现在已经都好了。"

他现在看到容榕简直激动得眼泪都要落下来，恨不得把人打包送进沈总家。

魏琛给司机老王使了个眼色，拉上了前后座的隔板。

容榕藏在大袖衫里的手指来回揪着，用细若蚊蚋的声音问他："麻烦你了。"

"不用客气。"特别公式化的语气。

容榕纠结了老半天，最后还是没忍住问出口："你对我今天这一身装束没什么感想吗？"

沈渡终于侧眼看她："有。"

"什么？"

他笑道："想听吗？"

容榕点头："想。"

沈渡放下手中的平板，冲她勾了勾手指："过来。"

她撑着座椅凑近他，乖乖将耳朵递过去。

沈渡抬着她的下巴，低头在她的嘴角轻轻碰了一下，蜻蜓点水一般，很快就放开她了，但他的唇又在她的脸上碰了一下。

容榕被这两个轻吻撩得不知所云，很高兴，又有些不满意。

她撇嘴："只有这个吗？"

沈渡轻笑："还有，但是现在不合适。"

"什么不合适？"容榕的双手撑在垫子上，红着脸，明明已经羞涩到极点，却还是逼着他回答。

沈渡看着容榕泛着水光的眸子以及轻咬着的唇瓣。

沈渡的目光渐深："别出声。"

沈渡摸了摸插在容榕发髻里的步摇的长流苏，脸不红心不跳地问她："这是哪里来的仙女？"

跟微信上的聊天不同，沈渡不是毫无感情，而是用他低沉的嗓音说出来的撩拨话语。

容榕学着沈渡，输人不输阵。

她不敢看他，咬着唇小声说：“你心里来的。”

沈渡失笑：“好聪明的小姑娘。”然后掐了掐她的脸。

两个人都在用气音说话，明明只是有点肉麻的情话，硬生生说出了别的意味。

怕前面的人听到，他们凑得很近，鼻尖都快要碰在一起了。

他不再说话，亲上她微张的唇。

容榕悄悄看向沈渡的下巴，发现他的嘴角有淡淡的口红印记，她这次涂的口红不是号称接吻都不掉色吗？

原来太激烈也是会掉的，广告词不能信。

容榕失望地指着他的唇：“有口红。”

沈渡的耳尖微红，大拇指随意地擦了擦嘴角，没擦去。

容榕呆呆地感叹：“擦不掉啊。”

沈渡低促地笑出声，反倒怪起她来：“下次不准擦这个了。”

容榕叉腰：“为什么？”

沈渡抚上她殷红的唇，淡声抱怨：“擦不掉，也吃不掉。”

就算现在是大白天，也抵不住有人耍流氓。

她一时没控制住声音，说了一句：“口红又不是拿来吃的。”

沈渡的食指轻轻搭在她的唇上，语气无奈：“嘘。”

可惜为时已晚。

车子忽然停在路边，前排传来魏琛弱弱的声音：“沈总，我和老王有点口渴，想下车买瓶水喝。”

沈渡看着缩成一团的容榕，声音带笑：“好。”

“沈总，你……”魏琛咽了咽口水，语气谄媚，“有没有什么需要我带的？”

沈渡微微一愣，尚未反应过来，倒是思想危险的容榕瞬间了然。

老板还没来得及回答，未来老板娘倒是发号施令了。

容榕的声音有些颤抖，但还是强行端着态度：“你要是敢下车，我马上让沈先生把你炒了。”

魏琛：“……”

可他不爱吃狗粮。

老王原本打算先送容小姐回家，再载沈总回公司处理公务，结果一不留神，忘了转向，车子直接往金融街那边开了。

这个点正好是放学高峰，戴着黄帽子的小学生过个马路都能引起一阵小堵，斑马线旁硕大的“礼让行人”四个字在这种人流高峰期时常会让司机心塞。

市中心主干道常年川流不息，十字路口的红灯虽只有短短的九十秒，却也让人觉得度日如年，已经轮了两个红灯了，车子才蹿上路口，再这样磨蹭下去，估计还没开到公司就下班了。

老王幽幽叹息一声，旁边的魏琛正沉浸在游戏的世界里。

他心里烦躁，不咸不淡地说了一声：“我女儿也喜欢玩这个。”

后知后觉的魏琛并没在意，反倒好奇地问了一句：“她什么段位啊？”

“这我哪儿知道，都是小孩子喜欢玩的游戏。”

魏琛反倒嘲笑起他了：“你看你年纪大了，和我们这些年轻人都有代沟了。”

老王一口闷气憋着，嘴角抽搐：“我说小魏，你这个天天被家里人逼着结婚的光棍就别扣帽子说自己是年轻人了吧？”

“我怎么不是？我是‘九〇后’好吗？”魏琛指着隔板后面的老板，断章取义式地转移火力，“沈总也是‘九〇后’，你怎么不说呢？”

老王呵呵：“我说沈总了吗？”

两个人争执间，老板微冷的声音从隔板后传来：“还没到？”

老王和魏琛互瞪一眼，结束了这场嘴炮。

“估计还有一会儿。”老王看了一眼前面亮红灯的车屁股，有些无奈。

魏琛安逸地半躺着，悠闲地说：“我们这儿还好，不限外地牌照，去年我陪着沈总回了一趟 D 市，限了牌照样堵成狗。”

堵车，是一线城市最美的风景线。

聊起这种生活问题，两个同样为老板打工的男人就显得十分有话题，反正抱怨就完事了。

“限牌能限到什么，有钱人的车子还不是一辆接一辆地买。哪像我们，养一辆车就累得够呛了。”

车后座不光是沈渡，就连容榕也莫名中了一枪。

偏偏旁边的魏琛还一副深有同感的样子，语气很酸：“对啊，沈总最近又买车了。”

无故中枪两次的沈渡语气很平静：“有什么不满可以说出来。”

其实沈渡算得上脾气不错的那类老板，性格也是一如既往的冷淡，很少精神分裂般拿员工出气，尤其老王和魏琛这种跟了他好几年的，平时在车上没话扯话偶尔开个玩笑他虽不会参与，但也不会说什么。

魏琛打着哈哈：“没有，没有，就是单纯地恭喜沈总喜提新车。”

沈渡难得接了他的梗：“提车那天你去吧，让你感受一下这份快乐。”

容榕的神情复杂，总觉得沈渡在欺负魏琛，但她又没胆子替魏琛出气，只能在心里暗骂沈渡。

魏琛好久没说话，容榕对他心生怜惜，觉得他肯定是自尊心受挫了。

过了半分钟，前排的魏琛终于回头，戏剧效果十足，就差眼角边挂上两条眼泪来烘托气氛，但估计手边没有现成的眼药水所以放弃了。

从他仿佛抽筋的下巴就能看出他有多激动了：“呜呜呜，沈总，下辈子我还想跟着你干！”

容榕：是她高估魏琛了。

等终于到众润大厦门口了，天色也渐渐暗了下来。

果然到下班时间了。

老王下车前问沈渡：“沈总，待会儿您还要用车吗？”

“你下班吧。”沈渡轻轻摆了摆手，“我开另一辆，这车你开走吧。”

除了容榕，其他人都下车了。

沈渡弯腰看她：“怎么不出来？”

因为他们赶着回公司，所以容榕言之凿凿地拒绝了要先送她回家的提议。

沈渡答应得很快：“那你跟我一起去公司，等我忙完了再送你回家。”

容榕欣然答应。

现在要下车了，她才猛地想起自己穿的这一身。

这套汉服真算不上日常，在众润集团本部溜达几圈，估计能被人当成奇观。

容榕的声音很轻：“我还是在车上等你吧，我这裙子太打眼了。”

沈渡只是反问她：“你在地下车库等我？”

“嗯。”容榕指着驾驶座，“别熄火就行。”

沈渡转头对魏琛轻声说了一句：“你先上去，我待会儿就到。”然后又坐回后车厢，手指搭在她的主冠上，有些哭笑不得，“这个戴着重不重？”

容榕老实地点头。

“那就换下来吧。”沈渡替容榕理了理额前的碎发，“穿着这一身待会儿也不好吃饭。”

“吃饭？”她没听说还有吃饭的安排啊。

沈渡叹气：“男朋友工作忙了一天，你这个当女朋友的都不打算陪我吃一顿饭吗？”

沈渡就是这样，说他性格冷淡其实也不准确，因为他时不时地放个炸弹。

就这种轻叹，连撒娇都算不上，顶多就是抱怨而已，但容榕就是被这男人的甜美模样吸引，特别吃他这一套。

别说陪他吃饭了，就是陪他通宵游街，只要他提了，牺牲美容觉的时间她也会毫不犹豫地同意。

“陪！”容榕连忙应声，转而又纠结起来，“可是我没带衣服来换啊。”

沈渡的神情很轻松，仿佛这都不是问题，他直接开门下车又上了驾驶座，发动车子离开了地下停车场。

众润大厦位于金融中心圈，周边有不少小型高端商场。

沈渡开到一家最近的商场门口，直接从皮夹里抽出一张卡给她：“跟柜台说记在我的私人账单上，如果不能记账就刷这张卡。”

容榕有些疑惑：“这个商场也是你开的吗？有内部员工价？”

“不是，只是有股份，所以可以记账单。”

容榕不太乐意：“我带了手机啊，不用你的卡。”

沈渡面色不改：“那你就当有内部员工价吧。”

“不用吧，我有钱啊。”

她不缺钱花，更没交过男朋友，习惯凡事自己掏钱，还在念书的时候朋友一起聚餐，高兴了就请客，虽然朋友都会在事后AA把钱打给她，但她这个习惯一直没改过来。

这种无缘无故让别人埋单的行为，总感觉很奇怪，而且她也不太好意思花沈渡的钱，这才刚开始谈恋爱就花他的钱，太别扭了。

沈渡转过头看容榕：“不能陪你逛街，至少让我为你埋单。”

纵是容榕这种不知道没钱是什么滋味的人也尝到了有一个愿意埋单的男朋友是什么体验。

容榕接过卡，一一回应了他的几句嘱咐后，下车。

她弯腰，冲着车里的沈渡小声说：“我刷卡很凶的哦。”

“刷吧。”沈渡轻笑，右手已经搭在手刹上了，“不限额的。”

容榕捂着嘴走进了商场，被商场明亮的灯光照回神智的容榕捏了捏自己的脸：“不要为了这点蝇头小利就神魂颠倒。”

一楼是化妆品专柜，容榕好奇地看了两眼，因为穿得打眼，被营业员一直盯着看了好久。

容榕有些尴尬地撕下眼角下的几颗小水钻，直接坐电梯打算去楼上买衣服。

经过一家出了名的态度不行的专柜前，那个柜姐仰着头看了她一眼，露出似笑非笑的神情，然后又给轻飘飘地挪开了。

容榕似乎听到她小声说了一句："穿成这样，唱戏呢。"

她没想到穿个汉服都能被翻白眼，这种待遇她还是第一次碰见。

容榕直接走过去，笑眯眯地看着她："最近有什么新款推荐吗？"

高傲的柜姐直接伸手指了指自己面前的几个瓶瓶罐罐："就这些，不打折。"

容榕又问："送小样吗？"

柜姐挑眉："只有 VIP 客户送小样。"

"我是啊。"容榕掏出手机，直接将电子卡出示给她。

"既打折也送小样的。"柜姐的态度一下子就来了个一百八十度大转弯，恨不得把自己面前的所有产品都给她介绍一遍。

容榕听她费口舌说了一大堆，最后什么都没买，顺便要了她的工号。

投诉一条龙服务，这种营业员被普通客户投诉最多扣业绩写检讨，被 VIP 客户投诉那就没那么简单了。

容榕笑着给她解释："这是汉服，不是唱戏的，没见识还是别当柜姐了吧。"

对方满脸通红，不知所措。

容榕也没觉得她有多忏悔，在转身那一刻似乎听到她说了一句"投诉也没用"。

容榕没理会，上楼挑衣服去了。简直就是现场考验约会穿搭，而且还有时间限制。

容榕很迷恋清新风的小碎花装饰，直接挑了一件微透印花两件套。

外衣是薄纱，袖口设计成微微拢起的泡泡袖，内件是丝质吊带，整件衣服的亮点在于背后的蝴蝶结，容榕绕着身子看了一眼背后，将头发捞起，打算待会儿扎个马尾辫让它露出来，搭配简单的 A 字短裙。

结账时，容榕下意识地要掏卡，又忽然想起沈渡说可以记账。

她问了一句："记在沈渡先生的账单下可以吗？"

柜员笑着点头："可以的，刚刚我们已经接到了经理的通知。"

容榕是个只吃红利的不管事股东，又从来不露面，逛店除非消费满额成为VIP才能享受这种统一记账的支付方式，但容青瓷是可以在任意与华渊集团有合作的商场享受私人记账的。

容榕将身上这件烦琐的汉服换下来，终于觉得一身轻松，再买一双丝绒高跟鞋，就差不多了，哪能真的拼命买。

之后她又自己往一楼逛了几圈买了些东西，用自己的钱就干脆多了。

容榕刚付好钱准备出去，就被刚刚那个高傲的柜姐和另一个穿着制服的男人拦住了。

柜姐抿着唇一言不发，倒是男人的态度很好，给她鞠躬道歉。

沈渡刚弄完工作上的事，将车停在一边，直接走到商场里面等容榕，看容榕似乎被缠住了，他蹙眉，走了过去。

容榕手上的袋子一直被那个柜姐拉着，非要给她当面郑重道歉，并且让她撤销投诉。

容榕的脸上有些不耐烦，周围渐渐有人交头接耳。

沈渡不是老板，围观的员工大多不认识他，等他走进了人群，那个让柜姐道歉的区域经理直说他侄女不懂事，让容榕原谅这一次。

沈渡只听了几句就明白了大概，他也没说话，直接喊了声那个经理的名字。

区域经理转头，认出沈渡，脸色有些白。

沈渡只是淡淡地说了一句："什么时候人事处理都能由你自作主张了？"

沈渡也就提了这么一句，态度很明显了。

之后，区域经理怎么训斥自己的侄女容榕就没兴趣管了。

● 第三章

防止女朋友生气的方法

容榕将购物袋塞进车后座，侧眼看他："待会儿我请你吃饭，不许拒绝。"

沈渡失笑，没答应，也没拒绝。

金融口这边没什么接地气的店，人均消费也差不多，她随便挑了周围风评还算不错的餐厅。

这家法国餐厅装修得很有情调，没什么金灿灿的挂饰，整体风格是简朴的田园风，就连墙上的画也大多是海面、田野和丛林这类印象派风格。

看来这家店的老板真的很喜欢印象画。

有世界名画的印本，也有一些并不眼熟的真画。

容榕看到一幅熟悉的画，以莫奈闻名于世的《日出·印象》为灵感，从宿舍窗外延伸，看到了后院砖墙上爬满的沥青以及盛开刚好的野玫瑰。

色彩对比度不大，因此让人觉得是在雾中。

莫奈笔下，哪怕是阿佛尔港口的日出也像是笼罩在薄雾之下。

容榕的作画风格深受他的影响，非常钟爱这类笔触。并不清晰的线条，只通过光与色的结合，还原某个特定场景的视觉印象。

那幅画下的小名牌用花体线条写出了作品名和画家名。

餐厅的人不多，无须预约，容榕指着那幅画，冲沈渡笑道：“我们坐那儿吧。”

很多人吃饭都喜欢靠窗，尤其在情调高雅的餐厅，玻璃将世界分割成两块，里头的人优雅地挥动着刀叉，耳边流淌着舒缓轻柔的提琴声，外面的人为生计奔波，步履匆匆，根本没有静下心来慢条斯理等套餐全部上齐的时间。

每张桌之间都有隔板遮挡，容榕选的座位靠墙，除了拍照好看，还给人淡淡的压迫感。

沈渡正在看菜单，轻声问容榕想吃什么。

容榕直接选的应季菜，交回菜单就一直盯着头顶的那幅画不出声。

这家店开的时间不算长，去年才正式在金融口落户，但因为装潢精致，从侍应生到戴着高帽的主厨都是金发碧眼的外国人，听说后厨房里的中国帮厨们以前都在米其林餐厅工作过。

沈渡见容榕一直盯着头顶上的那幅画，扬起眉：“喜欢？”

容榕腼腆一笑，试探地问他：“你觉得好看吗？”

沈渡是计算机系的毕业生，容榕其实没指望他回答什么，说一句“好看”就行了。

出乎容榕的意料，沈渡没有正面评价这幅画如何，反而十分客观地分析这幅画到底好不好。

“巴黎美院去年的应届毕业生中，这幅画的作者是唯一拿到春展资格的中国籍画家，当然好。”

容榕张着嘴，有些惊讶：“你怎么会知道？”

就算沈渡还有藏画的爱好，也不可能对一个刚出道没几年的画家这么了解。

沈渡的声音很低：“去年美院的珍藏展在国家博物馆举办，我陪我妈看过。”

当时的策展人在接待他们时，为了引出话题，顺口提到了那个年轻的毕业生。天赋极佳，当她的作品出现在展厅上时，不少画廊负责人找到艺术系，希望能签下她。

容榕“啊”了一声：“没想到阿姨对这方面也有兴趣。”

“我妈当时想要和画家见个面，只可惜当时那位画家还没回国，而且那位策展人说，”沈渡顿了顿，似乎有些不解，“这位心高的画家，从不见买主。”

容榕喝了一口水，问他：“很奇怪吗？”

“不奇怪。”沈渡轻笑，又看向那幅画，“看来这家餐厅的老板应该很欣赏她。”

此时，套餐的第一份菜已经端上来了。

容榕看着盘子里那条手指大小的海洋鱼，忽然就对这份套餐失去了兴趣。餐盘与鱼的大小比较，给她一种小鱼还游荡在大海中的感觉。

不过好在吃到主菜时，酱汁与A5级牛排总算勾起了她的食欲，她对法餐不怎么感兴趣，大学时期为了解馋，就在网上海淘各种国内零食，邮费贵得她都觉得心疼。

法餐吃的就是这种仪式感。

等套餐上到最后一份甜品时，容榕已经六分饱了。冰激凌被藏在透明冰罩下，盘底的干冰蹿出来，为这份甜品添上几分梦幻，她吃了一口，感觉还不如小时候最爱吃的巧乐兹。

沈渡显然也对甜品没什么兴趣，吃了几口就放下了叉子。

容榕起身：“我去一趟洗手间。”

这家餐厅的洗手间不大，所以女厕所不出意料地满员了。

反正不论去哪里，男女厕所就像两个极端。

容榕庆幸自己只是想补个口红，于是朝着前面没人的镜子走过去。

站在容榕身边补妆的女人正和朋友闲聊着，容榕补口红的间隙听了几句。

“听说这家餐厅的老板今天会过来。”

“你怎么知道啊？”

“刚听侍应小帅哥说的。”

“不知道老板长什么样。”

女人对着化妆镜抿了抿唇，笑道：“女人就算了，男人的话我倒是很好奇。”

两个人互相调笑着走出去了。

等容榕补好口红后，就将这件事忘了个精光。

容榕刚走回座位，就发现一个穿着黑色西装的女人正站在沈渡座位边。

容榕还以为沈渡要结账，想着明明说好了她请客，这男人真是阳奉阴违。

等容榕走过去看到正脸，才发现不是侍应生，而是苏安。她依旧是一身简约的打扮，嘴角的笑意原本还未完全散去，却在看到容榕的那一刻殆尽。

苏安惊讶地看着容榕，神情有些困惑：“大榕榕？”

“好巧。”容榕犹豫间也不知怎么开口，只说了一句最客气的话。

苏安的语气听不出好坏：“是你和沈渡来这里吃饭吗？”

“对啊。”容榕点点头。

沈渡见人回来了，干脆利落地说了一声：“结账。”

苏安忽然笑了，扬了扬下巴：“不用了，难得你们赏脸到这里吃饭，我这个做老板的怎么能不尽地主之谊，这顿免单。”

她仰着头，保持着得体的微笑。虽然说是请客，眼睛里却没有什么好客的情绪。

沈渡和容榕异口同声地拒绝：“不用。”

苏安嘴角的微笑瞬间凝固。

“非亲非故的，怎么好占你的便宜？”容榕微笑，侧头叫来侍应生，“结账。”

“我和沈渡是老同学，这顿饭钱算不上什么。”

苏安垂眸看向沈渡，语气有些无奈：“沈渡，你不会连这个面子都不给我吧？”

沈渡眉头轻蹙，语气是再正常不过的客气：“也就见过一面，实在不好意思让你破费。”

沈渡也没说谎，说是老同学，但他对苏安根本没有印象，所以也只能算是见过一面而已。

容榕笑着说道：“没想到你是这家餐厅的老板啊。”

苏安嘴角的笑意未达眼底：“很惊讶吗？”

“有点。”容榕没在意她的态度，不经意望向那幅画。

苏安注意到她的目光，语气终于缓了一些：“你也了解 Yinel 的这幅画？”

容榕含糊道：“还好，你怎么会挂这幅画在餐厅里？我看你家里不是有帕特森的画吗？”

苏安皮笑肉不笑地扯了扯嘴角：“我挂这幅画就是为了鉴别门外汉。”说完就睨了容榕一眼，又恢复了刚刚不咸不淡的语气，“如果一个人觉得只有大师的作品才能入眼，就算他收藏再多的画，也跟门外汉没什么两样。”

不过是看中“大师”两个字，因此觉得对方的作品也一定好，这跟鉴赏能力没有半毛钱关系。

侍应生拿来账单的时候，容榕抢先一步付了钱，苏安看向没什么表情的沈渡，再看了一眼正在签字的容榕，神色顿时有些意味不明。

“怎么是你付钱？”

容榕笑道：“我说了请沈先生吃饭。”

她将笔还给侍应生，胳膊掠过苏安时，右手手指上那枚蝶贝戒指上的锆石晃了一下。

虽然造型精致，但到底只是用锆石与贝壳做的，戴在手上除了好看，没多大价值。

苏安眯着眼问她：“你的 TF 家的钻戒怎么没戴出来？”

容榕低头，没看见她的表情：“嗯？那不是我的。”

容榕付完账后，打算和沈渡一同离开。

因为苏安的语气让容榕觉得不太舒服，所以没打算在这家餐厅久留，也就没在意身后的沈渡被苏安堵住了。

“之前一直约你吃饭，”苏安的语气有些不满，咬唇看着眼前的男人，“为什么总要拒绝我的邀请？”

沈渡皱眉：“如果要见面，找我的助理预约直接约在公司就好。”

苏安顿了顿，苦笑道：“我们之间就只能谈公事吗？”

沈渡反问：“不然？”

苏安不甘心地问：“这么多年的高中同学，就没有一点旧可以叙吗？”

沈渡不动声色地退后一步：“苏小姐，我确实对你没有任何印象了。”

苏安垂在身侧的手重重捏紧，她几次自尊心受损，都是因为眼前这个男人。

容榕刚走到门口，发现沈渡没跟上来，转头看过去，就发现他正跟苏安说话。

不是说不熟吗？

容榕冷笑，踩着高跟鞋又折了回去。

沈渡见容榕过来，张嘴刚想说什么，就被人一把揽住了胳膊。

容榕不满地甩着沈渡的胳膊，娇嗔：“沈先生，你还要让人家等多久呀？”

“……”

沈渡没反应过来，任由自己的胳膊被甩成招财猫。

容榕给自己打气，不能被自己整吐了，她就是这家餐厅最亮的“白莲撒娇女”。

容榕的长相本就清新乖巧，捏着嗓子撒娇，嘴唇鼓起，从鼻腔处“哼”了一声，九曲十八弯的音调让人觉得骨头都要酥了。

“哼，你好坏好坏的。”容榕再接再厉，用小拳拳捶了一下沈渡的胸口，“就想让人家吃醋，是不是？”

说完还特别做作地瞪了沈渡一眼，傲娇地别过头，跑开了。

沈渡挑眉，漫不经心地看了一眼苏安：“我要去哄她了，再见。”

说完也走出了餐厅。

苏安看着两个人的背影，气得牙都快咬碎。

她平生第一次骂了沈渡。

因为她曾经被沈渡无视过，理由还是他那个哥们儿告诉她的。

——我们渡哥说，他对你这种文静乖巧的女孩子没兴趣，他喜欢那种比较野的。

就那“人家人家”的，不知道这是什么新型的打法。

沈渡追上去的时候，容榕正在车子旁叉腰等他。

沈渡轻笑，想上前牵容榕的手，被绝情地一把甩开。

女人翻脸比翻书还快，刚刚还一副清纯可人小娇妻的模样，这会儿周遭没人就暴露本性了：“干吗？”

沈渡有些哭笑不得：“生气了？”

“想多了吧？”容榕假笑，语气平静，“无缘无故，我为什么要生气？”

明明从头到脚都写着“生气”两个大字，而且容榕上车以后，撇过头不理他了。

沈渡叫了两声“榕榕”，她都应他。

沈渡开着车，不方便总侧头，但能猜到容榕脸上是什么表情。

容榕原本心情就不太好，始作俑者脸上挂着的淡淡笑意让她更不爽了，因而语气也不怎么好：“你笑什么？”

沈渡清俊的侧脸被车窗外的光影照亮，他正专心开车，听她问了便也干脆答了。

沈渡这样的男人，敷衍自家女朋友时，居然也会用全世界的男朋友常说的“万金油”。

“没有，你看错了。”

容榕气他还狡辩，伸手点在他扬起的嘴角上：“那这是什么？”

沈渡稍稍侧了侧头，容榕的指尖在他的脸上戳出一道小窝。

沈渡清瘦，但并不是瘦得只剩下骨头，容榕这样一戳，指腹触感柔软细腻，居然还挺舒服。她像玩史莱姆一样，又换个位置戳了两下。

沈渡也没生气，只是轻声提醒：“打扰我开车了。”

他刚说完，车子恰好在十字路口停下等红绿灯。

天时地利，容榕哪管他人不人和，直接捏住沈渡的下巴，然后将他的脸扳过来。和脸颊不同，他的下巴有点刺刺的，刮擦着她的指尖，有些痒。

明明看着很干净，居然还能摸出短短的胡茬，容榕又摸了两下，沈渡低哑的声音响起：“摸够了没有？”

容榕眯眼：“沈渡先生，请注意你的态度。”

沈渡果然不说话了，眼眸微垂，将下巴交付在容榕的手上，九十秒的红灯时间，就是容榕尽情调戏沈渡的时刻。

沈渡像个好看的洋娃娃，除了头发没那么长，这副安静任她蹂躏的模样看着与平时不同。

容榕看沈渡这么乖，气也消了大半，大着胆子在他的脸上掐了一把。

沈渡的眼神闪烁，有些愣，抿着唇没有说话。

容榕以为沈渡不高兴被掐，恶作剧般又掐了两下：“让你总掐我。”

绿灯亮起，她放开了沈渡。

沈渡轻咳一声，继续开车。他单手搭着方向盘，像平时习惯的那样，伸手去掐她的脸，似乎想报复。

可惜副驾驶座上的容榕早有防备，迅速地躲过，沈渡的指尖只触上细腻的脸颊，便又落空了。

容榕得意地扬起嘴角，心情好了不少。

沈渡放弃了，送容榕回到家前都没有动作。

车子刚停下，沈渡立刻解放双手，精准地捏住容榕的脸。

容榕“唔”了一声，想要反击，沈渡却仰头躲，又因为胳膊上的优势，她伸直了一双手也碰不到他的脸，倒让他掐着脸报复回来了。

沈渡觉得容榕这样子有趣极了，一双清冷的眸子里染上温柔之色，连嘴角的笑意都跟着漾开。

简直是乐在其中。

容榕岂是这样轻易认输的人，摸不到沈渡的脸就转而去抓他的领带。

沈渡宝蓝色的领带被容榕从西装外套里扯出来，容榕握住领口一拉，原本想将沈渡拉过来让她掐，可是没控制好力道，他的身子一倾，那张好看的脸瞬间凑近。

容榕抓着沈渡的领带，有些呆滞。

沈渡轻笑，微微侧头，在容榕的唇上啄了一口，像羽毛般轻轻划过她的心间。

沈渡的鼻尖碰上容榕的脸颊，容榕浑身抖了一下，又看他稍稍退开一些，和她对视。

沈渡什么时候把灯打开的？

容榕看到了沈渡眼中的自己，如果不是他的眼眸深邃，一定可以看到她脸上的那层红晕。

容榕细嫩的手指还抓着沈渡的领带，沈渡也没急着抽回来，目光望进容榕的瞳孔中。

沈渡任由容榕抓着，伸手摸了摸她的头，柔着声音问："能不能别生气了？"

容榕咬唇，觉得自己实在太好哄了，她迅速放开领带，掐着他的一边脸，哼了两声。

被容榕捏着脸颊，沈渡也不反抗。随她闹，怎样都行。

容榕捏了一会儿自己都有点心疼了，悻悻地放下手，用手背摸摸，给他止疼。

沈渡靠在椅背上，闭上眼享受服务。

"沈先生，"容榕叹了一口气，终于吐出这句带着十足醋意的话，"你要时时刻刻注意自己的周围，学会自我保护。"

沈渡睁眼，难得没有出言调侃，只是顺从地点了点头。

她又谆谆教导："如果有人像我这么对你，你一定要严厉拒绝。"

“好。”

“当然，我除外。”

沈渡抬眉，语气有些惊讶：“这么不讲理啊？”

容榕还很骄傲地点头：“嗯，有意见？”

沈渡的目光微转，最后还是偏过头看她，口头签下了这份不平等条约。

“没有。”沈渡低促地笑了一声，“以后请继续保持这样的不讲理。”

容榕没话说了，大家都是新手，怎么他这么会撩？

男女果然有差异。

天气渐渐转热，四季交替，闷热又清凉的时节即将到来。像这种季节，不再适合沉闷厚重的颜色，而是清凉冰透的西瓜红，明亮夺目的柠檬黄、沁甜晶莹的荔枝白和澄澈见底的浅海蓝。

这一系列颜色恰好符合容榕从立夏初就发布的系列妆容视频。

容榕看着第一条热评，心中虽然愉悦，但身体很矜持。

热评第二引起了容榕的注意。

“上一个视频榕妹好像也是各种眼影盘混搭，学生党实在不知道该选哪一盘，要是有一盘眼影能满足所有要求就好了。”

“附议！要是在一个眼影盘里就好了！”

……

容榕想了很久，点开一星期前给她发过私信的某家国货的项目评审。

他们已经聊了很久了。

她给项目评审发了一条消息过去：“以水果为主题的系列眼影盘怎么样？”

那边回得很快：“当然好啊，不知道榕妹有什么具体想法，可以先说出来我们交流一下呀。”

美妆区的头号流量从来不缺上门的合作。

MD是近两年来异军突起的国货美妆品牌，在创立之初就请不少美妆博主做过推广宣传，一开始和其他的品牌并没有什么差别，直到去年开始，他们家摒弃了国内美妆市场惯用的通用外包装，开始走起独立设计风，且每一季度新出的彩妆系列针对不同年龄阶段的女性，旨在“无论年龄如何，无论是否拿起化妆刷，都是Mack Daddy（万人迷）”。

容榕很喜欢他们家的品牌主题，“万人迷”绝不是单指那些会化妆的女性。

因此她挑中了这一家，选择合作开发眼影盘。

她在发布这系列的妆容视频时，其实心里就已经有了产品设计的大致雏形，根据粉丝们的反应，这类主题的眼影盘推出后应该不会翻车。

容榕将大致的想法说给项目评审听。

没过多久，项目评审给她回信：“组长刚刚说可以。”

容榕和对方聊了一些细节后，将聊天记录截图发给沐良琴。

沐良琴的消息回得很快：“天才想法！不愧是我们榕妹！”

面对沐良琴这种突如其来的“彩虹屁”，容榕已经习惯了。

“他们说要找设计师设计，反正我也是学画画的，要不我自己来？”

“可以啊，以后还可以收藏。”沐良琴说完，给容榕发了一张照片过来。

沐良琴好像不是在上班，而是在逛书店。

“这家书店专门帮你做了一个宣传板，好大的牌面哦。”

容榕放大照片，宣传海报上最亮眼的是那一排“中籍印象派新锐画家首本画集发售！见证天才画家的成长轨迹”。

被这么不露痕迹地直接夸，容榕还真有点不好意思。

容榕只好转移话题：“你是不是翘班了？这个点还没下班吧？”

“我今天轮休。”

那边回了几句后，又传了张图给她。

结账柜台上，一摞画集，看样子沐良琴要买回家了。

“你一个人搬得动这么多吗？”

“没事，有人帮忙呢。”

容榕顿了几秒钟，了然。

“温槐安吧？”

沐良琴发了一个羞涩的表情过来。

容榕又调侃了沐良琴几句，沐良琴的少女心思都快透过屏幕溢出来了。

“你这本画集的销量真的很好，架子已经空了，是不是出版社帮你做宣传了？”

图书公司在签这本画集的时候就让她签过一份推广授权书，意思是用她画集里的部分画作为宣传点发上微博做推广。

容榕好奇地去微博搜了搜。

确实是做了宣传，但是有的赠书抽奖微博也只有过千的转发量，还是几个画家的画册合集，传播度不可能这么广。

容榕搜了自己画集的名字，最先出现的是一条热门微博。

B站苏安：“我喜欢的画家Yinel的第一本画集，支持一下。”

然后她发了张照片晒书，跟沐良琴一样，买了一摞，堆起来有半个人那么高。

之后便有粉丝在评论里放这位画家的维基百科截图，因为出道没几年，所以资料不多，目前为止知道的也就是国籍和毕业院校。

还有人问苏安会不会在微博下抽奖送书，苏安回：“不送，都是要拿来珍藏的，感兴趣的自己去买吧。”

容榕的书装订和纸张都很好，因此定价也比一般书要贵一些。

这一摞书几十本，也有小几千元了。

容榕盯着手机，心情很复杂。情敌是自己的粉丝，这种感觉恐怕没几个人能体会到。

容榕不动声色地将图保存下来，发给沈渡。

“上次在餐厅看到的画家新出的画集，有兴趣吗？”

沈渡还是一如既往地诚实：“没有。”

沈渡不知道，此刻他的形象还不如情敌苏安在容榕心中高大。

因为他不懂。

MD 的项目评审跟容榕透露过，B 站美妆区中，带货最强的就是她，其次不是川南和霍清纯那些粉丝已经破百万的美妆博主，而是苏安。

苏安推荐的平价产品寥寥可数，但只要她推荐过，淘宝店的买家评论就会出现她的名字。

容榕没想到苏安不仅在美妆这块带货能力强，就算是其他领域居然也能刮起一阵小风。

苏安在微博推荐了 Yinel 的处女作画集后，不少博主都将这本书列为“本月爱用物品”中的“提高生活品质的物品”分类中。

其中以川南为代表，大力推荐了这本书。

相对于化妆品这种消耗品，一本几十块的、封面精美的画集简直就是发 ins 的天然工具。

博主们为了提升品位，会推荐很多小众的东西，粉丝越是没听过看上去越高级。

当 UP 主拿着一本画集出现在她本月的爱用物视频中，并且说一句“这个画家的构图很有意思”，不管本人懂不懂画，至少说明人家愿意花钱在这种高雅的事情上。

在上个月官方统计的书籍网络销量榜中，Yinel 成为一匹黑马，挤进畅销明星作家的 TOP3（前三）榜单。

出版社提出加印。

容榕的版税又往上升了一个档次。

论坛又被注入了一股新的活力。

“有人知道 Yinel 这个画家吗？最近是不是营销有点多啊，广告都打到美妆界了？”

“插一句，这画集我买了，装订真的很精致，里面的画看着也舒服，我不懂艺术，但摆在书架上当个装饰挺好的。”

封面用的是容榕的一张画。

浅浅的蓝色海滩，泛白的夕阳落在海面上，没有特意追求色彩的写实，整体色调温柔，像是添了一层滤镜。

作者寄语也只有一句简单的英文。

“Thanks for liking my paintings.（感恩喜爱我的作品。）”

手写印制，摸上去还有凹下去的触感，嵌在磨砂质感的硬质书壳上很有韵味。

容榕关上书，坐在书桌前，因为死活憋不出灵感，只好从自己的画集中找。

MD 品牌已经跟她商定好了，这次的限定合作眼影盘一共出四款，分别对应四种水果，不追求欧美眼影的高显色度，主打粉质细腻。

如果要追求高显色度，那么“清淡”两字就注定与之无缘。

大众的看法不可能永远保持一致，容榕能做的就是尽力做出自己最满意的。

容榕照着自己的感觉交了草稿，项目评审那边还没有回复。

她靠着椅背，将草稿发给自己的经纪人。

画集卖得好了，她的经纪人就冒出来，问她什么时候准备下一次的画展。

她的著作权虽然在自己手里，但因为签了经纪人，所以要接私活还是需要跟经纪人说一声。

经纪人的效率也快，按照时差，国外现在应该是半夜，居然直接给她回电话。

接起电话那边就是一通数落：“容小姐，你有空接私活给人家画设计图，就没空创作两幅画让你的经纪人多吃两碗饭？”

容榕尴尬地笑了：“费小姐，作画需要灵感啊，不是说关在画室里一天就能搞出成品来。”

“虽然你认真对待作品的态度让我很感动，但是你的速度真是太慢了，知道吗？”经纪人深吸一口气，语气渐渐缓和下来，“我在你之后签的那个新人，已经打算跟着美院准备巡回画展了，你办了两次小型的画展就逃回国，连点消息都没有，是不是仗着自己那点天赋跟我摆谱？”

容榕抿唇：“没有。”

“有空就待在画室，要是所有画家都跟你一样没灵感就不下笔，艺术界早完蛋了。”经纪人嘱咐道，“最近有没有作品？发几张过来我看看，可以的话我看看能不能让你一起跟着去巡回。”

容榕翻找着自己的稿纸：“有一些想法，不过是线稿，要发给你吗？”

经纪人叹气：“发，有就发，你既然画了就发给我，非让我找你要？”

“你也没联系我啊，我以为你放养我了。”

“我放养摇钱树，我疯了吗？”经纪人抬高音调，语气有些委屈，“你知道这些日子我帮你争取到什么了吗？”

“什么？”

经纪人轻咳一声，淡淡道：“BI 基金会今年的慈善拍卖，你的画入选了。”

容榕愣了好半天，最后喃喃道：“你是神仙吧？”

“你是唯一一个入选的中国籍画家，如果你的画能被人高价拍下，我的招牌也算彻底打出去了。”经纪人感叹一声，终于有种熬出头的感觉，“到时候你考虑考虑在国内办画展吧。”

容榕爽快应下。

经纪人冷笑：“到时候就算你不想见买主，我捆也要把你捆去跟人见面。”

“……”

容榕没拒绝，也没答应，反正船到桥头自然直。

入选慈善拍卖会，虽然钱都捐给了基金会，但名声是自己的。一幅画换来整个艺术圈的目光和更多的发展机会，只赚不赔。

灵感伴随着她的好心情涌进脑子。

容榕窝进画室，从上午一直待到晚上，最后将四张上色图发给了项目评审。

容榕伸着懒腰走出画室，感受到脚边毛茸茸的，低头发现是“可爱”在蹭自己的腿。

它“喵”了几声。

容榕反应过来忘了给“可爱”喂食，就连自己也忘了吃。

容榕给它开了一个罐头，趁着它正专心吃食又给它铲猫砂。

等容榕安置好“可爱”才回到卧室打算给自己点个外卖。各种外卖软件逛了一圈，她发现自己什么都没兴趣，于是躺倒在床上，百无聊赖地点开微信。

聊天框置顶的是沈渡，今天到现在为止他们还没说过话。

容榕把自己的画入选慈善拍卖的好消息告诉了家人和沐良琴，唯独没有告诉他。

谁让他看不上自己的画。

容榕趴在床上，摸着“可爱”的毛，想了很久后还是决定勉强宠幸一下这个被她冷落了一天的男人。

容榕直接给沈渡拨电话过去。

沈渡接得很快，清冽的声音顺着电流传入她的耳膜：“怎么一天都不理我？”

“在工作。”容榕玩着“可爱”的尾巴，含糊道，“我有点饿了。”

“没吃饭吗？”

“没吃，中饭和晚饭都没吃。”

沈渡沉默了很久，沉声道：“出门，我带你去吃饭。”

容榕撇嘴：“手疼，不想走。”

电话那头的沈渡轻叹一声：“想吃什么？”

“想吃甜点。”

沈渡顿了几秒，话语简洁：“在家等我。”

挂掉电话后，容榕握着手机玩了几把游戏，又无所事事地在阳台上溜了一圈。

大概过了半个小时，沈渡的电话又打过来了。

“下楼接我。”沈渡的声音听上去有些无奈，“我没有门禁卡。”

容榕有些惊讶：“你过来了？”

她连忙披了一件外套，拿着门禁卡匆匆下楼。

沈渡的车被拦在公寓小区门外，容榕跟门卫说了一声，打开车门坐进副驾驶座，看见车后座躺着十几个精致的蛋糕盒。

这样还怎么燃烧她的卡路里？

容榕喃喃道：“这么多，我吃不完啊。”

沈渡替她做决定：“你挑你喜欢的吧。”

车子开到公寓楼下，容榕下车去搬蛋糕，发现后座不仅有蛋糕，还有她的画集，一整摞。

容榕沉默了几秒，蹙眉问沈渡：“你买这么多书干什么？”

沈渡的手上提着蛋糕，似乎觉得容榕这个问题有些蠢，但他忍住了，淡淡地说道：“研究。”

容榕头顶上的问号更大了：“研究什么？”

沈渡的声音带着笑意：“防止女朋友生气的方法。”

绝了。

容榕怀疑自己的书卖得这么好都是被这些人给作的。

这些人买书估计都是一摞一摞的。

而后容青瓷和徐北也发过来的照片证实了她的猜想。

容青瓷：“爷爷把店里的现货全买回来了，他让我问问你淘宝上卖的是不是正版。”

容青瓷：“我也买了一摞，拿来垫桌脚。”

徐北也：“哥哥疼你。”

“……”

她的后援团越来越大了。

第四章 我喜欢这个

容榕小时候还做过一个梦，长大了以后开一家蛋糕店，每天都有吃不完的蛋糕。

如今面前这些蛋糕虽说没那么夸张，但她肯定吃不完。

她咬着刀叉，看了一眼坐在旁边的沈渡。

沈渡靠在沙发上，一只手拿着手机，眼睛盯着屏幕，另一只手在撸猫。

小奶猫趴在他的大腿上，两只前爪撑着下巴，时不时仰起头来看沈渡两眼，接着又低下头继续闭眼享受。

沈渡修长有力的大手在它的背脊上滑动，“可爱”抬头“喵”了一声，沈渡垂眸看着它，嘴角露出笑，指尖挪到它的下巴上，漫不经心又温柔地挠了几下。

“可爱”闭上眼睛，发出“咕噜咕噜”的满足声。

沈渡笑了两声，继续看他的手机。

一人一猫如此和谐。

沈渡穿着再简单不过的白衬衣，垂眸浅笑的样子比猫还好看。

“可爱”还没长大，几乎全身雪白，趴在沈渡的大腿上，那慵懒闲适的样子倒和他很像。

容榕有些不爽，抬手戳了戳沈渡的胳膊：“你小心它的毛沾到你的裤子上。”

“不碍事。”

容榕没话说，只好偏过头默默地吃自己的蛋糕，咬了两口又觉得索然无味，看着那沈渡逗猫的场景，果断放下刀叉把“可爱”抱走丢在地板上。

“嗯？”沈渡问她，“怎么了？”

容榕指着沈渡的大腿：“掉毛了。”

他黑色的西裤上沾了一些白色的猫毛。

被赶下沙发的“可爱”一个小跳又爬了上来，肉爪踩在沈渡的身上，和他对视着。

或许是想要个窝着的地方，容榕看见它踩着沈渡的大腿中央，以一个十分懒散的姿势躺在他的腿上。

猫很轻，估计没踩疼，沈渡也没什么大动作，只是略微皱眉，下意识地握住它的爪子要拿开。

被拿开了爪子，“可爱”干脆安然地闭上眼。

容榕看呆了，“可爱”在她的大腿上通常都待不过半分钟，换个枕头就这么舒服吗？

奶猫很暖和，只躺了一小会儿，沈渡就觉得有热度隔着西裤渗进肌肤。

“我抱它去床上睡。”

猫原本就对周围的动静很敏感，容榕的手刚伸过去它就睁眼了，刚被抬起身子，“可爱”下意识地伸出爪子，稳稳地抓住沈渡的裤子。

容榕皱眉，下意识地一扯。

“可爱”抓得更紧了，指甲和布料摩擦，发出一声轻微的响声。

沈渡蹙眉，握着“可爱”的爪子一扔，双腿闭拢。

他的反应，容榕一帧不落地尽收眼底，神色复杂。

她犹豫了很久，但作为始作俑者的主人，还是非常负责地问：“没伤着吧？”

沈渡没回答她，只是沉着一张脸，看起来心情非常糟糕的样子。

“如果伤着了一定要说出来。”容榕摸着怀里的猫，生怕沈渡一个发怒就把它给煮了做猫汤，“男女朋友之间，不用计较这些。”

沈渡落败，耳根有些红，似乎在责怪她：“榕榕，少说两句行吗？”

容榕愣愣地点头，作势打了“可爱”两下，最后庆幸地笑了，替自己解围：“还好我养的不是狗。”

沈渡绷着一张脸问她：“你就这么期待吗？”

容榕咽口水：“你不要冤枉我。”

“你放心。”沈渡扬眉，语气从容，“为了你，我会保护好自己的。”

容榕憋出两个字：“谢谢。”

他们的对话好像越来越奇怪了。

容榕抓着裙角，继续坐下吃蛋糕，吃得有些心不在焉。

刚才沈渡不看她只顾逗猫，她觉得如同嚼蜡。现在沈渡不逗猫了就看着她吃，她又觉得怎么吃都不斯文。

“可爱”不知道什么时候又爬上来，容榕有些气恼地提起它又将它丢下去。

“不许躺这儿，要躺回自己窝里躺着。”

一只猫哪能听得懂这些，被丢下来了又锲而不舍地继续往上爬。

容榕哼了一声，横躺在沙发上，顺势靠在沈渡的大腿上，然后得意地看着“可爱”：“我也想躺这里，你一边去。”

“可爱”干脆跳到她的身上，踩了两下，换了另一个舒适地方躺下了。

这次是沈渡将它扔下去的。

“可爱”终于放弃，到旁边磨爪子去了。

他挑眉，低头看着躺在他腿上的小姑娘：“它平时还喜欢睡这儿吗？”

容榕撑起身子，不解地看着沈渡。

也不等容榕说什么，沈渡的目光流转，撩了撩她的刘海，顿了两秒才淡淡地说道：“我也想躺在这里。”

“……”

容榕红着脸叉了一块特别大的蛋糕，也不等他反应过来就往他嘴巴里塞。

沈渡下意识地张嘴，有奶油沾在嘴角上。他也没生气，喉结一动，将蛋糕吃进去，而后幽幽地看着她。

容榕心虚，也吃了一口大的，抽了一张纸递给他，想让他擦擦嘴。

沈渡没动作，只是把脸凑近她：“谁弄的谁负责。”

容榕咬唇，粗鲁地将纸巾盖在沈渡的嘴边，一通乱擦。

“榕榕。”沈渡往后躲，神色无奈，“你弄疼我了。”

容榕在心里骂了几声，双手扣着沈渡的肩膀，一把将他按在沙发上。

沈渡只是好整以暇地用那双好看的眼睛看着她。

容榕低头，一口吻上沈渡的唇，却听见他的喉间吐出一声闷笑，宠溺地揉了揉她的头。

沈渡重新含住容榕的唇，眼中满是笑意。

容榕跪在他的两腿中间，渐渐地，腿有些麻了。

沈渡察觉到异样，示意她起身，缓过神来以后换了一个话题：“你说今天工作了一天，都做了什么？”

容榕愣愣地回答：“啊，我答应了一家品牌的合作，要给他们新出的眼影盘画外壳花样。”

“能给我看看吗？”

“可是你对画不感兴趣啊。”她眨眼，不解。

“我对画不感兴趣，但是我对你感兴趣。”沈渡理了理起了皱褶的衬衫，“有这个荣幸吗？”

容榕当然愿意，起身牵着沈渡走进画室。

打开灯，墙上大多的画已经被她用白布遮住，只有斜角画板上的几幅小开纸张还露在外面。

都是水果，蜜桃、柠檬、猕猴桃和西瓜。

容榕笑道："好看吗？"

沈渡是第一次看容榕的作品，却觉得很熟悉。

他点头："挺好看的，你只画过油画吗？"

"平时没事也画素描。"

沈渡没有再问，容榕觉得他应该是不太懂，所以没什么好问的。

她轻咳一声，正色道："你不是很擅长复制'彩虹屁'吗？怎么当着我的面就夸不出来了？"

沈渡垂眸看着身侧的容榕。

"怎么了？你不是我的粉丝吗？"容榕抬眉，有些小得意。

沈渡微微张唇，有些无所适从。

容榕兜里的手机忽然响起，她看了一眼来电显示就出去了。

她出去后，沈渡随意看了看周围被覆上白布的画。

沈渡当然不可能去掀，只是注意到她桌上胡乱放着的几张草稿。

沈渡走过去，果然都是一些素描，线条粗细不一，应该是她平时拿来练笔的。

沈渡随意翻看了几张，直到最底下露出几张线条精致的画，沈渡下意识地抽出来。画上的人轮廓再熟悉不过，是他每天早上起床照镜子都能看到的一张脸。

右下角是对男人的称呼、日期和落款。

很早，时间是去年，还有一颗爱心。

画室的门重新被打开，容榕有些兴奋："沈先生，我下个月要去F国……"

容榕的话还未完全说出口，整个视线就被沈渡的胸膛挡住，后脑勺被人猛地扣住，唇上传来一阵温热。

侵略性极强的吻扑面而来。

容榕反应不及，靠在门上睁大眼看着沈渡，表情有些呆滞。

沈渡微热的呼吸打在她的脸颊上。

沈渡极力压抑着笑意，却还是露出了马脚，声音低哑又充满蛊惑性。

“榕榕，可以进一步吗？”

容榕之前还因为沈渡谈了恋爱依旧寡言冷淡的性格生气，现在想来还是她太天真。

也不等容榕回答，沈渡温柔地牵掣住她的腰，低头又在她额头烙下一吻。退去了方才的霸道与急切，沈渡整个人又恢复到往常模样。

容榕的嘴唇还有些发热，上下唇紧闭时还能感受到刚刚男人带给她的力道。

沈渡问完那句话后没下文了，只是轻轻地将容榕环在怀中。

容榕闻着沈渡身上好闻的气息，后知后觉地发现自己可能被调戏了。

有时候沈渡使坏逗她玩，她虽然面上不高兴，但心中总会有些娇羞和欣喜，可这不代表她不会反击。

容榕故意将脸埋进沈渡的胸膛，用力蹭了蹭。她没有化妆，所以很可惜不能印上一张面具，还好她涂了唇膏，虽然被沈渡吃进去不少，但还是勉强留了一个浅浅的唇印在他的白衬衣上。

她哼哼两声，抬起下巴眨眼看着他。

全手工定制衬衫做工精致，版型明明简单，却显得沈渡斯文矜贵，一天的风尘侵蚀，也未能让他沾染上半分烟火气息。

沈渡将衬袖卷起，露出结实的手臂，干练清爽。

他低眸，也看到了那枚唇印。

沈渡又捏捏她的脸，语气平静：“赔。”

容榕笑嘻嘻地说：“我赔你更好的。”

他顺着她的话问：“什么？”

“我去年逛银座的时候，替爷爷在街对面的‘一番洋服馆’定制了一套，他现在很少穿西服，但是我送他的这一套他就很喜欢，去公司经常穿。”容榕抱着沈渡的腰，身子一跳一跳的，“或者其他牌子，我买给你好不好？”

难得见人赔衣服还赔得这么兴高采烈的。

沈渡抿唇：“不好。”

“为什么不好啊？”容榕的情绪瞬间低落下来，幽怨地看着沈渡，“手工定制绝对不差。”

沈渡的语气幽幽的：“除了你，我不觉得有什么更好的了。”

容榕愣了半晌，喃喃道：“可我不是衬衫，不能穿在身上啊。”

“所以不用赔。”沈渡退后两步，放开对容榕的桎梏，神情温柔，“我开玩笑的。”

沈渡转身往容榕的书桌那边走去。

容榕歪头，好不容易找到机会能给沈渡送点什么，就这样被无情地拒绝了。

很多人都说，得到比给予更快乐。但她渐渐体会到，如果真的想让一个人快乐，给予其实比得到快乐一百倍。

为喜欢的人花钱，是多么让人满足的事。

恋爱经历匮乏的情感大师沐良琴曾说过：“如果一个男人真的喜欢你，你不用刻意去提醒他那些所谓的纪念日，也不用旁敲侧击地试探他是否愿意为你花钱，因为他哪怕只是随意地走在路上，看到了适合你的花、适合你的礼物，都会想要不要顺手买来送给你，让你开心。”

哪怕他买不起，这个念头也一定在他的脑海中出现过。

这种随时能想起的喜欢，随心制造的惊喜，是不需要另一个人去提醒的。

送礼物的人想要的回报其实很简单，就是一个简单又真切欢喜的笑。

容榕也想看到沈渡的笑，她走到沈渡身后，轻轻拉住他的衣摆：“让我送你吧。”

沈渡指着书桌上那幅露出大半的素描：“我喜欢这个。”

容榕顺着沈渡的目光看过去，心虚地睁大眼睛。

她明明压在最底下的！

容榕挡在沈渡身前将素描藏在背后，拼命摇头：“不行，这个没画好。”

被画中的人看到她那点小心思，实在够糗的。

“我觉得很好。”沈渡低头看着她笑，目光流转，“你偷偷画我，事先经过我的同意了吗？”

这是在跟她追究肖像权吗？

容榕小声反驳：“我就画着玩玩，又不卖，这也要经过你的同意吗？”

过了几秒她又蛮横地补充：“而且你是我的男朋友。”

沈渡见招拆招，学着她状似委屈实则狡辩的语气：“男朋友问女朋友要一幅画着自己的画，居然也被拒绝得这么干脆。”

“你要想要，等我画一幅好的送你。”容榕仰头看沈渡，有些无措，“我不是经常画人像，有的画都不太拿得出手啊。”

沈渡也没为难她，点头答应了：“别忘了。”

“画也送你，衣服也送你吧。”容榕得寸进尺地跟沈渡提要求，“满足一下我。”

沈渡扬眉，声音很轻：“我不缺衣服啊。”

容榕不解：“不缺就不能送了吗？你不缺衣服，难道你就不买新衣服吗？”

沈渡没有买新衣服的观念，通常品牌直接告诉魏琛出新款了，魏琛先挑几件他平时爱穿的款式，他选好后品牌那边直接按照他的尺寸定制，过段时间就会有人直接送到他家。

要说买，也算不上，沈渡通常都是按季度付钱。

对于容榕这种强烈的购买欲，他除了妥协也没别的办法。

得到沈渡的同意后，容榕想着反正桌上的涂鸦他也看到了，就干脆将自己最近的一些线稿都展示给他看。

容榕真的很少画人像。

沈渡一张张看过去，终于找到一张人像。两个轮廓还没有绘上五官，但仅凭其他特征就能看出来这是一男一女。依偎在一起，明明还未画完，却已经可以窥见画中二人的亲密。

沈渡微微蹙眉，指着小开纸上的两个轮廓问她：“这是谁？”

容榕反应不及："啊？"

"你和前男友？"

"啊？"

沈渡放下那张画，目光清冷，语气不怎么好："你是给每一个交往过的男朋友都画过吗？"然后看着自己刚刚要来的那幅画，忽然觉得很不顺眼。

容榕愣愣地摇头："不是啊。"

沈渡眯眼看着她："你不想说，我不会逼你。"

沈渡变脸犹如翻书，刚刚还一副温柔的模样欣赏着她的各种涂鸦，这会儿就沉着脸好像她做错什么似的。

容榕有些莫名其妙，又不太好意思说她没交过男朋友。

二十多岁的人了，要说自己还是初恋，是不是有点太丢脸了？

就冲苏安喜欢他这么多年，容榕也能猜到他学生时代有多受欢迎。

容榕不是很介意沈渡有过感情经历，但是她介意自己没有过，总觉得不太公平。

容榕也没有解释，咬唇拿回他手上的那张画："你生气了？"

"没有。"沈渡敛眉，神色未变，一本正经地询问她，"你多少岁开始谈恋爱的？"

容榕信口胡诌："大学吧。"

沈渡的语气比刚刚又低沉了几分："徐北也？"

容榕的神情纠结，摇头，多余的谎也编不出口了。

"好了。"沈渡挪开目光，语气淡淡的，"不想说就算了。"然后又扫了一眼她手中的画，想揭过这个不怎么令人愉快的话题。

容榕想了很久，还是决定跟他解释："这个画里的人是我父母。"

沈渡的神情顿了那么几秒，最后冷漠地回复："哦。"

面对沈渡的冷漠回答，容榕有些生气了："是前男友你不高兴，不是前男友你也不高兴，你这男人真难伺候。"

沈渡的耳尖动了动，侧身盯着她："既然是你的父母，怎么不把五官画上？”

容榕耸肩：“我不太记得我妈的样子了，如果只画我爸爸又感觉有些奇怪。”

她说原因的时候，神情很放松，明明这并不是什么值得高兴的原因。

沈渡没有再多问，只轻声对她说：“抱歉。”

“但我记得她很漂亮。”容榕扬唇又笑了，声音轻快，“她是演员，那时候追星不像现在这么方便，她的那些粉丝经常偷偷跑到家门口来看她。”

容家的大儿子娶了一个演员，就算已经过了这么多年，圈子里还时常提起。

沈渡是前几年才到清河市发展的，却也在饭局上听过不少关于容家的闲谈，即使容家死死地压下当年大儿媳跳楼自杀的消息。

容榕的母亲丛榕，未婚先孕嫁入容家，豪门太太的日子还没过上几年就抑郁自杀，没几年容家大儿子容子儒肺癌过世，到底是真的身体不好还是因为妻子过世承受不了打击因此熬坏了身体，外人一概不知。

这些事传得也越来越离谱，到最后就成了豪门秘闻。

现在网络发达，其实也是可以查到她母亲长相的，但她不想查。

容榕重新将父母的画藏在最下面，收拾好心情牵起他的手，笑道：“刚刚你把我想说的话打断了，就是我最近接到个画画的活，挺重要的，所以再过半个月就要去F国闭关了。”

容榕并不满意入选的那幅画，因此必须在慈善会举办之前，拿出更加令人信服的作品，得到BI基金会的肯定。

离慈善会还有很久，她也可以顺便回一趟学校，跟着经纪人去见见这次慈善会的主要发起人和赞助商，感谢他们赏识自己的画。

沈渡点头：“去吧。”

“如果你到时候有空，记得来看我。”容榕知道他的工作忙，也没勉强，补充道，“没空也没关系，我们可以视频聊天，不过闭关期间，我可能会被没收手机。”

沈渡的目光平静，语气温和：“有工作就好好完成，不急着这一时。”

容榕开玩笑地说：“如果这次工作能够顺利完成，我就不是混吃等死的容二小姐了。”

沈渡没理会容榕的自嘲，肯定了她的价值：“你一直不是。”

容榕嘴角的笑意越来越明显：“如果你有空，一定要来啊。”

——我想让你看到我光芒万丈的那一面，连同我被世人认可的作品，证明你给予我的肯定是正确的。我会和你一样优秀。

沈渡点头：“好。”

夏天终于到来。

天空湛蓝深远，万点金光洒满江面，炙热的阳光从树叶中射下来，在地上印满光斑。

蜻蜓和蝉贴着树荫飞过，鸣叫声与风划过树枝的声音相混，天光大亮的盛夏，惬意舒适的风比什么都难得。

又到了女孩子们最爱的季节。

短裙，吊带衫，还有融化的冰激凌。

每个品牌的夏季限定在市场上激起新一轮的竞争。

MD 官方旗舰店：“来了！MD 和大榕榕 @ 门前一棵大榕树的夏日限定眼影盘开始预售了！这个夏天我们在变美的道路上不断尝试，MD 与 B 站美妆区‘颜值山脉’的首次碰撞，合作推出夏日少女十二色眼影，大榕榕呕心沥血亲自设计的少女外壳哦！总有一款适合少女的你，戳预售链接，前一千名下单送同系列防水化妆包，快来！”

配图是四盘眼影的具体细节和精致的外壳封面，还有模特的试色。

很清新简单的配色，采用硬纸壳包装，不显累赘，也不会过于廉价。

价格不过百，是正常的国产眼影定价。

官方的推广力度很大，刚放出预售链接不过半小时，限量的五千盘就已经销售一空。

论坛实时更新着最新动态。

“大榕榕的影响力我服了，这堪比几线小明星了吧？”

“嗯？就我一个人觉得这个眼影盘的画风总感觉在哪里见过吗？”

万能质疑金句。

如果有人同样提出了疑问，一人认同这种观念就理所当然地成为少数人的真理。

“隔壁有人提出眼影盘的外壳手绘熟悉，我一看这不就是之前屠版的那个小众画家的画风吗？”

主楼放出了眼影盘的外壳特写以及Yinel的画集中的某幅静物图，都是粗线条直接勾勒轮廓，阴影并不明显，乍一看都是很常见的油画风格。

“感觉只是风格相似。”

“借鉴了吧，配色元素都很像，画画不可能不需要借鉴的。”

……

众人说法不一，楼越叠越高，直到超过原本眼影盘预售的热帖。

这类主观性很强的标题，往往最能吸引人。

营销号直接将帖子的主题和两幅画对比截图到微博。

龟区鸭组今日爆料：“有人质疑大榕榕和MD合作的那盘眼影借鉴了小众画家Yinel的风格，粉丝三百万的大博主应该不至于这么不爱惜羽毛吧？”

有不少人都转发了营销号那条态度似是而非的微博。

大榕榕的微博账号“门前一棵大榕树”自从两个月前就再也没有更新，却依旧保持着每日“10w+”的阅读量。

甚至有人在评论底下提醒她，让她出面回应。

这种事最佳应对方法就是冷处理，群众的忘性很大，等一帮人嘴皮子耍够了，翻出的水花也就渐渐归于平静。

尤其是疑似被借鉴的还是不怎么知名的小众画家。

热帖足足在首页挂了一星期，渐渐被其他瓜给压下去了，直到突然有一位专业人士晒出了各种落笔和细节的相似处。

大家发现无论是从画风还是落笔习惯，大榕榕和那位画家都非常相似。

Yinel 出道不过两年，在国内的知名度并不高，顶多就是小众圈里知道她，直到苏安在她的画集出版之后在微博上公开表白，她的名字才渐渐被大众熟知。

因为大榕榕的主要根据地不是微博，那位专业人士又特意录了一个视频传上 B 站，力证自己没有改图，将对比两幅画的过程从头到尾录下来。

偌大的标题十分吸睛——粉丝三百万的“大榕榕”，拿别人的画赚钱，吸小众画家的血，你良心不会痛吗？

视频举证很清楚，弹幕的态度一边倒。

大榕榕仍旧没有任何回应，两个月前的微博评论已经过万，大家都在说她早有预谋，所以现在跑路了。

知道一切的沐良琴怕耽误容榕闭关作画不敢联系，每天拿着手机生闷气。

MD 的官方既联系不到大榕榕，也不知道该怎么找到 Yinel，不敢轻易发声明，只是单方面暂时下架了眼影盘的第二轮预售，如果确定了过渡借鉴，再将第一批预售全部收回，给买家统一退款。

换言之，如果 Yinel 给出回复，或者大榕榕承认单方面借鉴，MD 将会立刻追究大榕榕对他们造成的经济损失。

官方在等双方的一个回答，粉丝们就算不满他们这种一概撇清责任的处理方式，也无可奈何。

毕竟谁也冒不起这个险。

整个美妆区都安静如死水，容榕到底在美妆区的影响力不小，在事情尘埃落定之前没有哪个 UP 主敢轻易站队，话题还只是小范围爆炸，到现在也没有上热搜。

毕竟抄袭借鉴这种事，一定要正主承认，才能算实锤。

直到苏安转发了这个视频，惜字如金地敲上了“恶心”转发后，话题才彻底爆了。

沐良琴捏着手机，语气不耐烦到极点：“我都说过很多遍了！大榕榕就是Yinel！她们是同一个人！”

电话那头仍是负责人冰冷客气的声音：“沐小姐，不好意思，在你出示有效证据能够证明她们是同一个人之前，我们官方不可能澄清说明。”

“我要真有证明还用在这里跟你打口水战吗？！”

对方依旧婉拒了她的说法，坚持要得到当事人的回应，才会考虑出面。

沐良琴气闷地挂断电话，烦躁地抓乱自己的头发：“早知道就不让她接这个活了！”

除了沐良琴清楚真相，剩下就是容榕的家人。沐良琴好不容易托人要到了容青瓷的联系方式，却被对方一句话打回来。

“早该让那丫头吃点苦，不然她还真以为网络是什么人间天堂，这事让她自己解决吧。”

沐良琴原本想让容家出面压一下网上的负面评论，想了想又放弃了这个念头。看她堂姐的态度也能猜到，她当美妆博主这件事有多不讨家人的喜。

等容榕知道这件事后，自然可以亮相澄清，根本不费一兵一卒。

沐良琴何尝不知道这个道理，她不过是受不了，明明事实跟传闻背道而驰，容榕却要平白无故接受这些扑面而来的脏水。

原来帮不上朋友的忙，会让她这么难过。

沐良琴平复呼吸，只能抓住最后的救命稻草。她带着哭腔打电话给温槐安。

温槐安一听沐良琴带着哭腔，立刻紧张了几分：“良琴，怎么了？”

“榕榕被人诋毁了，我知道所有的事情。”沐良琴大口喘着气，尽力控制着自己的呼吸，咬字清晰确保电话那头的人能听清，“但我不知道怎么帮她，你能不能帮我联系到沈总啊？”

温槐安轻声安抚：“别急，我把他的电话告诉你，你好好跟他说。”

沐良琴勉强笑了：“温总，谢谢你，真是麻烦你了。”

“你的朋友也是我的朋友。”温槐安的声音轻柔，言语温和，“挂电话吧，快去联系沈总。”

沐良琴匆匆挂掉，又拨通了沈渡的电话。

在电话接通的那一秒，沐良琴一口气不带喘的、言简意赅地向沈渡说明了所有情况。

沈渡很平静：“我知道。”

“你知道？”沐良琴茫然地张着嘴，愣愣地问他，“你知道她就是Yinel？”

“知道。”

“她告诉你了吗？”

“没有，我猜的。”

沐良琴没懂沈渡的意思，小声试探道：“你为什么会猜到她是Yinel？”

沈渡淡声道：“因为我相信她。”

沐良琴好不容易憋回去的眼泪又出来了。

这是什么绝美爱情啊？其他人都不相信容榕和Yinel是同一个人，但这个男人无条件地信了。

沈渡见沐良琴不出声，主动开口叫她：“沐小姐。”

沐良琴回神：“啊？”

“两天后的飞机，你跟我一起去F国吧。”

“啊？”沐良琴没回过神来，愣愣地说道，“两天？我还要请假，还要买飞机票，来得及吗？”

“告诉我你的就职公司，还有，”沈渡顿了几秒，声音低沉，“是私人飞机，不用买飞机票。”

沐良琴咽了咽口水，小声报出自己的公司，然后又不放心地问了一句：“沈总，您能帮我跟老板请到带薪假吗？”

沈渡愣了两秒，回复：“当然。”

沐良琴擦了擦鼻涕：“那就拜托沈总了！”

第五章
脱粉现场

沐良琴成功请到了带薪假，而且是在带薪年假已经被她挥霍一空的前提下。

沐良琴不是业务骨干，平时也很少加班，周末双休，到点就当咸鱼，原本跟沈渡说想请带薪假也是说着玩，谁知道真的实现了。

她偷偷查了喷气式飞机的价格，随后淡定地放下手机，心中顿时波涛汹涌。

沐良琴生怕搞坏了什么东西把她几个月的工资搭进去。

乘务员为沐良琴送上果汁，她笑着接过。

可能是因为机舱内奢华的装饰让沐良琴有些飘了，她不经意地从广角窗往外看去，云层仿佛踩在脚下，天空上光线充足，也比不过她现在坐的这张可以连接手机随意调控角度，甚至能够收听个人广播，控制照明和温度的真皮靠椅给她带来的幸福指数高。

前排的沈渡已经戴上眼罩准备休息，沐良琴总算能放肆地打量整个机舱了。

飞机降落在 F 国机场。

天气比国内稍微凉快一些，但热风吹来，刚从低温机舱里出来的沐良琴还是打了一阵热哆嗦。

沐良琴跟在沈渡身后，没多久就进入了VIP通道，穿着制服的外籍工作人员接过魏琛和她手中的行李袋。

从头到尾，她就只给了沈渡身份证号和护照，连登记手续都没办，就这样迷迷糊糊地被带到了F国。

绕过走廊，几个人在休息室暂时安顿下来，等车子过来接。

工作人员端来了三杯香槟，沐良琴小心翼翼地接过，稍稍抿了一口，遂端着酒杯故作姿态地走到落地窗前看起风景。

沈渡坐在沙发上，拿出随身携带的平板，看起了证券新闻。

沐良琴看着烈日下来往行驶在跑道上的飞机，终于忍不住问出口："魏助理。"

魏琛应了一声："怎么了？"

"你们沈总还缺人手吗？"

"什么？"魏琛侧头看着沐良琴，满是不解。

沐良琴的语气严肃，看着不像是开玩笑的样子："你说我来给沈总打工怎么样？"

魏琛听到，瞬间开启防御状态，生怕眼前这个女人抢他的工作："我们沈总身边不缺人了。"

沐良琴幽幽地看了他一眼："你一个男人能不能有点上进心？"

魏琛不以为耻反以为荣："能，但没必要。"

他现在兼职沈总的生活助理，虽说承包了沈总的生活琐事，但年近三十的老光棍一不滥交二不爱玩，基本上没什么事情是需要他下班后去做的，可以说非常舒服了。

沐良琴羡慕嫉妒恨："你们每次出差都这么舒服吗？"

哪像她，国内节假日抢个飞机票都能引发肌腱炎。

"差不多。"

她刚刚在飞机上喝的酒、吃的糕点，全部来自一流品牌。

沐良琴咽了咽口水："你们沈总真的不缺人手吗？我工作能力挺强的。"

魏琛轻飘飘地看了沐良琴一眼，傲娇地撇过头："沈总有我就够了。"

"……"

直到坐上加长商务车，沐良琴的心才跟着脚一并落在地上。

从头到尾沉默着的沈渡终于开口："我先送你去酒店，两天后的慈善拍卖会，你跟我一起出席。"

"不跟榕榕说一声吗？"

沈渡摇头："不用打扰她。"

到了酒店后，个子很高的侍应生接过沐良琴的行李，沈渡好像还有别的事，又坐车走了。

沐良琴看着越来越小的车屁股，感叹沈渡不过来参加个慈善会，居然也有工作要忙。

沐良起戳了戳魏琛的胳膊："你们老板有工作，你干吗不跟着一起去？"

"沈总去接他的父母。"魏琛耸肩，"我一个外人跟着瞎凑什么热闹？"

沐良琴有些惊讶："他爸妈也过来了啊？"

"沈总的父母也收到了基金会的邀请函，两天以后也会出席。"

因为这次的慈善会有中国艺术家参与，所以国内也来了不少专家。

魏琛将沐良琴送到房间门口就回自己的房间了。

沈渡很大方，给沐良琴订了高层套房，沐良琴去参观浴室，发现配套的洗护产品都是贵妇级的，梳妆台旁还摆放着几瓶香氛。

容榕出国前刚向她推荐了面前的身体乳。

前调佛手柑，到了中调后就是浓烈的玫瑰香，香味很浓，容榕说涂一点就好。

沐良琴转眼间又想到了容榕那女人。

她叹了一口气，希望容榕现在对于外界的流言蜚语什么也不知道。

沐良琴大概收拾了一下行李后，打算下楼吃自助，反正也没伴，干脆约上了同样无所事事的魏琛。

自助餐厅里的客人不多，她和魏琛选了比较偏僻的位子。

她吃到一半忽然有上厕所的冲动，还好魏琛不是什么高雅的人，淡定地甩手让她快去，自己帮她看着盘子。

沐良琴找到厕所，坐在马桶上开始进入冥想状态，偶尔有开门、关门声和外语的交谈声，她听不懂，索性玩起手机，直到她听见了熟悉的中文。

“安柠，谢谢你请我们来F国玩哦，真是让你破费了。”

来自她隔壁厕所，左边那间。

“小事，我不过是想找个证人罢了。”

左边隔间的女人“咯咯”笑了两声，又问：“安柠，你真的能联系到Yinel吗？”

这个声音很熟悉。

之后右边也传出了声音，淡淡地说：“不知道，我试试吧。”

“这女的也太不要脸了，抄袭都抄到你偶像头上去了。”左边那女人冷哼一声，语气愤懑，“我还真当她是什么出淤泥而不染的白莲花呢，当时多瞧不上Yinel的那本画集，连提都懒得提一句，原来是暗地里想抄袭，等被发现了就装作压根不知道Yinel呗，手段够低下。还好安柠你肯站出来帮Yinel说话，不然她抄袭这件事没多久就被压下去了。”

右边隔间的女人没再说话。

左边的继续说：“她也不知道买了多少通稿，天天在网上吹白富美人设，真正的白富美会这么不要脸地抄袭？”

右边的女人淡声道：“不过是靠男人罢了。”

“嗯？安柠，你知道？她背后有人？”

“别问了，我不想说。”有水声盖过说话声，“我先出去了，别让他等久了。”

没多久，左边也响起了冲水声。

厕所重新安静下来。

沐良琴捂着嘴悄悄打开门，都说女厕所有大乾坤，这次可算是被她碰上了。

回到饭厅后，沐良琴也没什么心思吃饭，一心就想着两天后能见到容榕，到时候自有容榕收拾那帮人。

魏琛看沐良琴一副要炸的模样，满脸困惑："这儿的东西有这么难吃吗？"

"你不懂啦。"沐良琴趴在桌上，语气不善，"刚刚在厕所碰到熟人了。"

魏琛了然，点头道："是容易遇上熟人的。我听沈总说，小容总和徐律师明天也会过来，你是容小姐的朋友，应该认识他们吧？"

沐良琴兴趣怏怏："认识，不熟。"

他们来能干吗？难不成能帮着容榕一起收拾那帮人吗？可怜她的好闺密一个人默默承受着外界的流言。

这年BI基金会主办的慈善拍卖会依旧在电影节与时装周期间举行。

前不久高定周闭幕，热度还未完全冷却，不少记者都到场了，闪光灯从大厅入口一直跟到拍卖厅门口。

拍卖宴厅后台的容榕正在化妆。

经纪人费思站在容榕旁边不停地给她洗脑："待会儿不管是谁拍下了你的画，你都必须去见人家一面，好好道个谢，知道吗？"

容榕任由那把化妆刷在自己的脸上扫来扫去，耷拉着眼睛点头："嗯，知道了。"最后抬头让化妆师给她再加深一下眼部遮瑕。

连着几个月没睡好觉，终于在交作品的那一刻彻底解放了。

她都不知道自己是怎么熬过这几个月的原始生活的。

容榕伸出手，语气不满："我的手机是不是该还我了？"

"还你，还你，但是你的电话卡还是国内的，小心流量。"

容榕接过手机，扬声道："我是在乎那点流量费的人吗？"

容榕按下开机键迟迟没有反应，手机没电了，她无奈地扔下了手机。

此时拍卖厅的立体音效已经传到了后方，拍卖会正式开始了。

最先被拍卖的是雕塑家 Orlinski 的作品金刚塑像。

计数器的声音不断刷新，整个会厅除了竞拍的人，都保持着安静，最后这座雕像以六点四万欧元的价格被竞得。

不算多高，但也不低。

到了容榕的画出场，拍卖会已经进行到一半了。

Yinel 的印象派油画《The sound of silence》（《寂静之音》），大开面的框架画，寂静沉谧的城市景象。

苏安最先举起竞拍牌，主持人在上方报出竞拍价。

之后另一只手举起，说出了高她一倍的价格。

苏安猛地朝那个方向看去，因为人太多了，看不见是谁在和她抢。

她再次举起牌子："Fifty thousand euros（五万欧元）。"

不远处的魏琛不安地看向沈渡："沈总，她又加了。"

沈渡挑眉："继续。"

魏琛刚想举牌，就被另一道声音提前打断。

"Sixty。"

魏琛看过去，那人就坐在他后面两排的位子上。

是徐律师。

不过一会儿，又是一个熟悉的声音开始竞拍。

"Eighty。"

小容总仿佛打定主意要跟这几个男人作对。

魏琛有些急了："沈总，我们还加吗？"

"继续。"

眼看着这幅算不上是名作的画，因为几人的竞争，价格远超它原本该有的市值。当竞拍价超过十万欧元时，竞拍声渐渐低了下去，但那四个人仍旧像接力一般，不断地抬价。

沈渡在十三万停下。

苏安迫不及待地喊出 13.5 万的价格。

沈渡淡淡一笑，让魏琛放下牌子，刚刚还步步紧逼，转眼就退出竞拍，最终，目前拍卖会上最高的竞拍价出现了。

13.5 万欧元，来自中籍画家 Yinel 的《The sound of silence》。

沐良琴看呆了，有钱也不能这么乱花吧？

苏安气得发抖，只要拍下这幅画，就可以见到 Yinel，但是她没料到，代价会这么高。

她想找到恶意抬价的那几个竞争对手，无奈满厅都是人，根本找不到人。

13.5 万，就这样买到与 Yinel 见面的通行证。

苏安身旁的中年男士用英文对她说了句“Congratulation（恭喜你）”，她只能勉强挤出一抹笑。

原以为 Yinel 的画就算有市场，也不可能卖出十几万的高价。

慈善拍卖还在进行中，已经有竞拍品的价格超过那幅画了，是球队专属配色的限量手表。

从经济价值来说，在短时间内，Yinel 的画绝不可能升值到 13.5 万欧元的高价。

一开始竞拍的时候，其他人只是以拍卖的最低加价标准竞拍，不知为何，价格开始成倍翻涨。

到最后她只想着赶紧拍下这幅画，见到 Yinel，没有其他心思去想是不是有人在刻意抬价。

Yinel 出道两年，画展上所售卖的画最高价格也只有三万欧元，她锋芒刚露，尚未被艺术界彻底发掘，正处于磨合成长阶段，三万欧元对于一个新生印象派画家实属天价交易。

苏安的心情很复杂。

一百多万人民币，说是打了水漂，她却从众多艺术收藏家中抢到了这幅画，说是值得，可她也没办法真的承认，自己喜欢的画家已经达到百万竞拍身价。

身旁的川南浑然不知，一味地恭喜她，语气里不乏羡慕：“安柠！你能见到 Yinel 了。”

慈善拍卖结束后，就是基金会特意为所有来宾准备的慈善晚宴，因为和电影节日期相近，晚宴到场的影视界嘉宾不少，其中也有国内的，所以到场的国内媒体也不少。

苏安用 13.5 万欧元，亲手将 Yinel 送上国内热搜。

刚刚跟苏安一同竞价的几个外国来宾手持香槟过来恭喜她。

这次拍卖会的策划人也特意过来向她道谢。

Yinel 是一块还未被打磨完整的璞玉，策划人感谢她此次的竞拍之举，成功地将 Yinel 送到大众眼前，巴黎美院出身的艺术高才生，前途无量，通过这次高价竞拍，以后她的作品也只会水涨船高。

苏安提出是否可以与 Yinel 见一面，策划人欣然同意，表示会和 Yinel 的经纪人联系。

没过多久，策划人请苏安去后厅和 Yinel 见面，但 Yinel 表示，不接受任何媒体的跟拍采访。

苏安问为什么，策划人耸耸肩，说了句"Inconvenience（不方便）"。

对方离开后，一直站在苏安身后的川南才开口提醒："安柠，你真的不打算叫媒体去跟拍吗？"

"Yinel 说不接受媒体跟拍，你刚才也听到了。"苏安皱眉，语气淡淡的，"她从不见买主，这次如果不是我高价买了她的画，未必能跟她见一面。"

"你花了这么多钱买她的画，不就是为了能让她的才华被大众看到吗？你让媒体去拍她，也是给她一个曝光的机会啊，这样她以后在国内发展也会顺利很多。"川南试图说服苏安，"而且你不是要跟她说她的作品被抄袭的事情吗？正好有媒体在旁边，她只要确定被抄袭，大榕榕立刻完蛋，想洗白也晚了，你这钱花得才算值啊。"

苏安瞥她："你好像很讨厌大榕榕。"

川南一愣，收敛了急切的语气，握着苏安的手低声解释道："你知道我在你之前跟'兔兔糖'玩得好，大榕榕害她退了圈，我不否认确实是有点讨厌他，不过这次我只是想让大众早点认清她。"

“这些都跟我没关系。”苏安冷眼看她，轻轻将手中的香槟放下，“我只是单纯看不惯她抄袭我喜欢的画家，就算没有她，我依旧会拍下 Yinel 的画，这一百万元不是为了你那所谓的正义之心，而是我为 Yinel 花的。”

川南讪讪地点头：“知道了。”而后撇嘴，朝着香槟杯轻轻“呸”了一声。

苏安目光沉静：“只要能见上 Yinel 一面，这钱就不算白花。”

苏安在心里说服自己，凭 Yinel 的才华，就算没有这场拍卖会，她迟早会身价百万，也一定会在未来跨入名家之列。

至于大榕榕，如果没有沈渡，她根本不会多看那个女人一眼。

一直默默听两个女人说话的霍清纯咬着酒杯，喃喃道：“这是真爱吧？”

“何止真爱，简直有些疯狂。”川南小声凑到他的耳边吐槽，“那个 Yinel 到底哪里好？我看她的画也没什么特别的啊。”

“你问我？我都分不清街边二十块一张的人体速写和美术馆里被镶在金边里的画有什么区别。”霍清纯抿了一口酒，“不过我知道，提到印象派，能让人想起来的几乎都是些男性画家，出色的女画家很少，这个 Yinel 在美院的时候就被叫作艺术学院的贝尔特·莫里索，刚毕业就跟着美院办巡回画展，经过这次大曝光，这幅画最多捂个五六年，安柠就能把这一百多万元赚回来。”

收藏的价值，除了爱好使然，更多的是在于作品本身的升值空间。

川南扯了扯嘴角：“所以，还要不要劝她？”

没等两人进一步商讨，苏安开口说：“你们去联系几家国内媒体。”

她隐约听到霍清纯的话，觉得有几分道理，她喜欢的画家值得更多人喜欢。

霍清纯和川南相视一笑。

川南笑道：“那我现在发一条微博？”

苏安只简单地“嗯”了一声。

得到回复的川南拿出手机，不紧不慢地发了一条微博。

我家住在川南边：“恭喜苏小姐@苏安 lenmon 拍下 Yinel 的画，待会儿就要跟 Yinel 见面了，我的心也跟着激动起来了。”

“南南，你们会问 Yinel 有关于大榕榕抄袭的事情吗？”

川南回复：“会，我们就是为了这件事特意到这里来的。”

这条微博一发，热搜立刻就给安排上了。

“买下 Yinel 画的是苏安”

话题里全是夸苏安人美心善的，以及求直播见面的。

川南和霍清纯早就找好了媒体，随时可以发新闻到国内。

Yinel 和苏安约在后厅的私人会客室见面，没有让川南和霍清纯跟进来，但是几家国内媒体一起进来了。

苏安扫了一眼几个扛着摄像机的人：“如果 Yinel 明确表示不愿意被拍，你们就赶紧出去。”

“了解，你一定会问有关她的作品被抄袭的事情吧？”摄影师迫不及待地问苏安。

她扬眉：“当然。”

苏安说完就在会客室中央的长沙发上坐下了。

另一边的大门直通拍卖会后台，到时候 Yinel 就会从那里走出来。

苏安紧张地揪着手指。她一直钟爱印象派，收集的名家画作不少，她欣赏 Yinel 的画是从那幅《Young girl》（《少女》）开始的。

明明画中没有少女的影子，她却能从那幅画的视角中看到一个坐在窗边，正发呆的少女，因此毫不犹豫地买下，甚至挂在自己的餐厅里。

苏安想象过很多次，Yinel 到底长什么样子，她刚毕业没多久，一定很年轻，她才华横溢，一定很有气质。她是巴黎美院的尔特·莫里索，一定也很漂亮。

素来淡定的苏安头一次这样无措，甚至比她年少时面对沈渡还要紧张，她现在的心态活脱脱就是粉丝见偶像。

沙发对面的门缓缓打开，苏安连忙站起来。

摄像师将镜头对准门口。

穿着复古吊带小黑裙的年轻女人走进会客室，长及腰的黑色长卷发，妆容搭配礼服，撩人的红唇将女人的肌肤衬托得雪白。

是个极其漂亮的女人，也让人无比熟悉。

容榕以为自己走错了会客室，转念一想，经纪人确实说的是这间房，她看着面色煞白的苏安，和几个恨不得将镜头戳到她脸上的摄像头，迷茫地眨了眨眼。

沉默良久后，她才不确定地轻声问道："买画的是你？"

容榕问这句话的时候，没有料到这个画面已经被直播到了国内。

热搜爆了。

"Yinel 大榕榕"挂在第一。

论坛的实时热帖更新来自国外的最新消息。

站在会客室门口的川南刷新着直播。直到她看见画面中那个熟悉的身影，摇着头重复否认事实："大榕榕和Yinel是同一个人？她们真的是同一个人？这不可能啊，不可能！"

霍清纯脸色发白，心理承受能力比她还要差，抿着嘴唇说不出一句话来。

"就是同一个人啊。"

两人背后忽然传来一阵轻笑。

沐良琴亲昵地揽着两人的肩膀，有些同情："二位又站错队了，惊不惊喜？"

川南转身狠狠地瞪着沐良琴，眼中的不甘和狼狈尽入沐良琴的眼底。

"真以为换个人站就能搞榕榕下台？"沐良琴咂舌，伸出食指十分得意地晃动两下，"与其天天想着怎么站队搞别人，不如好好琢磨琢磨自己的视频水平，多接点推广争取跟上我们榕榕的脚后跟啊。"

川南抬高声音："你得意什么？"

"还不许我得意了，要不要这么小气啊？"沐良琴叉腰，居高临下地看着脸色十分难看的两个人，"我告诉你们，现在最佳的洗白方式就是赶紧发一条微博为诬蔑我们榕榕道歉，不然你的粉丝们就要跑光啦。”

沐良琴说完这句话，从哪儿来，又从哪儿离开了。

川南气得大骂。

霍清纯翻了一个白眼：“你现在骂有什么用？赶紧删微博吧。”

川南的微博刚刚一群粉丝护着，“彩虹屁”夸得飞起来，转眼间就被删了个干净。

川南呼吸急促，手都差点抓不稳手机，快速删掉了那条微博，关闭了评论，这个时候就必须要装死。

会客室里的苏安此时的嘴角几欲咬出血来，浑身不受控制地颤抖着，足足盯着眼前的女人看了好几分钟，才问出已经再明显不过的事实：“你是 Yinel？”

容榕不明所以地点头，然后指着那几个摄像头，语气有些冷：“我不是说，不接受跟拍和采访吗？”

摄像师有些无措地看向苏安。

这么劲爆的画面，不拍太可惜了，可又不能违反职业道德，毕竟他们是正规媒体，不是偷拍狗仔。

苏安羞愧难当，抖着手低吼：“都出去！”

摄像师的肩膀一缩，颇有怨言，却还是老实地离开了。

反正画面也拍到了，剩下的文字稿就是编辑的事，他们的任务已经完成了。

容榕并不知道苏安为什么脸色这么难看，只当她是接受不了这个事实，想着刚刚镜头都戳在自己的脸上了，估计第二天所有人都会知道 Yinel 就是她。

除了又上热搜被爷爷骂一顿，对她确实有益无害。

容榕也不矫情，直接跟苏安道谢：“谢谢你赏识我的画，我很高兴。”

殊不知这句话听在苏安的耳朵里，就是明晃晃的讽刺。

“是我小看你了。”苏安忽然自嘲地笑了一声，“怪不得你一直在装死，就是为了羞辱我吧？”

“啊？”容榕顿感奇怪，有些不解，“我不知道买画的会是你。”

苏安冷眼看着容榕：“你在沈渡面前装着一副天真无邪的样子就算了，在我这儿你还需要装什么？我花了这么多钱买你的画，被你这样羞辱，你一箭双雕，我甘拜下风，所以不用装了。”

容榕莫名其妙地看着一脸受辱的苏安，不知道自己又怎么了。

容榕皱眉，问了句：“你是不是有被害妄想症啊？”

苏安再也冷静不下来，抛却了仅剩的理智，崩溃地指着她大吼：“你能不能别用这么一副傻白甜的样子看着我？！你的目的已经达到了，还有装下去的必要吗？！”

“……”

容榕像看神经病似的看着眼前的女人，跟刚见面那会儿截然不同，就这么接受不了她是 Yinel 的事实吗？

“你要是后悔不想买我这幅画了，我可以把钱退给你。”容榕妥协道，仍然不明白她为什么会发疯，“就算你再接受不了这个事实，我也是 Yinel，改变不了。”

苏安彻底崩溃，大骂道：“你这个恶毒的女人！”

容榕愣声道：“你一会儿骂我傻白甜，一会儿骂我恶毒，你是不是精分？”

苏安揉乱了精致的发型：“啊啊啊！”

“……”

苏安这一声溃不成军的怒吼，引得一直在会客室门外等候的川南和霍清纯直接推门而入。

两个人云里雾里的，连发生了什么都不知道，仅凭着眼前看到的场景，脑补出一场大戏。

发型凌乱、双眼通红抱着自己手臂怀疑人生的苏安和面色慌乱、满眼迷惑的“大榕榕”。

容榕穿着黑色小礼服，妆容浓烈而妩媚，从头发丝精致到脚指头，看着就像是在刚刚战斗中大获全胜的女魔头。

川南最先反应过来，很快冲上前抱住弱小可怜又无助的苏安。

偌大的会客室里，容榕离他们几米远，却能感受到冲进来的两人对她莫名的敌意。

霍清纯尖着嗓子替苏安出头：“大榕榕，你自己这么久连个屁都不放，就算是我们误会你了那也怪不了我们啊！被冤枉了你就自己出面解释，打人也未免太过分了吧？”

川南冷笑：“你就是想让我们难堪所以一直憋着不说，对吧？现在如你所愿，你高兴了吧？”

容榕觉得这三个人都有点莫名其妙。

如果说容榕对苏安没什么感觉，那么川南和霍清纯站在这儿纯属碍她的眼。

之前容榕跟“兔兔糖”翻脸，虽说“兔兔糖”本身问题也大，但这两个人在背后到底有没有拾柴添火，容榕心里明白。

对这两个人，容榕连眼神都懒得施舍：“你们进来干什么？”

“我们为什么不能进来？我们要是不进来，苏安指不定要被你打成什么样呢？！”霍清纯接近一米八的身高，叉腰撒泼的时候气势不比菜市场大妈差，一个跺脚仿佛能把地震碎了。

容榕的目光平静：“我说了，只见买主，你们掏钱买画了吗？”

霍清纯气结：“你！你别以为能卖几幅画就了不起了！”

容榕似笑非笑：“几个月前也不知道哪些人拿着我的画集当宝贝一样供奉。”

容榕眉眼天生英气，平时喜欢画淡妆，才显得清纯无辜。其实也有不少粉丝喜欢她浓妆的样子，气质冷艳，尤其是面无表情时最吸引人。

三个人神色同时一紧，脸上那复杂难明的表情在容榕看来甚至有些滑稽。

“她那样子是她自己弄的，跟我没关系。”

容榕双手抱胸，踩着细高跟走到三人面前，冲苏安抬了抬下巴：“哭够了没有？能不能把事情完完整整地说明白了？”

苏安什么时候被人用这样居高临下的语气吩咐过，更何况这个人还是她一直以来都看不起的大榕榕。

苏安吸了吸鼻子，哑着嗓子冷笑：“你还装？”

一直说她装，她装什么了？

容榕皱眉，忍不住回了一句：“我闭关几个月没摸手机，说了不知道就是不知道，你是不是听不懂人话？”

“……”

“……”

“……”

她不知道，她真的不知道？

一群申讨她的人在网上风风火火地帮她炒了那么久的热度，现在一朝反转将她送上热搜第一，微博和论坛都爆了话题，结果当事人什么都不知道？

这世上最憋屈的事莫过于跟聋子吵架。口水都骂干了，结果人家什么都没听见。

最后还是霍清纯打破了尴尬的局面，愣愣地发问：“所以你不知道网上说你眼影盘抄袭的事吗？”

容榕满脸疑惑，以为自己听错了：“抄袭什么？”

霍清纯没再接话。

她沉默了几秒，恍然大悟：“我抄我自己？”

三个人脸色都很难看。

容榕蹙眉，自言自语：“我特意换了个风格，居然还能被人看出来？”

川南和霍清纯是外行人，要不是被专业人士讲解了，其实也看不出到底抄没抄。

但是苏安懂行，冷静下来后压着嗓子吐槽：“每个画家都会有自己都意识不到的笔触习惯，你以为想换就能换吗？”

Yinel 的笔触风格她很清楚，因此才会在眼影盘封壳的细节图一出来，就察觉到相似之处。

如今尊严扫地，苏安对着眼前这个女人的情感那叫一个复杂。

苏安看见容榕仍保持着优雅的气度，从自己随身携带的手提包里拿出手机，手机还连着充电宝。

屏幕亮起，随着时间的推移，容榕脸上的表情也越来越阴沉。

容榕抬眸，目光微凉："不道个歉？"

霍清纯试图狡辩："你一直不回应，谁知道你就是 Yinel 啊？"

"大哥，你有事吗？"容榕面色平静，语气比刚刚咄咄逼人，"我这几个月没碰手机用超能力回应吗？"

受沐良琴的影响，容榕满肚子高级骂人词汇平时没机会使出来，如今来了个送上门找骂的，三言两语那气势逼人的恶毒女配样子学了十成十。

那些狗血电视剧，虽然夸张成分也有，但生活永远比电视剧精彩。

书读得越多，见过的世面越多，反而更知道怎么一针见血地戳人痛处。

霍清纯咬着唇，满脸屈辱。

倒是那两个女人冷着脸，看着比他还要爷们，最后也还是没能杠得过容榕，蚊子"嗡嗡"一般勉强说出"对不起"三个字。

川南没看容榕，心不甘情不愿地道了个歉，眼睛盯着侧面四十五度角的空气，好像容榕人在那儿似的。

容榕伸手在她面前挥了挥："你是不是眼斜视？"

川南侧头，明明白白地瞪了容榕一眼。

容榕不咸不淡地提醒她："美瞳要瞪出来了。"

"……"

苏安的眼睛红了大半天，如今终于恢复正常了，容榕其实也能理解，没打算让她道歉。

结果苏安却是态度最好的一个，不但道了歉，还鞠了一躬，虽然表情依旧很屈辱。

她擦干了眼角的泪水，理了理自己的发型，昂首阔步地走出了会客室。

川南和霍清纯对视一眼，也要跟着出去。

“等会儿。”容榕叫住三人，低头发了一条微博，冲几个人努了努下巴，“转一下我的微博。”

时隔两月，“大榕榕”终于发布最新微博了。

门前一棵大榕树：“谢谢大家喜欢我的画。”

配图是容榕刚刚以高价被竞拍出去的那幅画。

至此，所有人都知道了 Yinel 就是大榕榕。

当时容榕被指控抄袭时，美妆区只有苏安真的表态了，其余的人都很聪明地选择看戏。

身份一爆出来，跟大榕榕没仇的那些博主纷纷下场转发，马后炮十足。

川南和霍清纯虽然没转过抄袭长微博，但几天前就定位发了微博，明示所有人他们几个正义小卫士到了国外，虽然没明确表态，但是反抄袭的心态不会改变。

苏安作为抄袭事件的推动者，不但转发了，转发理由还是“对不起”三个大字。其他两个人就是很简单的转发。

网友可以失忆，但网络不会失忆。热门转发里，他们三个人的 ID 排排坐。

容榕一开始就没打算去慈善晚宴，让门口保全将霍清纯和川南这两个不买画就拿到见面会门票的人赶出去以后，就等着苏安自己离开，好让她一个人安安静静地刷一会儿微博，把这两个月消息闭塞的亏补回来。

苏安似乎没缓过劲，神色倨傲地看着墙壁发呆。

容榕的手机忽然响了起来，是异地恋两个月的男朋友。

她接起：“喂？”

沈渡的声音听上去很冷静：“在哪儿？”

“后台会客室。”容榕顿了顿，问他，“你真来了？”

“来了。”

容榕咽了咽口水：“那你知道我是谁了？”

“知道了。”沈渡的声音低沉，“我过来找你。”

挂掉电话后，容榕又看了一眼茶几对面的苏安。

“你缓过气来了吗？”

言下之意就是缓过来了就赶紧走吧。

苏安抿唇，睨了容榕一眼：“我花了这么多钱买你的画，连多坐会儿的资格都没有吗？”

跟刚刚那个红眼睛的女人真是判若两人。不过，苏安也算得上是她的伯乐。

如果没有她，容榕起码还得在艺术界里摸爬滚打好几年才能获得这样的瞩目。

容榕试图开导她：“你坐在这里跟我面对面，难道不尴尬吗？”

这话一说出口，苏安的眼圈又有些红了。

跟容榕这种从小没爹妈的放养式千金不同，苏安从小娇生惯养，骄傲惯了，从来没在别人面前吃过亏。

她吸了一口气，语气不怎么好地质问容榕：“你很高兴是不是？”

容榕张了张嘴，半晌说不出话来。

两个人对峙之间，大门被推开。

容榕抬起头看过去，沈渡果然来了。

容榕正想跟沈渡打招呼，就看见苏安揉着眼睛，非常委屈地哭诉出声：“我都已经跟你道过歉了，为什么你还要这么步步紧逼？难道你非要把我逼死才开心吗？”

容榕愣了，刚冷静下来怎么又哭上了？

沈渡长腿一迈，走到容榕这边，苏安的肩膀一颤一颤的，看着楚楚可怜。

容榕可算是见识到什么叫演技了。

沈渡垂眸看着容榕。

容榕看着苏安。

苏安越说越委屈："对不起，是我太心急了，没有调查清楚真相就冤枉你，你能不能原谅我这一次？"

容榕暗叹，到底是她的粉丝啊，她还是舍不下那个心对苏安发狠。

"好好好，我原谅你，你别哭了。"容榕起身走到苏安旁边的沙发上坐下，慈爱地拍了拍她的肩膀，"女孩子哭了就不漂亮了，知道吗？"

苏安幽幽地看向一直默不作声的沈渡。

沈渡没看苏安，倒是看着容榕，半天也不说话。最后不满，低沉着嗓音问容榕："你知道我要过来找你，为什么还让她待在这儿？"

容榕瞪沈渡："没看你高中同学在这儿哭吗？我能忍心赶她走吗？"

沈渡"啧"了一声，转身就要走。

"你继续哄吧，我待会儿再过来。"

苏安的抽泣声戛然而止。

身旁的女人将她揽入怀中："他已经走了，这里只有我们，哭吧，没人笑你。"

"……"

这剧本不对。

第六章
收礼

容榕其实很不会安慰人，她哄了一下也就没耐心了，直接起身从桌上抽了便签，又随手拿起钢笔似乎是要写点什么。

苏安还湿着眼睛，有些看不清她的脸。

只知道容榕用钢笔帽抵着下巴，眼睫安静地垂着，嘴唇微抿，侧脸轮廓清丽姣好。

“你的真名是什么？”容榕忽然问她，“就是‘苏安’吗？”

苏安拧眉，有些没反应过来，愣了几秒才答道：“苏安柠。”

容榕点头：“哦。”然后在便签上写下了“苏安柠”三个字，前面是漂亮的花体“To”。

容榕的手指细长，指甲盖圆润粉嫩，中指指节略有突出，是常年拿笔留下的老茧，握着钢琴烤漆质地的黑色亮面钢笔，更衬得她肤如白玉。

她写出来的汉字也是清隽秀气，行楷风，略带些连笔和潦草书写痕迹，上面是对苏安柠的祝福。

Yinel 画画时，应该也是这个样子吧？

容榕写好后就把便签送给她。

“以后我的画展随时欢迎你来，不用门票。”她淡淡地笑了，眼中闪烁着光芒，嗓音清甜，“谢谢你喜欢我的画。”

容榕起身，右手微微按着抹胸，冲苏安柠再次鞠了一躬：“感谢你为慈善事业做出的贡献。”

粉丝见面会到此结束。

苏安柠捏着那张签名，整个人就像是脱了水，犹如大梦一场，走出了会客室。

川南和霍清纯在拐角处等苏安柠，见她出来了连忙凑上前安慰：“她没对你怎么样吧？”

苏安柠皱眉，神色恢复如常：“没有。”

“这一百多万算是打了水漂。”川南咬牙切齿，阴着脸揣测，“我就不信她能一直这么风光下去。”

霍清纯没接川南的话，继续安慰苏安柠：“安柠，你也别太难过了，一百万元对你来说不过是小数目而已。”

川南点头附和：“对，你又不是缺那点儿钱的人。”

“说完了吗？”苏安柠睨了两人一眼，语气冷淡，“我自己的钱打没打水漂用你们在这儿帮我分析？”

二人顿时哑口无言。

苏安柠烦躁地甩手，直接道：“别把你们抱团那套用在我身上，要不是看你们可能起点作用，我吃饱了撑的才会让你们跟着过来。”

川南嘴角的笑容有些尴尬，试图解释：“安柠，我们是朋友啊，这跟抱团不一样。”

“朋友？”苏安柠咧着嘴角，漫不经心地说，“你真当我傻？”

苏安柠无视二人脸上瞬间僵硬的假笑，转身打算一个人回宴会厅，她的背影依旧高挑冷傲。

等人走了，被扔在原地的两人才敢开口发泄。

“她有病吧，我们刚刚可是在安慰她啊！”霍清纯叉腰，一副被气得不轻的样子，“说得好像谁愿意热脸贴她冷屁股似的，真把自己当女王了。”

霍清纯翻了一个白眼："跟她比，兔兔性格好多了。"

"但她倒台了啊，没用了。"川南侧头望他，调笑，"你不贴苏安，难道你想去抱大榕榕的大腿？"

霍清纯张了张嘴，刚想说什么，就又被打断。

川南是典型的南方女孩，娇小的个子，长相清纯可爱。

她说话声也特别甜："之前闹得那么僵，就算你去抱了，人家也未必理你。别做梦了，乖乖伺候女王吧。"

见完买主的容榕连忙给沈渡打了一个电话。估计是在宴会现场，手机静音，连打了几个都没人接。

容榕开始琢磨着是不是刚刚冷落了沈渡，害他不高兴了。

经纪人刚去宴会厅应酬回来，正坐在沙发上喝水休息。

如今国外的各大秀场和盛会早就成了国内明星的狂欢，那边刚赶完电影节和时装秀的场，这边晚宴刚开始，又马不停蹄地穿着各个奢侈品公司出借的高级定制出现在慈善晚会的现场。

星光熠熠的宴会厅有不少国内媒体在VIP休息室门外等着。

经纪人还在容榕的耳边叨叨："你真不出去接受采访？"

"那些人已经知道Yinel长什么样子了，这不就行了？"容榕把玩着手中的酒杯，语气慵懒，"还指望挖到什么大新闻？"

经纪人撑着沙发，仿佛早就料到容榕会这么说，也未惊讶："多少人想求这个机会都求不来，你接受了采访，我把通稿都给你准备好，到时候给你在国内安排几场巡回的个人画展，你的身价不就水涨船高吗？到时候你还怕食不果腹，卖画挣不到钱吗？"

容榕没理会她，抬起胳膊将酒杯送到唇边，微微尝了一口酒。

"OK，我知道你不愿意，当我没说。"经纪人耸了耸肩，又转而问她，"要帮你压压国内那些营销号吗？你爷爷肯定已经知道了吧？"

"反正横竖都要被骂，他巴不得我天天大门不出二门不迈，就窝在家里当一个穿针引线的大家闺秀。"容榕满不在乎地笑了，自嘲着，

“刚开始我在网上传视频的时候，他根本就没当回事，后来粉丝多了，他才开始着急。”

经纪人的声音很轻：“我挺能理解你爷爷的，其实你根本不需要面对那些公众的目光。”

什么都有的千金大小姐，又何必自损形象去当网红。只要乖巧地听从家人的安排，这辈子锦衣玉食，想要什么要不来，根本无须费力，就能得到普通人这辈子都求不到的东西。允许她继续当博主，已经是老爷子对她最大的宽容了。

容榕一直做得很好，一贯低调，暗暗维系着和老爷子的这个约定，但这个约定最近却被频繁打破。

在经纪人看来，曝光不但能让容榕更受瞩目，名利双收也是迟早的事，可容榕并不需要这些。

容榕忽然对她笑了，声音轻柔：“我享受着家里的一切，又不听从家里的安排，我随心所欲任性妄为，但我知道，如果没了容家，我什么都不是。”

如果没有容家，她一开始就不可能来巴黎学艺术，更不要说成为画家。

容榕心里清楚，却没办法改变这种畸形的心理状态，不是进退两难，而是她不愿意进，也不愿意退。

她喜欢做的事，恰恰是最不长久，也是最不被人接受的。

如果容榕一开始就安心画画，老爷子根本不会说什么，他不过是看不惯自己的孙女天天跟那些明星一样被大众指指点点。

就跟她的妈妈一样。

经纪人叹了一口气，不再多言。

“我先出去应酬了，不接受采访可以，但是国内画展一定要办。”她起身嘱咐，“你必须要接受这个事实，再清高的画家，也要吃饭。”

“我知道。”容榕笑着点头，“你放心吧。”

经纪人走了以后，休息室又安静下来。

容榕有些自我厌弃地靠在扶手上发呆，拿起手机刷了刷微博，看到那些粉丝给她留的极度夸张的评论，心情终于转好了些。

人就是这样自我矛盾的产物，受不了那些诋毁，又很容易因为一些简单的赞美高兴起来。

容榕还记得自己发布第一条视频时，那些陌生人的留言。

彼时她正因为学院的种族歧视而心情萎靡，教授吩咐的课后作业做得一塌糊涂，向来对她器重有加的教授头一回在百人大课堂上，指着她的鼻子讽刺。

“Yinel，我对你很失望，天才不肯付出汗水，和废物没什么区别。难道你想去塞纳河边给人画肖像，一张画只赚个热狗钱吗？”

台下那些外国人的笑声仿佛要扎穿她的耳膜。

那些人觉得亚洲人没有艺术天赋，而她这样颓废，恰恰如了他们的愿。

就是那些留言，让她在异国的日子里，熬过了对着画板，一笔也画不出来时，自我怀疑的日夜。

可以任意摧毁一个人的网络，其实也存在温暖，是来自那些善良的陌生人的关切。

“一个人坐在这儿发呆，也不愿意来找我？”

低沉的男声忽然在她的耳边响起。

容榕睁眼，下意识地擦去眼角的湿润，抬首冲人笑了笑。

沈渡还穿着礼服，肩膀处隐隐有亮片发光，宴会厅觥筹交错，想来他是应酬完了才过来的。

沙发顿时陷下，沈渡冲她张开手臂：“过来。”

容榕扭捏了一小会儿，稍稍挪动屁股，倾身给沈渡一个拥抱，她靠在沈渡厚实的肩膀上，闭眼闻着他身上淡淡的酒气。

抱了片刻，沈渡低声问她：“怎么了？”

容榕微微愣住，没反应过来沈渡在问什么：“什么？”

沈渡轻叹，大手覆在她的头上：“可能是我看错了。”

容榕呜咽了一声，侧头跟他咬耳朵：“你怎么过来了？应酬这么快就结束了？”

“还没有。”沈渡松了松手臂的力道，望进她的眼里，“知道你在这里，所以就过来了，顺便……”

沈渡的话还没说完，就被一脸感动的容榕熊抱住。

“沈先生，你真好！”容榕激动得连话都说不全了，“爱死你了！”

沈渡愣了半晌，下意识地要将容榕推开，结果她跟黏在他身上似的，怎么扒都扒不开。

沈渡扶额：“榕榕，你先放开。”

“两个月没见，难道我们不应该抱上一个小时吗？为什么你要推开我？”容榕两只手死死地环住沈渡的肩膀，誓死不从，“你是不是不爱我了？”

“没有的事。”沈渡无奈，小声说了句，难得有一丝慌乱，“现在不合适。”

容榕放开沈渡，神色幽幽地控诉：“你变了，你以前不是这样的。”

沈渡哭笑不得：“我……”

容榕捧着沈渡的脸，随后软唇侵袭，堵住他的话。然后像是要惩罚他，重重亲了一口后，又在他的额上“啵”了一下，再左脸和右脸各一个。

沈渡的耳根微红，神色有些尴尬。

容榕以为沈渡害羞了，冲他挑了挑眉：“我们沈先生害羞了？”

“别闹。”沈渡失笑，无奈地用手挡住容榕又要凑过来的嘴唇。

容榕此前不知道被沈渡调戏过多少次，怎么可能放过这次绝佳的机会，她要一一讨回来！

“接个吻就害羞了啊？”容榕环住沈渡的脖子，坏坏地笑，“那以后更进一步的时候怎么办？”

沈渡再次认输：“榕榕，别闹了。”

容榕总算是知道，为什么有时候女人欲拒还迎反而更能激发男人的激情。

“我不要，我今天就要亲到你，以慰我这两个月的相思之苦。”容榕猛地上前。

沈渡拿她没办法了，只好妥协：“爸妈，别看了。”

“……”

容榕僵住，机械地转过头。

一直站在门口没进来的中年男女正饶有兴趣地看着她。

容榕连忙甩开沈渡，提着裙子踉踉跄跄地从沙发上站起来。

沈渡的父亲容榕是第一次见，母亲倒是见过很多次了，熟悉得很。

路舒雅女士收回探究的眼神，语气里带着止不住的笑意，却佯装愧疚地向二人道歉：“我本来想出声的，又觉得可能会打扰到你们……”

“没有，没有。”容榕连忙摆手，背脊僵硬，强露笑意，“我刚刚在开玩笑，绝对没有那种想法。”

路舒雅女士笑而不语。

站在路舒雅女士身边的中年男人低沉地笑出了声。

这是容榕第一次见到沈渡的父亲。

个子很高，五官俊朗英气，和沈渡一样留着干净利落的短发，浑身上下都散发着成熟男人的魅力。

容榕更加不敢动了，连笑都不敢。

沈爸爸单边的眉毛稍稍挑起，语气略显遗憾：“沈渡，你的魅力不行啊，女朋友对你都没有想法。”

容榕满脸问号：“啊？”

沈渡意会，不动声色地理了理身上的西装：“小姑娘害羞，这些话听听就行。”

“那好。”沈爸爸侧身，后退了几步，“我和你妈一小时后再过来。”

路舒雅女士娇嗔地捶了捶沈爸爸的肩：“行了，行了，老不正经的，不是说过来见见榕榕吗？”

沈爸爸轻笑，将目光转向神游中的容榕，笑容温和：“你就是容榕吧？”

容榕乖巧地点头：“叔叔好。”

“听舒雅提过你很多次了，很想见你一面，只可惜总找不到去清河市的机会，正好这次来参加慈善会，所以就让沈渡和他妈妈替我引见一下，事先也没来得及跟你打招呼，唐突了。”沈爸爸的目光柔和，容榕原本已经平息了情绪，结果他末尾又加上一句，“不好意思，打扰你和沈渡了。”

外表成熟稳重的男人，就连促狭的话语也能说得一本正经，容榕差点就以为他是真心想道歉了。

容榕抿唇：“叔叔，您能不提这事吗？”

路舒雅女士又暗暗掐了一把沈爸爸，转而笑容可掬地看着容榕：“榕榕，别理他。走走走，阿姨带你去吃好吃的。”

她说完就朝容榕走过来，抬首瞪了沈渡一眼，责怪道：“就知道在这儿干站着，也不知道帮女朋友解解围？”

沈渡垂眸看着路舒雅女士，语气带笑：“确实打扰到我和榕榕了。”

容榕几欲羞愤而死，她就知道沈渡不会乖乖坐在那儿任她摆布，早知道刚刚就把沈渡红着耳朵的样子拍下来。

沈爸爸作罢，笑了两声：“舒雅，你带容榕去宴会厅吃点东西吧。”

路舒雅女士颔首，牵着容榕离开会客室。

两位女士离开后，沈氏父子大摇大摆地霸占了Yinel的专属休息室。

沈爸爸微微蹙眉，言语中有一丝不满：“你怎么让人家小姑娘主动？既然谈了恋爱就收收平日里那副冷淡的性子，不然小心把人家吓跑了。”

沈渡慵懒地靠着沙发，漫不经心地抬着眼皮看着他爸：“你和妈一直盯着看，想让我怎么办？”

沈爸爸轻咳，坐在沈渡对面，巧妙地转移了话题：“‘世界号’谈下来了吗？”

“嗯。”沈渡微微点头，“回国就签约。”

“每年暑期的时候，境内的旅行社都会在港口安排游轮出行，旅游业竞争很大，众润到底是内地企业，资源方面不如沿海商社。不过证件和出入国境方面你不用担心，我会帮你打点妥善。”

“谢谢爸爸。”

沈爸爸勾起嘴角：“真想谢我就早点结婚吧，不指望有个贴心的儿子，至少有个能哄我开心的孙子、孙女。”

“不急。”沈渡微微一笑，“容榕还年轻。”

沈爸爸睨他一眼，不动声色：“当初跟我一起开公司的董叔叔他们孙辈的小朋友要上幼儿园了。”

沈渡神色自若：“国家开放二胎后，董叔叔添了个跟他孙子年纪差不多大的儿子。”

沈爸爸沉默良久，低沉道：“董叔叔他老婆二十岁出头，你也不想想你妈多少岁了。”

独生太子爷沈渡点头附和：“没有兄弟姐妹一直是我的遗憾。”

气氛很尴尬。

最后还是沈爸爸叹气：“随你吧。”

路舒雅女士说是带容榕去吃好吃的，其实根本就没打算带她回宴会厅，而是直接带她上了车。

国外街景不比国内一线城市繁华，街道干净清爽，微凉的夏风吹拂过窈窕女郎的金发和裙摆，中世纪的建筑背景与现代人完美融合，每一帧都是令人挪不开眼的画。

街边橱窗里灯火通明，暖黄色的圆顶灯打在衣着精致的模特身上，透过一层玻璃看那些商品，总觉得比穿在自己身上好看一百倍。

躺在面包店里的那些外表焦黄，冒着热烟的面包，其实能把牙齿磕破。

容榕小的时候就常听大人们感叹：“我们国家的城市什么时候能像国外城市那样繁华。”

如今国内很多城市繁华程度已经不输国外了，人们却转而怀念起许多年前的那种质朴和安宁。

容榕还在思索要不要跟经纪人交个差，路舒雅女士似乎已经看穿她的想法，拍拍她的手以示安心：“我已经跟费小姐说过了，不然你以为我们真能不打招呼就随便进你的休息室吗？”

“您认识我的经纪人？”

路舒雅女士眨眨眼：“我和费小姐何止认识，我跟她已经在谈关于帮你办画展的事情了。”

容榕不解地看着她。

“肚肚他爸很早就创立了基金会，一是为了建立社区服务，二是为了将他这些年的私人收藏都统一登记在基金会名下，这次的拍卖会，有不少竞拍品都是他的收藏，已经以基金会的名义捐赠出去，竞拍所得的所有收入都会拿来捐助贫困儿童。”路舒雅女士转而笑道，“前两年他将基金会转给我，我发现他的大多私人收藏都出自十四世纪后的欧洲艺术家之手，华裔艺术家的藏品甚少，所以这两年跑了不少艺术展，就是想找到合适的国内艺术家作品。”

沈渡此前跟容榕提过，自己的母亲对这方面感兴趣。容榕当时以为，这只是阿姨平时打发时间的小爱好。

“我很早前就知道Yinel了，一直想等着她回国后见一面。”路舒雅女士笑呵呵地握紧容榕的手，感叹道，“没想到Yinel就是你。”

容榕也不禁感叹这世间的缘分，妙不可言。

路舒雅女士的语气坚定：“你放心，你的第一个国内画展，阿姨一定帮你安排得妥妥当当。”

容榕哭笑不得：“谢谢阿姨。”

两个人聊着聊着，车子拐过最后一条直街，开到了目的地。

容榕对这里很熟悉，以前她经常来这里给容青瓷当代购。

容青瓷的脾气古怪，纵使无须配货，总部能直接把包空运回国，她也依旧要坚定地压榨容榕当她的人肉代购。

原因是容榕这种人肉输送比空运要快，她恨不得昨天买，今天就能到手。因此每次那个熟悉的营业员看到容榕时，都有种容榕是来打劫的错觉。

S 品牌总店工作日六点半歇业，这天却难得，已经九点半了居然还开着门。

路舒雅女士直接带容榕走进去，守在门口的两个营业员冲她鞠了一躬。

路舒雅女士直接来到二楼的皮具层，接待她的亚裔顾问已经十分熟悉她的流程，直接拿过来一本充满品牌风格的橘色皮质手册，让她挑选。

容榕手上也拿了一本，是这年的新款和新色。

路舒雅女士问容榕：“榕榕，有喜欢的吗？”

容榕一直想再买一只包，但最近闭关，连出门都难得。

容榕直接跟营业员说要这只，之后又选了几个其他样式，包包的款式都偏成熟，容榕特意选了浅色，外带一只适合年轻女孩的。

容榕此前不止一次听人抱怨过，S 品牌小马配饰有多难等。

如今饥饿营销下所谓的大热颜色，马身橘红配鬃毛蓝，那不勒斯黄，都一一摆在面前，容榕忽然觉得没什么吸引力了。

路舒雅女士这个年纪已经不需要小马挂件配包了，她凑到容榕身边，直接让她选。

容榕选择困难：“都挺好看的。”

“那就都买。”

容榕买了四个颜色的配件，最后路舒雅女士又帮她挑了几个。

容榕坐在柔软的沙发上喝咖啡，路舒雅女士到楼上挑手表和丝巾去了。

她等了片刻，营业员搬过来各式各样的盒子。

路舒雅女士眉宇间有得意之色：“榕榕，你们年轻女孩子最喜欢樱花粉了，我帮你挑了这个颜色的丝巾和手镯。”

她怀疑路舒雅女士是来搞批发的。

等容榕回到酒店后，沈渡在门口迎接。他看了一眼身后帮忙提箱子的侍应生，微微一笑："买了这么多？"

容榕凑到沈渡耳边小声说："能不能让你妈妈不要用礼物腐蚀我的心灵了？"

沈渡学着容榕的口气反问："为什么？"

"我怕再这样下去，我就撑不住了。"容榕对着天空叹气，"真的太让人招架不住了。"

"啊。"沈渡意味深长地拉长语调，"那你恐怕还要再招架一段时间。"

"……"

沈爸爸下楼来接路舒雅女士，一看那些品牌盒子，笑着问道："只买了包？"

路舒雅女士耸肩："太晚了，明天我打算带容榕去珠宝店看看，她们年轻小姑娘喜欢戴四叶草。"

"买珠宝？"沈爸爸扬眉，又摇头，"正好我最近从云南老张那儿收了一块小的和田玉，送那个比送你那些珠宝好多了。"

路舒雅女士斥责："你懂什么？"

"……"

不是一家人，不进一家门。

容榕快招架不住了。

等容榕告别送礼狂魔一家后，终于能缓一口气回房间休息了。

一个熟悉的女人打通她的电话。

"小没良心的，死哪儿去了，打你电话也不接？"容青瓷不耐烦，凶巴巴的，"我和徐北也在二十八楼的观景台，过来喝酒。"

"我好累，我想睡觉。"

电话那头换了一个人接听，循循善诱："小榕子，你姐今天拖着我去给你买了你一直想要的包包，快来吧，再不来她就要往里头灌香槟了。"

容青瓷在那边大喊："顺便帮她买的而已！"

容榕预感不好："什么包？"

"废话。"徐北也声音沙哑，笑得邪魅，"S家的啊。"

容榕下意识地看向床上那一堆盒子。

徐北也继续引诱："嗯？心不心动？来不来？"

"……"

为什么所有人都试图用礼物腐蚀她？她长得很像储物罐吗？

容榕刚到的时候，容青瓷和徐北也正在露天阳台上吵架。

见容榕来了，徐北也吊儿郎当地一只手撑着下巴，像是招小狗一样招她过来："小榕子，坐北也哥哥身边来。"

容榕没理会他，径直走到容青瓷身边。

圆桌上是喝了大半瓶的香槟，容青瓷靠在自己的胳膊上，手指捻着酒杯，轻摇手腕晃动着杯中液体，张扬的红色指甲衬得她的手指莹白。

容青瓷的脸上隐隐有些醉态，说话声有些大："让你上来喝个酒还要三催四请，怎么，刚混出头就打算当白眼狼了？"

容榕在容青瓷身边坐下，叹气："前些日子太累了，想休息休息而已。"

对面的徐北也打了一个响指，让侍应生新拿个酒杯过来，给她盛满酒。

"喝点酒，待会儿睡得更香。"

容榕没有推脱，淡淡地抿了一口酒："你们怎么想到要喝酒？"

徐北也放下酒杯，长舒了口气："为你庆祝。"

容榕不可思议地反问："庆祝？"

容榕扫过四周，露天观景台只有他们三人，虽然灯火阑珊，头顶的星星小灯徐徐闪烁着，确实有那么点庆祝的意味。

楼层够高，足够将都市的车水马龙都隐匿起来，耳边只余下晚风吹拂过的声音。

忽然有人塞给容榕一个大礼盒。

容青瓷懒懒地抬起下巴：“礼物。”

容榕还未来得及观察，又被塞了满怀。

徐北也冲她眨眼：“这是哥哥的礼物，大哥和二哥也为你准备礼物了，只不过要等你回国后才能送给你。”

容榕一时间也不知道说什么，三人这样围坐在一起送礼物，是很久以前的事了。

容榕用力闭上眼睛，等睁开时，满眼只有欢喜：“谢谢。”

“原本还担心你混不出名堂，等年纪大了当不上网红了，还要负责养你。”容青瓷嘴边的笑容极淡，“现在看来，确实小看你了。”

徐北也也笑了：“当时沈渡让我们尽管抬价的时候，我和你姐就想着要真没人能看得上你的画，就索性当这个冤大头，就当花钱给你挣名声了。”

容榕恍惚地问道：“你们也参加竞拍了？”

“是啊，说来真该感谢那个什么苏小姐，让我少花了这一百多万元的冤枉钱。”容青瓷拖动着高脚杯在桌面上蹭来蹭去，眉梢微扬，“她知道你就是 Yinel 之后，有没有发疯？”

容榕含糊地应了一声：“还好吧。”

“小榕子长大了。”徐北也欣慰地点点头，“不是那个遇上事只会哭鼻子的胆小鬼了。”

容榕摸摸鼻子，想起小时候高年级的孩子抢走她的魔法棒，又不敢开口要回来，只能抹着眼泪回家一边写作业一边哭。笔迹都被泪水浸透，像是炸开的墨水花，作业本也沾湿了，像坛子里泡久的老咸菜。还是容青瓷发现了这件事，第二天喊上徐北也就去找那个高年级的算账。

重新拿回魔法棒的容榕被哥哥、姐姐教训，下次碰上这种事就大胆地反击回去。

容榕撇着嘴，没把话听进去。反正有哥哥、姐姐罩着，怕什么呢？

时光逝去，她终于意识到，别人的保护不能伴随自己一辈子，凡事还需要自己出面解决。

容榕正沉浸在儿时的美好回忆中，却被容青瓷当头淋了一桶凉水。

“想好怎么回家接受爷爷的盘问了吗？”

容榕撇过头，不情不愿地反驳：“这又不能怪我。”

“这当然不怪你，但你当时要是听了我们的话，不去当什么美妆博主，现在你根本不会遇到这些事情，更不要说被人在网上骂成那样。这事刚出来时我没告诉爷爷，就是想让你尝尝苦头，想着你能把我们的劝告听进去。”容青瓷长叹一声，语气疏淡，“你知不知道，每次爷爷看到那些骂你的话，他比你还生气。”

容榕没有说话。

“当初因为你妈的死，爷爷拼命捂下你的消息，外人不知道你的长相，不知道你的名字，只知道容家有个死了妈的二小姐，这些年，你一次股东大会都没有去过，一直到去年，爷爷打算让你接替公司职位，才让你跟着我出席一些宴会。”容青瓷顿住，咽下大半杯酒，又抹去嘴边残存的酒水，继续说道，“你被保护得这么好，为什么不能让爷爷少操心一点？”

容榕轻轻开口说：“这样的我，跟被养在笼子里的鸟有什么区别？”

容青瓷没听清：“什么？”

“或许我本来就不知福吧？”容榕笑着摇头，呆呆地望着酒杯。

浅色的香槟，有星光落入，像是泛着涟漪的金湖。

容青瓷见说不通，转而将气发在一直默默喝酒的徐北也身上：“徐北也，你口口声声说是哥哥，结果就坐在这儿喝酒，什么话也不说？”

“做自己喜欢的事也挺好，老爷子都同意了，你还瞎操什么心呢。”徐北也满不在乎地又倒了杯酒，“说好给小榕子庆祝，怎么又数落起她来了？少说两句，喝酒吧。”

“你就知道惯着她。”容青瓷闷哼一声，气冲冲地抱胸，“她就是被你跟爷爷宠坏的。”

徐北也哭笑不得。

容榕看着容青瓷有些泛红的脸色，知道她这是喝醉了。

徐北也忽然幽幽地说道：“就算让我说，我能说得出什么来？我自己就是个典型的叛逆分子，小榕子至少还没跟你们对着干，低调了这么久，最近被人咬着不放才频繁地上热搜，我可是差点跟家里人决裂呢。”

“跟大哥、二哥好好学学吧。”容青瓷白眼一翻，懒得理他。

话题有些不愉快，三个人沉默着，各自喝酒。

他们小时候很喜欢跑到顶楼上，仰着头数星星。既能看到繁星嵌满的天空，也能吹到凉凉的晚风。

除了容榕，两个人谁也没省酒，酒瓶七七八八地散落在桌上，喝得头晕目眩，才消停下来。

三个人将椅子排排放，像儿时那样，容榕坐在中间，容青瓷和徐北也坐在两边护着她。

忽然两边的肩膀一沉，容榕低下头看，两个人都靠在她的肩上，安静地合上眼，这样的时光已经好久没有过了。

都说人要向前看，可容榕每每回忆起从前，都觉得那时美好，不愿醒来。

“过去”这两个字原本就带着别样的魅力。

“容榕。”正睡着的容青瓷忽然开口轻声叫她。

容榕“嗯”了一声。

“我今天很高兴。”容青瓷明明已经醉了，说出来的话又那么清晰，“如果不是找了这么个借口，我未必能跟徐北也这样和平地坐在一起喝酒。”

容榕正欲张嘴：“姐姐……”

“嘘，他睡着了，小声点。”容青瓷直起身子，靠在椅背上叹气，“感觉自己挺贱的。我明明还喜欢他，却总是对他没什么好脸色，心里想他能多看我两眼，又怕他知道我还喜欢他。”

“其实你们没必要这么针锋相对。”容榕勉强笑道，“今天就挺好。”

容青瓷没接容榕的话，自顾自地说道：“他怎么就不能回头看看我呢？哪怕只是一瞬间……都可以啊。”

容青瓷说到这里，忽然止住了话匣，哽咽起来。

容榕不知道该接什么话，容青瓷却猛地站起身，有些失措：“我去一趟洗手间。”

容青瓷离开后，一直靠在容榕另一边肩膀上的徐北也也醒来了。

容榕并不觉得惊讶：“你听到了？”

“听没听到又有什么区别？”徐北也苦笑，取下眼镜按着眼皮，“我能给她什么回报？”

“你这些年，一直没交女朋友。”容榕犹豫着开口，“或许可以……”

徐北也干脆地打断容榕的话：“小榕子，这种圣母的话说出来，怪不得你姐怨你。”

“我知道。”容榕止住自己心中荒唐的念头，“对不起。”

徐北也摘去眼镜，侧头望着容榕，清隽的眸间倒映着星光，斯文俊秀的脸上带着一丝无奈。

徐北也抬手按在容榕的头上，恶作剧般揉了两下：“我是喜欢你，但不至于痴情到非你不娶。”

容榕撇头躲开他的手。

徐北也生气地凑过来，眯起眸子威胁她：“小榕子，你跟沈渡到哪一步了？”

容榕装傻：“啊？”

“别装了，他那种吃人不吐骨头的生意人，能舍得花本钱帮你？”徐北也漫不经心地甩甩手，语气慵懒，“当我傻呢。”

容榕不好意思地笑了。

徐北也神色复杂，状似认输地摊手：“青梅竹马打不过‘天降’，铁律啊。”

容榕高中的时候沉迷动漫，也觉得这句话是放屁。可活生生地发生在自己身上时，还真没法反驳。

“不过我也知道自己没可能，所以没抱什么希望。”徐北也恢复往日的懒散，隐去眼中的失落，语气轻快，“从你疏远我那天开始，我就知道我们没可能，就算你喜欢我，为了你姐，你也不会跟我在一起。”

容榕心中的小九九被徐北也准确拿捏住，还这么直白地说出来。

她哑口无言。

徐北也把玩着手中的无框眼镜，自嘲地笑了：“虽然我鄙视你这种想法，但我也清楚，如果我们真的有什么，你姐估计早就疯了。”

徐北也迟疑片刻，像是起誓一般对容榕说：“我应该能慢慢忘记你，所以你别想着我和你姐之间能有什么了，要是有，至于等上这么多年？”

“小北哥哥。”容榕叫出徐北也的昵称，声音很轻，“谢谢你。”

徐北也重新戴上眼镜，用镜片挡住眼中流淌万千的情绪，麻利地起身：“行了，回房间睡去吧，喝了点酒，洗个澡，明天一觉睡到日晒三竿。”

两个人正要离开观景台，却见不远处有个匆忙溜走的背影。

那样的熟悉。

徐北也叹道：“你去追她吧，我先回房了。”

容榕点头，快步追上前面的影子。

正当容榕要阻止电梯门关上时，就听见里面的人大喊：“别进来！”

容榕的手僵在半空。

里面的人淡淡地说道：“我想一个人。”

电梯徐徐而下，容榕愣愣地站在门口。

徐北也不知什么时候走到她的身边：“没去追？”

容榕抿唇：“她想一个人。”

“算了，让她一个人待着吧，你也不能指望她一时半会儿就想清楚。”徐北也安慰她，“不然你们姐妹俩也不至于僵这么久，我送你回房间休息。”

容榕后知后觉地点点头，和徐北也一起等候下一趟电梯。

容青瓷到达所住的楼层，电梯门口的提示灯骤然亮起，她神色恍惚地走出来。

还没走到房间，容青瓷已经快看不清路了，她顾不得眼妆可能会花，用力将眼中的泪水拭去，扶着墙大口喘着气朝着房间走去。

房卡还没来得及触上电磁感应，人就如山般滑落在地上，连呼吸都是痛的。

容青瓷抱着膝盖，仗着现在时间晚，酒店的走廊已经没多少客人，她肆意地大声哭起来。就是这样尴尬的处境，让她不知道该将气发泄在何处。

因为她没办法责怪任何人。

“小容总，你这是怎么了？”

急促的男声将容青瓷的神志唤回来，容青瓷抬起头，看不清眼前的人。

眼前的男人却“扑哧”一声，忽然笑了：“小容总，你这是看了多少悲剧电影啊？”

容青瓷的语气不善：“你谁啊？”

“好歹一起逛过街，我帮你提了一路的包包，翻脸就不认人吗？”男人幽幽叹气。

容青瓷忽然咧嘴笑了：“魏助理啊，你还没被你们沈总炒鱿鱼啊？”

魏琛睁大了眼睛：“你这个女人怎么这样，天天盼着我被炒鱿鱼？”

容青瓷猝不及防地掐住他的脸，用力摇了两下：“你被沈总炒了，我就能接盘了，让你天天陪我逛街。”

“我已经决定跟沈总干一辈子了。”魏琛蹲在容青瓷身边，报复地戳了戳她的额头，“你没机会了。”

容青瓷放开手：“真是可惜了。”

魏琛饶有兴趣地问她：“到底是什么电影能把小容总看哭啊？给我推荐一下呗。”

平时雷厉风行的女老总，如今蹲在房间门口哭得像个找不到家的孩子，肯定是很虐很虐的电影。

“《忠犬八公的故事》。”容青瓷随口敷衍道。

“啊，那个电影啊，我也哭了。”魏琛拍掌，深有共鸣，“我大学时看的，当时一寝室的大老爷们儿哭得跟个女人似的。”

容青瓷抿唇：“没出息。”

魏琛点头：“我也觉得，我室友他们真是太没出息了。”

魏琛拿过容青瓷手中握着的房卡，起身替她打开房门。

“以后看这种电影，一定要找个人陪你哭。”魏琛笑道。

魏琛的笑容真诚极了，仿佛真的相信容青瓷是因为一场电影哭成这样。

容青瓷突然问：“你真的以为我是因为电影哭的？”

“是的。”魏琛扶着容青瓷进房间，嘴边的笑容很明朗，“女孩子这辈子只能因为一场电影，一本书，或是一个感人的故事哭，除了这些，男人和敌人都不值得她掉眼泪。”

容青瓷闭眼，忽而喉间发热。

“记得卸妆。”魏琛将房卡放在桌上，转身就要出去，“我听说，女人晚上不卸妆就睡觉，后果很严重的。”

容青瓷置若罔闻，直接往卫生间走去。

魏琛“啧”了一声，算了，懒得管她。

桌上容青瓷的手机忽然响起，魏琛偷偷看了一眼，备注名是“大哥”。

他冲卫生间喊了一声：“小容总，你的大哥打电话给你。”

卫生间里若有似无的声音回应他：“就说我在洗手间。”

魏琛“哦”了一声，接起电话。

电话里响起低沉的男人声音：“怎么不接电话？”

“那个，她在洗手间。”魏琛顿了顿，语气恭敬，“您待会儿再打过来吧。”

回应魏琛的只有淡淡的呼吸声。

随即挂线。

洗手间响起冲水声，容青瓷出来后发现魏琛已经走了。她走到客厅正打算倒杯水喝，却发现桌子上放了一张便利贴，笔迹流畅。

“记得卸妆，还有，记得给你大哥回电话”。

这样淡淡的关心，意外赶走了她心中的阴霾。

怪不得沈渡舍不得炒他鱿鱼，真想把他抢过来当助理。

正站在容榕房间门口的沈渡忽然打了一个喷嚏。

由远及近的声音传来：“小榕子啊，你真没喝醉？”

而后响起沈渡再熟悉不过的声音：“没有啊，根本没喝多少。”

沈渡眯起眼睛，看着声音的来源。转角处，一男一女正从那边走过来。

容榕抬眼间，看到房间门口的男人，脚步顿住：“沈先生？”

徐北也似笑非笑地挑眉看着沈渡：“哟，沈总，怎么这么晚了还过来查女朋友的岗啊？”

沈渡的脸色有些沉，直接略过徐北也，低眸问容榕：“这么晚了跟一个男人在外面喝酒？”

“啊？”容榕反应不及，下意识地解释道，“还有我姐姐。”

“你姐姐呢？”

“回……回房间了。”

容榕也不知道自己这时候为什么就结巴了。

沈渡微微点头：“回答我上一个问题。”

容榕被沈渡无懈可击的逻辑打败，只好求助地看向徐北也，想让他帮自己解释一下。

谁知道徐北也非但不帮她解释，还添油加醋：“我和小榕子青梅竹马，喝个酒还要跟沈总报备吗？”

沈渡：“我是她的男朋友。”

“男朋友了不起？”徐北也忽然揽过容榕的肩膀，“我这个做哥哥的不答应，你以后休想娶小榕子进门。”

沈渡的目光停在徐北也那只咸猪手上，都快把他那只手烤成红烧猪蹄了。

容榕看徐北也捣乱，懒得给他面子，直接一把打开他的手，向沈渡小跑过去。

“我和姐姐，还有徐北也一起喝酒，不是跟他单独喝。”

容榕的目光真诚，看着不像是说谎的样子。

沈渡勉强接受她这个理由，动了动嘴唇，语气还是很冷：“为什么不叫上我？”

他们三个从小一起长大，约着喝酒，有沈渡什么事啊？

容榕和徐北也心里同时升起这个想法。

作为女朋友，不能拂了男朋友的面子，所以容榕没说实话。

但是作为被上司日日压迫、再加上痛失所爱的徐北也没必要照顾沈渡的面子，很不客气地直接开撒。

“天降，滚一边去好吗？”

沈渡忽然勾起嘴角：“徐律师，想失业？”

“天降，您请，我跟小榕子什么都没发生。”徐北也瞬间改口，做了个请的手势，“我不打扰你们情侣甜甜蜜蜜了。”

迫于商人的威胁，徐北也秒灰。

碍事的人走了，沈渡终于得空问容榕：“他刚叫我什么？”

“天降。”容榕笑容甜美，一本正经，“意思就是您像是从天而降的天使。”

“……”

第七章
吃醋

沈渡并未回答她。

容榕的心跳很快，所幸沈渡没有完全将她桎梏，她还有多余的空间转身逃回房间。

“我要休息了，你也赶紧回房间吧。”

房卡刚刚刷开房间门，磁性感应的提示音还未消失，沈渡伸手按在门把上。门被轻轻推开，背后是他清冽的气息。

容榕结结巴巴地说：“这儿……没有……咖啡喝。”

容榕匆忙溜进房间，打开壁灯，整个房间弥漫着昏暗的光影，地毯上映出她的影子。

沈渡低笑，淡淡地揶揄：“榕榕，要逃的话，不该往房间里逃。”

容榕其实也没喝多少酒，却醉了。

她转过头，有些别扭：“你怎么还不回房间？”

“我来替你履行你说过的话。”

“什么话？”

容榕想不起来了，光用说的那一套怎么顶用，沈渡不跟她废话，长腿迈开，两三步走到面前一把揽过她的腰。

容榕的腰肢盈盈一握，沈渡稍稍环紧手臂就将人锁在怀里，另一只手还得空来掐她的脸。

沈渡目光微沉，像是蛊惑，又像是提醒："你说要怎么慰藉这两个月的相思之苦？"

沈渡将最重要的话头留给容榕想。

容榕迷茫地眨了眨眼睛，而后恍然大悟，清澈的鹿眼里闪烁着惊慌与无措，随即那灯影下发亮的眸子躲开他，望着地板试图装傻。

"我不记得了。"

连撒谎都不会啊。

沈渡叹气，手上用了点劲捏她，似乎在惩罚，语气里也带着点埋怨："只会嘴上说说？"

容榕的声音弱弱的："就是想戏弄你一下。"

沈渡的气息忽然压过来。

容榕正欲闭眼，感受到沈渡的气息，她感到脸颊一热。

"相思之苦也是随口说说？"

被人捏着下巴，容榕摇摇头："这是真的。"

沈渡松开手臂，弯下腰和容榕目光交织，嘴角的笑容很浅："原来你想我的程度就只这么一点，没看出你哪里苦。"

沈渡说话一贯这样，留着三分靠她自己猜。

没品出含义来时只觉得沈渡这人万分正经，品出话中深意后，就知道这男人到底意指什么。

沈渡是真的在抱怨。

因为喝了酒，容榕嘴上余下的口红早就没剩多少，容榕忽然猛地上前，在沈渡脸上亲了口。

纵使容榕这天盛妆，不同往日，一身黑裙迷人，不说话时冷艳高贵，骨子里却还是没变。

得到容榕略带矜持的回答，沈渡脸上终于露出明显的笑意。

容榕忽然觉得自己之前说的那些话，哪怕说的时候没想太多，现在也想将它变成真的。

容榕低声问沈渡："那你有多想我？"

"把你对我说过的，都还给你。"

容榕被沈渡一把抱起，直接坐在最近的桌子上。

沈渡将手撑在容榕身侧，稍稍抬头，露出清晰俊朗的下颌线，而后精准地捕捉到她的唇。

容榕的嘴里有香槟的味道。

十一年份定制版香槟，花藤缠绕酒瓶身，酿酒师的匠心与诚意也一并添进酒里，静酿多年后再品尝，舌尖只要触到酒液，便沾染上馥郁清新的葡萄香与橘皮甜，犹有余味。

还带着容榕自身的香甜。

沈渡不喝这款酒，却在这一刻莫名爱上了这种味道。

他用手背轻轻摩挲着容榕的脸，害得她有些痒，侧过脸躲他的手。他温厚的手顿时又抛却了丝丝温柔，扣住她的后脑勺。

容榕想躲，却架不住沈渡的小动作。

容榕小巧的耳垂上坠着私订款耳环，四只大小不一的白蝴蝶扑朔，翅膀分别镶嵌着钻石，尾坠的圆钻摆动频率最强烈。

沈渡像是玩玩具一样，轻轻晃动着耳环。

桌子太硬，容榕坐久了有些不舒服。

容榕想结束这个绵长的亲吻，推推沈渡的肩膀，小声说："腿要坐麻了。"

容榕不好意思说屁股，就换了一个部位。

沈渡惊讶地看着容榕，摆出一副听力不好的样子："什么？"

"坐麻了。"

沈渡抱着容榕笑出了声，然后有力的手臂将她托起，往卧室走去。

容榕抱住沈渡的肩："这是要干什么？"

"换个软点的地方。"

容榕被沈渡这不上不下的话撩拨得满脸通红。

她看着他。

平日总是清冷的沈渡闭着眼，床头灯的光芒洒在他的脸上，她竟然能察觉到他脸颊泛起的温度。

停在容榕腰间的那只手上移，挡住了她的眼睛。

视线变得黑暗，本就暧昧的空气里忽然增添了柔色。

房间里一片旖旎。

慈善宴会结束，容榕前脚和路舒雅女士买了个爽，后脚又陪着容青瓷去搞批发，最后心满意足地准备回国。

因为沈爸爸在国外有事务要处理，所以沈渡的父母暂且还不急着回国。

容榕回来的时候蹭了沈渡的私人飞机。

容青瓷和徐北也两个臭不要脸的一听有免费的飞机，直接把刚买好的飞机票退了，大摇大摆地跟着上了飞机。

沐良琴作为观众，就看着俩姐妹跟分赃似的在飞机上分东西。

“你这回购物分享又得拍好久吧？”

容榕摇头：“就挑一些来拍。”

沐良琴嫉妒地指着容榕那几个S品牌的盒子：“这个不拍吗？”

“不拍。”容榕微笑，“要低调。”

“你还低调什么！”沐良琴嘟囔，又问，“暑假来了，又要举办线下聚会了，你收到邀请了吗？今年去吗？”

容榕点头：“去，我也有好几个喜欢的UP主，打算去跟他们要个签名。”

“那线下聚会完了以后，你去不去R国？”

“还要出国？”

“每年美妆博主例行的大出游。”沐良琴耸肩，“你往年从来没参加过，今年他们定了去R国，是坐游轮去。”

容榕“啊”了一声：“‘世界号’吗？”

沐良琴连忙摆手：“大姐，费用AA，你以为谁都跟你一样？我们哪儿坐得起‘世界号’，而且我听说‘世界号’被人买走了，我们就是普通的小型游轮，包船。”

一直在拆包的容青瓷忽然接话：“听说是被大陆企业买下来了。”

邮轮旅游产业这些年发展迅速，不光是沿海地带的旅游公司想分杯羹，内陆的旅游公司离海天高皇帝远，就干脆在长江三峡地区发展游轮，开启内河游轮产业。

容榕原本打算登上“世界号”来一次海上旅行。

“青瓷姐，那你知道是哪家企业买下的吗？”沐良琴兴致勃勃，谄媚地凑到容青瓷身边，“我是在论坛上听说‘世界号’被买了，是谁就不知道了，如果你知道能不能稍微跟我透露一点点呀？让我也在论坛当一回知情者。”

沐良琴这声“姐姐”叫得亲热，容青瓷却没多大反应，只淡淡地说道：“刚知道的消息，就说明八竿子还没打着边儿，顶多只算口头交易，做生意的只要没在合同上签字，一切变故都有可能发生，人家怎么可能会在事情还没搞定之前就放出消息。”

说白了就是她也不知道，还非要找个冠冕堂皇的理由解释自己不是没人脉打听不到消息。

沐良琴失落地“哦”了一声，撑着下巴继续看俩姐妹收拾战利品。

“有空在这儿看着还不如帮我们收拾收拾。”容青瓷睨了沐良琴一眼，指着自己座位旁半人高的购物盒，“帮我清一下小票。”

“我不要。”沐良琴果断拒绝，“我怕我会酸掉牙。”

容青瓷挑眉，调笑：“小姑娘眼界这么低呢，看在你跟我妹妹关系好的分上，姐姐送你一个包。”

然后随手就抽了一个盒子扔给她。

沐良琴缩手，不敢接。

“拿着吧，不会送你太贵的。”容青瓷轻笑，低眸继续清点战利品，“容榕这丫头从小没什么朋友，天天跟在我和她哥哥屁股后面，现在一个人天天跟猫住在一起，要是哪天得了抑郁症麻烦的还是我们，你多陪陪她，要是她有什么不对劲就给我打报告。”

“抑郁症？”沐良琴歪头，总觉得容青瓷的话太杞人忧天，“哪有那么容易得啊？”

“她妈……”容青瓷忽然意识到什么，及时止住话头，嘴角微勾，“谁知道呢，防患于未然。”

沐良琴抿唇，接过盒子，礼貌地说了一句“谢谢”。

确实不算贵重，大不了以后去哪里旅游给容榕和她姐姐多带点礼物，这人情也就还回来了。

容榕双目泛泪地看着容青瓷，感动得一句话都说不出来。

三个女人在飞机的小客舱里清点战利品，一直到魏琛过来问她们午餐想吃什么，那一堆东西还没清点完。

看着满地散落的盒子，魏琛暗暗发誓，一定要努力工作，不然将来找了女朋友都养不起。

容青瓷见魏琛来了，招手把他一块儿拉过来当苦力。

魏琛不愿意，坐在容青瓷旁边看着一堆女人用的东西，提不起兴趣。

容青瓷咧嘴笑得欢畅：“魏助理，难不成要我给你付工钱才愿意干活？”

“我现在也是在休假中。”魏琛叹气，总觉得剩余价值快被眼前这个女人压榨得分毫不剩了，“对男人来说，这份活比工作还累。”

“行了，行了，不就是工钱吗？”

容青瓷豪迈地扔给他一个购物盒。

魏琛皱眉：“这是什么？”

“送你的。”容青瓷侧头朝魏琛一笑，“谢谢你那天帮我接电话。”

魏琛转了转眼珠，随即了然，摇头退回礼物：“举手之劳而已，小容总没必要这么客气。”

“谁跟你客气了啊，本来这是礼物，但现在这是工钱了。”容青瓷眨眼，冲魏琛比了比眼前的那堆东西，“过来帮我干活。”

魏琛不满：“我不要。”

容青瓷笑了：“不要我就跟你们沈总打小报告，让他开了你。然后在你走投无路的时候收留你，一个月只给你开三千元的工资。”

计划之狠毒，魏琛瑟瑟发抖。

沐良琴戳了戳容榕的胳膊：“陪我去倒一杯果汁。”

“你直接让乘务送过来啊。”容榕看都没看沐良琴一眼。

沐良琴“啧啧”两声，一把将容榕的胳膊提起，扯着她离开客舱。

客舱的门帘被拉上，沐良琴疑惑地问：“你姐姐是不是特别喜欢送人礼物？”

“好像是吧。”容榕摸着下巴回想，“她经常会顺便送我东西。”

容榕的话重点在“顺便”两个字上。

“哦。”沐良琴舒了一口气，“本来收你姐姐的礼物我还挺惴惴不安，不过我看你姐姐也给魏助理送了，看来你姐姐真的是送礼狂魔。”

容榕摸不着脑袋：“应该是吧。”

“其实魏助理也挺帅的，就是跟在沈总身边被掩盖住光芒了。”沐良琴的老毛病犯了，又开始对男人评头论足，“如果不是我心里有我们温总了，魏助理也是不错的男朋友人选啊。”

容榕点头，难得没有挑刺。

沐良琴睨了容榕一眼，调侃：“对了，你和沈总到底怎么样了啊？人家为了替你摆平那些流言，特意放下工作来到国外，他都做到这份上了，你还不答应人家的追求吗？”

“啊？”

容榕愣了半晌，才发现自己跟沈渡的事居然一直忘记告诉沐良琴了。

容榕：“其实吧，他已经是我男朋友了。”

沐良琴嘴角旁不怀好意的笑容僵住了。

沐良琴眯眼瞪着心虚摸鼻子的容榕，冷笑两声就要走。

“你去哪儿？”

“我去把礼物还给你姐，然后跟你正式绝交。”沐良琴叉腰，指着容榕的鼻尖数落她，“懒得管你，让你得抑郁症算了。”

容榕顿时沉默起来。

沐良琴以为容榕认识到自己的错误了，还是忍不住责怪她："说好的闺密，你谈了恋爱应该第一时间告诉我啊，亏我还天天想着怎么帮你和沈总助攻，结果你就这么对我？"

容榕抿唇："对不起啊，当时一心想着慈善会的事，来不及告诉你。"

容榕忽然低头，看上去有些委屈。

"你怎么了？"沐良琴心中一跳，连忙走过去牵容榕的手，"我是不是说得太过了？对不起，我不是那个意思，也不是真的生你气，就是你瞒着我这件事，我有些失落而已。"

容榕快速敛去眼中的情绪，垂在身侧的拳头又渐渐松开。

她轻轻一笑，悄悄抬头瞄了沐良琴一眼，"扑哧"笑了出来："骗到你了吧？"

随后又冲沐良琴吐了吐舌头，露出一个得意的笑容。

沐良琴反应过来，大喊："你耍我！"

沐良琴要教训容榕，容榕敏捷地躲开，掀开帘子就往外走。

沐良琴抓住容榕的手腕，将她一把圈在怀里，不怀好意地笑了："小丫头，看你还往哪里跑？！"

容榕在沐良琴怀里挣扎。

沐良琴更加用力地抱紧容榕，空出一只手抬起她的下巴，眼神阴暗："小丫头这么坏，看大爷怎么收拾你！"

容榕睁大眼，配合地左右摇摆着头："不要啊。"

两个年轻姑娘平时也没少看电视剧，模样和语气都学得七八分像。

她们就在机舱的过道直接上演一出恶霸调戏黄花闺女的大戏。

就在两个姑娘差不多玩够了的时候，低沉的男声忽然在两人身侧响起："你们在干什么？"

沐良琴闻言转头看过去，整个人呆若木鸡。

沈渡一只手提着帘子，一只手撑在门框上，神情严肃。

旁边还站着徐北也，只不过他没那么严肃，嘴角带着若有似无的笑意。

他们原本是在主客舱开小会议，毕竟两个人休了几天假，工作堆了不少，飞机上没事做，索性就谈谈工作，聊聊生意。谈得有些口渴，两个人打算歇会儿。

沈渡原本想让乘务拿点润嗓子的茶进来，徐北也非要观赏他的飞机上藏了什么好货，沈渡只能带着他一块儿去储物舱。

两个人刚要掀帘，就听见帘外的女人刻意压着嗓子猥琐地说什么“看大爷怎么收拾你”。

接着又是一个做作到让人反胃的女人声音说“不要啊”。

沈渡皱眉，干脆掀开了帘子。

两个男人就这么观摩了一分钟，眼看着剧情越来越夸张，沈渡终于开口阻止了戏精上身的两个女人。

沐良琴猛地放开怀中的佳人，笑容尴尬：“沈总，我们闹着玩呢。”

容榕也有些心虚，红着脸不敢说话。

“……”

“我们就是闹着玩。”容榕也不知道该怎么解释，“学电视剧里面的。”

沈渡和徐北也也不傻，自然知道是闹着玩。

沈渡沉默了半晌，开口问容榕：“你们平时就玩这些？”

就算沈渡的情绪藏得再好，也无法掩盖住他内心深处淡淡的鄙视。

男人和女人来自不同的星球，天生无法理解对方。

“……”

容榕有种小时候把床单披在身上演古装剧结果被长辈抓包的羞耻感。

女孩子谁小时候没渴望过成为大人？

或许是偷穿高跟鞋，或许是对着镜子歪歪扭扭涂口红，却手抖地涂成血盆大口，再者就是偷偷披上床单，变成公主或皇妃。纵使滑稽无趣，但就是乐此不疲。

沈渡和徐北也没再继续看她们表演，穿过走道直接找喝的了。

沐良琴捧着脸，心有余悸。

“你快去跟沈总解释解释。”沐良琴求助地看着容榕，“我的带薪假还是托了他的关系才请到的，要是给取消了，这个月就亏大发了。”

容榕觉得没什么必要：“他不可能会误会啊。”

“我本来也是这么想的，但是我看他的脸色那么差，以防万一，你还是去解释解释吧。”沐良琴推了推容榕，又说，“万一他吃醋了呢？”

这个可能性更低了：“不能吧？”

沐良琴扶额，容不得一点意外：“榕姐姐，你就去吧，求你了，工薪阶层真扣不起那点工资，我这个月刚买了台射频美容仪，就等着那点工资救急。”

所幸两个男人的速度也快，这么一阵子，沈渡就拿着酒回来了。

徐北也没跟来。

容榕想着怎么跟沈渡说，下意识地问：“他呢？”

沈渡的语气淡淡的：“被你姐姐抓去算账了。”

在徐北也一声“老子是律师又不是会计”的怨言下，容青瓷置若罔闻，残忍地强行将他拖进客舱。

沈渡冲容榕勾勾手指：“榕榕，进来一下。”

容榕犹豫着跟进去。

不小的主客舱里摆着一张圆弧状的长沙发，中间的桌子散落着文件。

沈渡将文件收好拿开，随即将酒瓶放上去，又从角落的消毒柜里拿出两个高脚杯，只倒了酒杯的三分之一。

沈渡好整以暇地坐在沙发上，如果不是现在的环境太奢华，她会以为这架势是要严刑逼供了。

容榕犹豫着走到沈渡身边坐下，小心翼翼地问他：“你又生气了？”

这个“又”字用得很精妙。

就好像沈渡是什么不讲道理的“作精”，三天两头跟她闹脾气，她这个当女朋友的还得放下面子哄他。

“不至于。”沈渡将另一杯酒递给容榕，和她碰了碰杯，“只是想和你单独相处而已。”

容榕叹了一口气，就说沈渡没那么小心眼。像他这种的男人，胸襟宽广，怎么能真的计较？

她语气轻松地问了句：“那你刚刚脸怎么那么臭？”

容榕原本以为沈渡这次依旧会否认，结果沈渡只抿了一口酒，目光冷淡，说的话和他的表情非常违和：“吃醋。”

“……”

容榕想了很久，还是觉得不可思议：“她是女的啊。”

沈渡理直气壮：“有规定必须只能吃男人的醋吗？”

容榕笑嘻嘻地凑到沈渡身边，抱住他的胳膊，用自己的脑袋蹭了蹭。

“就是玩游戏而已，你要想玩那我们就玩啊。”

沈渡挑眉，从容榕胳膊里抽出手臂，挑了挑她的下巴：“那来吧。”

“啊？”

沈渡说完，就低头在她的唇边轻轻吻了一下。

见容榕不躲，沈渡还有些不满意：“怎么不躲，也不说台词？”

容榕用手挡住唇：“太突然了。”

沈渡耐心极佳：“那再来一次？”

容榕摇头，两手紧紧抱住沈渡的腰，将头埋在他的胸前：“我们玩不成的。”

沈渡将她的头发缠绕在指尖，绕成一个一个小圈，低笑：“为什么？”

“我说不出来那三个字。”容榕说完这句话后有些害羞，沈渡还没笑她，她自己倒先笑出了声。

沈渡心头一软，在她头顶吻了下，神色温柔：“回去后有什么打算？”

“你怎么问这个？”

“要不要约会？”

容榕点头：“好啊，什么时候？”

“等我忙完，周末吧。”沈渡的语气温和，“想去哪儿？”

“周末？这周还是下周？”

“下周，这周我没空。”

容榕忽然失落地“啊”了一声。

“对不起。”沈渡将容榕额前的碎发别在脑后，“最近没什么空陪你。”

爱情和事业，想要全部抓牢真的很难。

一个事业成功、爱情美满的男人都会有这种十分“幸福”的烦恼。

好烦恼哦。

“不是啊。”容榕从沈渡的怀中探出头来，下巴搁在他的胸上，眼眸清澈，“下周你有空，我没空啊。”

沈渡问容榕：“你要干什么？”

“下周我要去一趟S市。”容榕数着手指，“今年的线下聚会邀请了好多我喜欢的UP主，我得过去和他们‘面基’。”

沈渡没听懂容榕说什么，不过听她的语气感觉这事挺重要，只好妥协：“那就下下周。”

“也不行啊。”容榕神色苦恼，“我已经答应‘狗良’要陪她去R国了。”

沈渡没说话了，他都不知道，原来他的女朋友这么忙。

F国、S市、R国……她的脚就没歇下来，不知道下下下周又会不会一时兴起去哪儿玩了。

当男朋友的都排不上号。

容榕心虚地喝了一口酒，含糊道：“你也可以找自己的朋友玩啊，放心，我绝对不打电话查岗。”

沈渡的语气冷淡：“跟你的朋友说，让她排个队，往后挪。”

容榕立刻拒绝：“那不行。”

眼见沈渡的脸色更臭了，容榕补充：“不是我跟她单独，是很多人一起，包游轮去R国。”

“……”

“最近银座搞促销，我打算多买点东西。”一提起买东西，容榕仿佛拥有了灵魂，“还有吃很多海鲜。”

容榕正畅想着旅行计划，沈渡也不开口，就这么听她说。最后才嘱咐她：“吃海鲜要注意卫生，特别是生的。”

“吃多了肯定要拉肚子。”容榕满不在乎地摆摆手，“但是我不在乎，我只要吃进嘴里的那一刻美妙。”

沈渡蹙眉：“到R国以后跟我说。”

“跟你说什么？”

“我替你安排。”沈渡敲敲容榕的脑袋，“照顾好自己。”

容榕抿了一口酒，撇嘴：“我集体行动，你能替我安排什么啊？”

“……”

她笑容满面：“天，这是什么神仙男朋友啊，我也太幸福了吧！”语气做作得要死。

沈渡叹了一声，使了点劲捏她的脸，半晌后凑到她耳边，声音低沉：“等从R国回来，无论有什么事都给我推了。”

“Yes，sir.（遵命，长官。）”

自2013年，B站的线下活动已经举办六届了。这年的线下聚会仍旧在S市文化中心举行。这个地方很神奇，明星开演唱会在这儿，国内俱乐部打比赛还是在这儿。

七月的S市地表温度本就吓人，这股热流会一直持续到九月。

热也就算了，还潮湿。

下了一场绵绵小雨，待在室内就像把人丢在火锅里，水烧开了，人也差不多烫熟了。

又潮又热又湿又冷是每个南方人一生中无法避免的修炼。

这场人声鼎沸的二次元盛事将气氛烘托得更为热烈，盛典还没有完全开始，容榕坐在化妆室里跟其他区的UP主聊天。

每个区的大UP主基本到场了，游戏区算是整个B站分区的重要频道，来的UP主最多。

有刚保研的，刚结婚的，还有这么多年来一直单身无比热爱角色扮演游戏的，糙老爷们儿难得老实，坐在化妆镜前任由化妆师往他们脸上扑粉。

去年开始，生活区算是后崛起的黑马。尤其是那对成天找理由吃竹鼠的兄弟，涨粉速度着实可怕。

朴实无华的乡村生活，随手在河边就能搭起的灶台，给很多生活在城市中的人内心带来一丝抚慰。

不是车水马龙的都市，而是归于田园的宁静与简单，是这类视频受欢迎的一大原因。

美妆区的UP主来得不多，除了容榕和沐良琴，其余来的和她交流都不是很多。

平时最爱凑热闹的川南和霍清纯居然集体缺席，在线下聚会结束后才跟美妆区的几个人在S市汇合，直接坐游轮去R国。

线下活动一共举行两天，前两天的全息偶像演唱会和国外嘉宾专场已经结束，这是最后一场。

还没正式开始，仿佛就能听见场外粉丝的尖叫。

容榕闲来无聊，跟化妆室的几个UP主拍了一张照片发微博。

她的上一条微博还是转发的B站官方，是为了庆祝线下聚会举行特意画的一幅板绘。

B站特意用她的画作为这次活动的官方海报，张贴在地铁口和商场的投影大屏上。

容榕穿着简单的森系小裙子，整体妆容依旧选择了不容易出错，也是最适合她的少女粉。

她另一个画家身份曝光后，苏安暂时退圈，她当之无愧地成为整个美妆区最受瞩目的UP主。

下午一点，文化中心西门外的队伍排成长龙。穿着各类T恤短裤、日式小裙的年轻人挤满整个过道。

最后一天的线下活动分日场和晚场，日场大多是内场直播活动加粉丝见面会，以游戏区的UP主为首。

室外的温度高达三十九摄氏度，各色的遮阳伞像成片的蘑菇云，一直从排队口排到隔壁世博会的中国馆。

往年最热闹的直播间永远是游戏区，其实这些玩游戏的男UP主们女粉不算少，到场的粉丝比例基本上是五五开。

这年则是隔壁棚排队的长龙更可怕，大多是年轻女生，兴致勃勃地捧着内场票三两成群地聊着天。

两个男粉彼此小声交谈猜测着，最后还是其中一个忍不住，嘱咐另一个替他排好队，心里给自己加油打气后上前搭讪，准备直接问问。

“妹子。”男孩挠挠头，笑容腼腆，“我想问问，你排的这个棚里头是哪个UP主啊？”

年轻女孩笑着说：“榕妹啊！”

男孩不解，又问：“哪个区的啊？”

“美妆区的。”

男粉了然：“原来是美妆区的。”难怪都是女孩子排队了。

男孩看了一眼队伍的长龙，都快跟游戏区不相上下了，又好奇地问了一句：“这个UP主很火吗？”

“你不知道？”女孩抿唇，有些理解又有些不解，“我觉得混B站应该都认识我们榕妹吧？”

还真不是，现在是大数据时代，网站的每日推送都是根据用户算法智能挑选的，一般刷什么类型的视频最多，推送就基本是那个类型的，如果从来不逛某个区，就算那个区很火爆，别人也不一定知道。

男孩问完就回来了。

同伴好奇地问他：“那棚里的是谁啊？问到了吗？”

男孩迷茫地点头：“大榕榕，但是没听说过。”

“搜搜不就行了。”同伴拿出手机，将票揣在后裤兜里，迅速在搜索框内输入了三个字。

大榕榕，美妆区知名UP主，去年的B站百大UP主之一，粉丝315.2万。每个视频长度不超过十五分钟，播放量全部破百万，弹幕数基本上在1.5万以上。

男孩和他的伙伴惊讶了："现在美妆区这么火吗？"

三百万以上的粉丝，全B站都找不出几个。

短短几年，美妆区发展得如此迅速。

那时候谁能想到B站的美妆博主们，真的能撑起国内线上美妆行业的一片天。

两个男孩随意点进一个"大榕榕"最新发的视频。

刚点开就被满屏的弹幕闪瞎眼。

妆容清淡秀气的年轻女人坐在地毯上冲屏幕笑了笑："大家好，欢迎来到我的频道，今天是F国购物分享专题，看看我在F国都买了什么好东西吧。"

随即画面一转，随着欢快的音乐，年轻女人开始介绍。

剪辑流畅，节奏明快，纯日光下拍摄，没有噪点没有滤镜，配上并不夺耳的吉他背景音乐，左下角会时不时出现说明字幕和表情包，十几分钟的视频进度，舒适得就像是喝完一杯甜度适中的奶茶。

再加上视频里的年轻女人长得也漂亮，一双杏眼清澈无比，声音恬淡，吐字清晰，还带着南方人特有的软语呢喃。

偶尔还有一只布偶猫入镜，奶奶地"喵"几声，便被女人抱开。

她穿着简单的T恤，五官小巧精致，肌肤白皙，嘴角一直保持着笑容。

直男最喜欢的长相和性格，妆容适度，不是大浓妆，没有攻击性，也不嗲，是恰到好处的清新。

视频结束，女人就像和看视频的人聊了一场天。

最后的结束语是："下周的线下聚会，我们S市见啊。"

两个男孩默默点了关注，而后异口同声："好喜欢这个小姐姐啊。"

"不知道真人是不是也这么好看？"

沉默半分钟后，他们无情地抛下游戏区，换了队伍排队。等他们这边入场后，明亮的棚内，几个美妆区的UP主正坐在高脚凳上，旁边的桌子上摆满了化妆品。

果然跟游戏区的直播间不一样。

最中间的那个就是“大榕榕”。

粉丝按照工作人员的指示在场内入座，有个别粉丝用力冲UP主挥手。

容榕笑着冲她们眨眨眼。

台下的女粉们炸裂了。

两个刚看完视频就见到真人的新晋男粉捂着心脏喘气。

美妆区的直播活动更像是访谈，有一个话多的UP主全程充当主持人，问的问题也大多是一些生活日常。

“大榕榕”作为几个UP主中粉丝最多的，自然被问到的次数也最多。

主持人读着直播间的观众提问：“榕妹，你的本职是画家这件事为什么要一直藏着不说？”

“其实美妆区也有很多UP主不是全职，她们也没说自己的本职是什么啊。”容榕笑笑，轻松地把问题踢回去，“想说就说，不想说就保密啊。”

另一个扎着双马尾的UP主接话：“如果你一开始就说自己是Yinel，画集出版以后的销量说不定会比现在更高。”

容榕耸肩：“不说之前已经卖得很好了，这都是托了苏安的福。”

主持人惊讶：“你原谅苏安了啊？”

“怎么说也是我的粉丝。”容榕歪头笑道，“其他的就谈不上原不原谅了。”

直播间和场内的观众都懂的。

“赌五毛是川南和霍清纯。”

……

最先开始说容榕的眼影盘设计抄袭的就是苏安，这次线下聚会她不来，大多数人心里挺失望的。

现场对峙多有趣。

川南和霍清纯也没来，八成是没脸。

直播问题结束后，几个UP主聊起线下聚会结束后的R国游。

这次去R国的集体旅行活动是一个ID名叫乔宝的UP主发起的，算是美妆区的元老之一。

美妆区火起来以后，美妆博主们一年总是要找那么几次机会出去玩。

乔宝笑道："这次R国游我们肯定会给大家直播的，今年特意放血斥巨资包了一个小型游轮，到时候怎么拍都不怕打扰到其他游客。"

沐良琴和乔宝签的是同一家公司，两个人的关系不错，当即抱拳："乔大佬，厉害，不愧是魔都职场的精英白领。"

台下的粉丝们都发出羡慕的呼声。

乔宝抿嘴笑了两声，哭笑不得："我一个在S市的朋友，他家刚好做游轮生意，就卖我个人情，钱是大家AA的，我就是起了点中间作用。"

容榕也不矫情，她头一次参加集体旅行，确实占了人家的便宜，当然要道谢。

"谢谢，宝宝。"

乔宝的年纪是这些UP主中最大的，早就结婚了，看谁都跟小妹妹似的，包括容榕。

"前两年一直邀请你，你都没答应，没想到今年你终于愿意参加了。"乔宝的笑容亲切，冲她眨眨眼，"其他人不必在意，你就玩你自己的，有什么不舒服的地方就告诉我，我替你做主。"

弹幕里，大榕榕的粉丝都在感谢乔宝。

线下聚会结束当晚，美妆区的众位大佬准备直接从S市出发。

码头的夜景比起江畔差了些，没那么多霓虹点缀，但船港鸣笛声响亮，凉爽的海风吹过，消去不少盛夏的烦闷。

他们是下午六点到的码头，原本乔宝说走快速通道，差不多半小时就能过海关上船。结果现在快八点了，一群人还拖着行李箱站在港口吹风。

“不是说是银海游轮那种规模吗？”

乔宝最先跟所有人说的是国内顶尖游轮，套房加衣帽间配置，还有管家服务。

所以即使是AA，平摊下来租金也高得吓人，结果现在停在港口处等待他们的就是一艘远洋船大小规模的船。看着倒是挺新，就是落差感实在太强。

只能说乔宝之前给他们画的饼太大了。

乔宝满脸通红，在十几米外打电话。

有人不屑地轻嗤出声：“不会是为了坑我们所以才夸大的吧？”

其他人附和：“估计是没跟她那朋友谈拢吧？”

“谁知道是不是真的朋友，现在的人为了面子，什么牛皮吹不出来。”那人调笑。

人群里响起细细碎碎的调侃，听不大清楚。

沐良琴拍着腿上的蚊子，有些无奈：“我们还要在这里等多久啊？”

容榕迷茫地摇头。

轮渡声由远及近，而他们一行人始终站着喂蚊子。

容榕没参加过这种集体旅行，这种状况是第一次碰到。

容榕心想，十有八九乔宝是被人“鸽了”。

● **第八章**

想他了

"解决了，解决了。"

人群中的川南喊了一声。

原本她和霍清纯到的时候，在场人的神情都挺复杂的，原因就是上次那个抄袭事件实在太尴尬了。结果当事人就这么厚脸皮来了，其他人在心里腹诽两句，表面上还是装得和和气气的。

川南得意地甩了甩手机："我刚刚给苏小姐打了一个电话，她替我们搞定了银海游轮，过半个小时就能上船了。"

十几个人当场愣住。

等乔宝打完电话回来后，川南将事情原委跟她说了，最后挑眉叹气："下次这种事没板上钉钉就别说得那么绝对啊，害得我们在这儿喂蚊子喂了大半天。"

乔宝安静了一会儿，随即热情地牵住川南的手："川南，真是太谢谢你了，如果不是你，我还真不知道该怎么跟你们交代了。"

"要谢就谢苏小姐吧。"川南甩了甩手上的手机，"还好我跟苏小姐的关系好，她愿意卖我这个面子。"

"嗯，也谢谢苏小姐。"乔宝亲昵地抱住她，"还好我不顾其他人的反对请你过来，你真是救星。"

“事实证明你的选择没错。”

霍清纯在一旁不满道：“喂，我也跟苏小姐是朋友好不好？”

“是是是，请你们来真是太对了。”乔宝也冲他笑笑，语气真诚，“你们就玩你们自己的，别理其他人。”

半小时后，所有人可以登船了。

登船时，不少人围在川南和霍清纯身边问东问西，其实都绕东绕西地问到苏安身上。

乔宝一只手挽着他们一只胳膊，走在两人中间：“苏小姐真的搞定了？”

川南不耐烦：“要不要我现在给她打个电话，问那么多做什么？”

“苏小姐人也太好了吧，人没来却当了东家。”乔宝的眼睛笑得眯成一条缝，“到时候能不能把她的私人电话给我一下？我想给她打个电话道谢。”

霍清纯调侃道：“私人号码怎么能随便给不熟的人，我们帮你转达就行了。”

乔宝尴尬地笑了笑：“说得也是。”

容榕和沐良琴走在后头。

“真是长见识了。”沐良琴咬牙切齿，“这风向转得也太快了吧，翻脸跟翻书似的。”

之前什么诬蔑抄袭，人品堪忧，请他们只是出于人情。在豪华游轮面前，都不算什么。没人在乎抄袭的是谁，污蔑的是谁。

沐良琴“啧啧”两声：“川南和霍清纯给苏安下了迷魂汤吧？为了他们，游轮说搞定就搞定。”

旁边的容榕一直没出声。

沐良琴见容榕不回复，干脆转身挡在她的面前：“想什么呢？”

容榕忽然抬头，收起了手机：“没有。”

沐良琴眼尖地瞥见锁屏前的手机屏幕：“你在跟谁聊微信？沈总？”

“不是。”

“你姐姐？”

“不是。”

沐良琴摆手，站在甲板上迎面欣赏海景。她感叹道：“算了，反正也不花钱，等会儿还能看到建筑群，你记得给我拍一张，我好发Ins(照片墙）。”

容榕敷衍地点点头，手机又振动起来。

容榕掏出手机，苏安发了个简单的表情过来。

之前的聊天记录还在。

“在？”

“在的，什么事？”

“听说你现在还没上船？”

“你怎么知道？”

“听人说的，真假？”

“真的。”

五分钟后。

“我包了船。”

容榕那时候还没反应过来，川南的声音就响起来了。

容榕犹豫了很久，问她：“你又没来，为什么要包船？”

然后苏安发了个表情。

“……”

容榕差点就以为自己是什么千年转世的狐狸精了。

这件事当然不能跟沐良琴说，她本人都有这种错觉了，更不要说别人。

船上的房间足够，但大家还是选择两个人组队住一间套房。

容榕这边没悬念，她当然是跟沐良琴住一间。

倒是川南和霍清纯那边出了点状况，两个人的关系好，但性别不同。

川南的行情很好，多的是人想跟她住一间，几个年轻女孩围着她叽叽喳喳的，生怕这块香饽饽被谁抢走。

同行的也有男UP主，但人家早就配好对了，不愿意再多个人插进来。有的甚至开始取笑和鄙视这个眼圈自带兔子妆效果的男人，说话越来越不好听。

“霍清纯你非得跟人挤一间啊？”沐良琴看不下去，翻着白眼觑他，“你一个成年男人大晚上还怕不成，自己住一间不就得了？”

容榕的语气淡淡的：“这么多套间随你挑，多舒服。”

乔宝忽然上前，打了一个圆场，笑着拍拍霍清纯的肩膀：“好了，清纯，别伤心了。反正也就是晚上你一个人住，白天大家都在一起自由活动啊，别怕。”

其他人收敛了笑声，转而开始劝起霍清纯。

最后大家都是两两入住，霍清纯和个别不喜欢拼间的各自单独住。

时间已经有些晚了，大家决定先回房休息，第二天上午再集体行动。

容榕和沐良琴正打算回房，眼前忽然被一道阴影笼罩。

霍清纯小声冲她们说了一声“谢谢”。

沐良琴神色复杂：“不用谢，快回去卸妆吧，眼线都花了。”

容榕只凉凉地瞥了他一眼，没说话。

霍清纯走后，沐良琴笑着搭上容榕的脖子：“我替他说话是因为跟他没什么大仇，你不是很讨厌‘霍清纯’吗？怎么也开口帮他说话？”

“我讨厌他的人和性格，但是他的爱好没错。”

如果无法接受，至少应该做到起码的尊重。而不是大咧咧地拿这些来开玩笑，转而又笑别人开不起玩笑。

每个人的底线都不同，谁也不能保证自己随意的玩笑，是否伤到了别人的自尊。

浅金色的阳光洒在蔚蓝的海面上，和风煦煦，容榕正全副武装地站在甲板上帮沐良琴拍照。

沐良琴一只手抓着白色栏杆，另一手扬起，对着海，轻薄的防晒衫被风吹起，额间隐隐有汗往船板上滴落。

看着沐良琴被阳光晒得通红的脸，容榕快速给她拍了几张，连效果都来不及看，连忙拉着她走进室内。

沐良琴用手扇风：“好热。”

说完看旁边终于舍得摘下防晒帽和防晒冰袖的容榕。

沐良琴终于知道为什么这女人的皮肤这么白了。

“你就算再黑上两个度都比我白，不知道怕什么。”沐良琴甩了甩带着汗的刘海，站在空调下舒爽地叹了一口气，“出来旅行哪有不晒黑的？”

容榕往手上和腿上喷了点修复喷雾，又指使沐良琴站好，给她上下喷了一遍。

“你懂什么。”容榕将喷雾收进编织包里，“越白才越怕晒黑。”

容榕带出来的护肤品，十件里有八件都有美白功效。

容榕是冷白皮，平时用这种功效的护肤品比较少，但只要出去旅行，就会在做准备工作的时候大买一通。

时间快到中午，正好赶上吃自助的时间。

灯火通明的自助餐厅内，人差不多都到齐了，有人已经入座，餐桌上摆放着各式的自助餐点，用来当背景照相。

有人冲她们招手：“榕榕和良妹来了啊！快过来自拍！”

几个年轻女孩围在一起照相，照完后又忙着修图。叽叽喳喳地商量着待会儿到了R国要先去哪里逛街。

乔宝笑着问：“去银座吧？最近不是在促销吗？到时候还要给粉丝们买礼物吧？”

所有人点头附和。

沐良琴小声和容榕咬耳朵：“榕榕，你打算给粉丝买什么礼物？”

“我发微博问过，他们都说随便。”

餐厅里中西自助都有，容榕只拿了一点意面和海鲜，刚送了一口北极贝进嘴里，口腔里头正冰着，冻了半天才说出话来。

不知道这个规定是什么时候兴起的，也不知道是谁兴起的。博主们出去旅游，给自己买什么都是次要的，最主要是给粉丝买什么。

一开始大家还比较矜持，送的都是些平价的面膜和日用品，到后面就变了。

“我去打探一下他们都送什么。”

沐良琴端着盘子混入讨论大军。

容榕拿出手机，又翻了之前发的微博。

门前有棵大榕树：“想要什么礼物啊？”

柔软的刺身入喉，容榕咬着刀叉苦想。

“这里的刺身真的不行啊。”川南的声音从不远处传来，“刺身当然还是要吃蓝鳍金枪鱼的。”

容榕看了一眼盘子里的刺身，纹理清晰，肉身柔软，咬进嘴里时奶油感浓厚，非常肥美。

银海游轮上的食材已经算顶级了，全部是当季最新鲜的海产。

“嗯？我觉得很好吃啊。”乔宝失笑，沾了点海鲜酱又吃了一片刺身，“很新鲜了。”

沐良琴就站在她们那桌旁边，冲容榕比了一个鬼脸，然后张着嘴模仿川南刚刚嫌弃食物的样子，模仿完就翻了一个白眼。

容榕也好奇地站起身走过去。

川南努了努下巴，叹气：“之前苏小姐请我和清纯去她的私人别墅玩，她家的厨师现场开了条一米多长的金枪鱼，那个肉才叫顶级呢。”

乔宝羡慕地看着她：“你们还去过苏小姐的家啊？”

“是啊，我们玩得好，去朋友家做客不是什么稀奇事啦。”川南戳戳霍清纯的胳膊，“清纯，那个刺身才叫好吃，对吧？”

霍清纯点点头：“嗯，不过这里的也很好吃啊。”

川南的嘴角一抽，不再理他。

“苏小姐应该是忘了通知厨房。”川南自顾自地抿唇一笑，“不过她肯为我们包船已经很体贴了，我哪能这么不知足。”

众人发出感叹后，又羡慕起川南的交际能力。

像苏小姐那样难接近的白富美，居然请川南她们去家里吃刺身，还为她们包下了一条船，看来关系是真的好。

容榕觉得没什么意思，和沐良琴钻出人群拿甜点。

“你看到她那副样子了吗？好像白富美是她一样。”沐良琴摇头晃脑地学了一阵，自己都忍不住笑出声，“不知道的还以为苏安是她妈呢。”

容榕被沐良琴逗笑。

之后沐良琴又去前锋打探消息，容榕继续选她的自助餐。

“白富美真是一点都不挑食啊？”

容榕回过头，是川南。

如果在BI慈善会前，川南还能跟容榕和平对话，但现在几乎是一见面就枪林弹雨般不对付了。

川南睨了容榕一眼，抱着胸走到容榕面前，哼笑几声：“安柠要是知道你也借她的光上了游轮，估计得气死。”

容榕：“……”

“前两年装得清高，从不参加集体活动，现在钱赚够了就过来参加了？安柠这么讨厌你，我本来以为你没脸上船呢。”川南嘴角一勾，指了指长桌上的那些餐点，“多吃点吧，反正是免费的，过了这村就没这店了。”

容榕不知道川南这优越感是从何而来。

游轮不是川南包下的，这些餐点也不是她付的钱，这种施舍般的语气让容榕很不爽。

“别以为自己有一辆跑车，能卖几幅画就了不起。”川南眼中的不屑和轻视几欲倾泻出来，“你跟安柠比差远了。”

容榕气笑：“狗仗人势这成语听过吗？”

川南皱眉：“你说什么？”

“我觉得你诠释得挺好。”容榕鼓了鼓掌，“简直就是出神入化。”

“你骂谁呢？！”

川南重重地将盘子摔在桌上，一步步朝容榕走过来。

动静不小，吸引了不少人的注目。

沐良琴最先跑了过来，挡在容榕身前，瞪着川南吼道：“你要干什么？！”

川南指着沐良琴身后的容榕：“她先骂我的！”

“我们榕榕素质好得很，从来不骂人。”沐良琴护短意味十足，根本听不进她的一个字。

乔宝走到几人身前，有些无奈地抓着川南的胳膊：“这么多人看着呢，有什么话私底下说。”

川南烦躁地甩开她的手：“她骂我！我难道必须忍着吗？！”

“我没骂你。”容榕的声音很轻，表情温和，“我就是觉得自己不应该上这艘船。”

沐良琴转过头，惊讶地看着容榕：“你怎么就不该上船了？”

容榕委屈地抿嘴，小声道：“这船是苏安包下的，她之前因为诬蔑我抄袭跟我道歉，我们已经和好了，所以我以为我可以上船了。但是川南又没有跟我道歉，她说船是苏安为了她包下的，我不应该上船，我这样不经过苏安的同意上船可能会让她们之间产生隔阂。”

这话说得非常艺术了。

在场的人原本对那个诬蔑事件很微妙，这几天同处一室，大家谁也没打算提。

川南咬牙：“我根本没有提抄袭这件事！你胡说什么呢？！”

“苏小姐都跟大榕榕和好了，这事就这么揭过去吧，大家还是朋友。”乔宝笑着打圆场，想要拉川南到一边去。

川南烦躁地甩开乔宝的手：“这不关你的事。”说完就拿出手机冷笑，“我现在就给苏小姐打电话，到时候你要是被赶下船了可别怪我。”

沐良琴瞪大眼睛，大声斥道：“你也太阴了吧？上船之前不说，这船都开一晚上了，你让榕榕下了船去哪儿？”

川南挑眉：“这船又不是我包的，谁包的谁做主呗。”

大家都知道川南和大榕榕不对付，没想到旅行第一天居然就吵起来了。但他们都是沾了川南的光，谁也不敢开口劝架。只在一旁默默围观，聪明地选择不说话。

沐良琴转身担忧地看着容榕。

容榕倒是一脸淡定。

船上有免费无线，速度很快，网络通话一下子就接通了。

川南特意按了免提。

苏安的声音听上去有些不耐烦："干什么？"

"安柠。"川南咬唇，放低了声音，"有一件事我忘了跟你说。"

"什么？"

川南深吸一口气，语气充满无奈："大榕榕也上船了，你不会介意吧？我知道你很讨厌她，肯定不会愿意她上船的，但是……"

川南后面的话还没说出口，就被苏安打断："你脑子进水了？"

"什么？"

"我就是为了给容榕赔罪才特意为她包下船，你沾了她的光上船，哪来那么多废话？"苏安的话一顿，语气略带警示，"我警告你，不许告诉她，闭嘴玩你自己的。"

川南张着嘴，一张清秀的脸蛋上死气沉沉。

"你帮我问问她船上的东西吃不吃得惯，吃不惯我让厨房换更新鲜点的食材。"

这边许久没有应答。

"喂？喂？人呢？"

川南人还在，灵魂已经死亡。

挂掉电话后，所有人顿时呆住，谁也没心情再吃自助，纷纷回房间打算提前开茶话会。

容榕上前，同情地拍了拍川南的肩膀："我可以当什么都没听到。"

川南大口喘着气，眼珠子都快瞪出来了。

"还有，我觉得船上的东西很好吃。"容榕展颜一笑，刻意加重了语气，“尤其是刺身。”

因为在船上发生的事，所有人的心情都变得微妙。

尤其是一开始被大家捧为香饽饽的川南和霍清纯，此刻更是无比尴尬。

霍清纯还好，没把包船的事到处说，再加上之前选房间，他和川南之间虽然没冷战，但细心点的人总能发现，两个人之间肯定有间隙了。

下船之前，乔宝特意到容榕和沐良琴的房间替川南跟她们道歉，让她们把川南当空气，不要在意。

客套不是用在这种地方的，容榕不打算让这件事轻易揭过去：“她这么大岁数的人了，道个歉还要别人来吗？”

乔宝抿唇，温声劝道：“这一个星期大家都要在一起行动，现在就把气氛搞得这么僵，到时候也不好跟各自的粉丝交代，至少表面关系还是要维持一下，对不对？”

沐良琴实在看不下去，手臂拦在容榕面前，上前两步跟乔宝对峙：“之前榕榕被诬蔑抄袭那件事，川南在中间搞了什么动作，我不信你不知道？”

“这事早就过去了，榕榕也没什么损失，而且眼影盘不是卖得更好了吗？”乔宝尴尬地笑了笑，“这也是因祸得福，我想着正好这次旅行把你们都叫来，如果大家能各退一步，握手言和，不就皆大欢喜了吗？”

容榕忽然笑了两声，语气微凉：“你觉得这是因祸得福，我不觉得。”

乔宝脸上温和的笑意消失，蹙着眉，有些失望：“榕榕，我原来以为你不是这么小心眼的人，大家都干这份工作，同行难免有竞争，就算吃点亏能怎么样呢？做人留一线，以后你要是有什么困难了，我们也可以帮你啊。”

“帮？”容榕看着她，神情困惑，“你觉得我被诬蔑抄袭的时候，沉默是一种帮忙？还是事情真相大白以后，你后知后觉地转发是帮忙？”

乔宝被容榕说得哑口无言，反驳不出半个字。

“我们的关系还没有好到那个份上，不用你随意地替我决定原谅谁。”容榕转身回了房间，懒得再跟她多说。

乔宝从背后叫住容榕：“旅行还没开始，你就非要把气氛搞得这么僵吗？！你知道我为了策划这次旅行费了多少心思？如果不是你和川南，我根本不用这样一间房一间房地讲和。”

“如果明年的策划人还是你，”容榕转身看她，面色无波，“我绝对不会来。”

房门被关上，乔宝狠狠地瞪着房门号，足足站了半晌才恨恨地离开。

“啪嗒”一声，房门被锁上。

容榕的心里有些烦闷，刚将身上的防晒衫脱下来，就被人一把抓住胳膊，她猝不及防被推倒在床上。

沐良琴撑在容榕的上方，神情充满了崇拜：“你太帅气了！”

容榕哭笑不得：“我知道，你起来吧。”

“一开始她不是以为这船是苏安为川南包下的吗？眼睛就差直接黏在川南身上了。”沐良琴大笑两声，从容榕身上下来，直接躺倒在她旁边，“谁知道是为你包下的船，笑死我了。”

容榕没说话。

沐良琴收敛了笑意，试探着问容榕：“不过苏安为什么要对你这么好啊？”

“她不是说了赔罪？”容榕侧身面对着沐良琴，笑道。

容榕的语气淡淡的，像是根本没把苏安放在心上，但这还是没能抚平沐良琴心中强烈的危机感。

女生之间的友情有时会很小气，甚至不输男女。

沐良琴看着容榕，漂亮的脸上还带着红晕，杏眼明亮，正看着她笑。

这个女人，从来不知道自己有多讨人喜欢。

沐良琴叹了一口气，忽然凑近容榕，抱怨道：“容榕，你这个渣女。”

容榕敷衍地应道：“好吧，我是渣女，那你还爱我吗？”

“呜呜呜，我好贱，我明明知道你已经有了别人还心甘情愿喜欢你。”沐良琴光打雷不下雨，“我以为你有了沈总以后就会收心，没想到你现在又勾搭上其他人了。”

沐良琴忽然想到什么，坐起身来问容榕：“我从昨天开始就跟你在一起，都没看你联络过沈总啊，你们吵架了吗？”

容榕也跟着坐起来，摇摇头。

沐良琴顿了顿，质疑：“所以你们为什么不联络？”

容榕无辜地吐了吐舌头：“忘了。”

“你们还没分手真是上天的恩赐。”沐良琴扶额，摆了摆手，“我去冲个澡，你给沈总打个电话吧，太可怜了，我实在看不下去了。”

容榕掏出手机，给沈渡打了一个电话。

好几天没联系了，也不知道他最近怎么样。

原本电话拨通的时候，容榕的内心还挺平静的，等那头响起了许久不曾听到的声音后，她忽然有种恍若隔世的感觉。

真的已经好久没听到了。

“沈先生。”容榕酝酿了半天的开场白全顺着喉管又溜回去了。

她说完这三个字就不知道该说什么了。

沈渡清冷的声音传入容榕的耳膜：“嗯，玩得开心吗？”

明知道沈渡看不见，容榕依旧下意识地点头：“蛮开心的。”

“吃住习惯吗？”电话那头除了沈渡的声音，还有敲击键盘的轻微声响。

“船上的刺身还挺好吃的。”容榕咬唇，小心翼翼地问，“我打扰到你的工作了吗？”

“没有。”沈渡微微叹气，敲击声戛然而止，只余下他低沉的嗓音，“接到电话，我总算可以放心工作了。”

出发前，容榕信誓旦旦地说，一定会打电话跟他报备。还说她这些日子都是集体行动，所以为了避免麻烦，让他不要打电话过来。

容榕忽然觉得自己太过分了。

容榕自责不已，声音忽然就弱了下来，断断续续地说了“对不起”。

沈渡对于容榕突如其来的哭腔感到不解，低声问她：“怎么了？

受委屈了吗？”

容榕的鼻音很重：“没有。”

容榕走到阳台的推拉门前，吹着空调风看着窗外的海景，澄蓝的天色与海色相接，分外清透凉爽。可惜阳光刺眼，只能隔着玻璃门看。

因为要把这两天没说的话补上，容榕难得絮絮叨叨地跟沈渡聊起她能想到的所有小事。当然，省略了某些令人不愉快的部分。

这一聊就是半个小时。

其实也不能说是聊天，因为沈渡没怎么说话，他只在容榕停顿时说一声“嗯”，或是在她特意留下悬念的时候，配合地问了一句“然后呢”，如果她笑了，他也会跟着笑两声，如果她问他“你说呢”，他就会赞同地回一句“我跟你一样”。

很棒的倾诉对象，容榕甚至以为沈渡是机器人。

“我和沐良琴去买泳衣的时候，她非说我买的码数大了，还跟我吵起来，这又不是她穿，你说她干吗这么认真啊？”容榕有心试探沈渡，末了反问沈渡一句，“你说呢？”

“你应该听她的。”沈渡的声音带笑，“买合适的码数。”

容榕眯眼：“你也觉得我自我感觉良好吗？”

“没有。”

“那你为什么就一定觉得是我买大了，而不是沐良琴嫉妒我，所以故意往小了说？”

沈渡的声音很平静：“榕榕，大了会影响游泳。”

“……”

一直到沐良琴洗完澡，容榕还靠在门上画圈圈，丝毫没有口干的念头。

这么能说吗？

沐良琴冲容榕比了个手势，容榕点头，加快语速和电话那头的人说：“真的不用帮我安排了，我跟她们集体行动，要是脱队不太好。”

沈渡没再坚持，只嘱咐：“吃海鲜要注意卫生。”

容榕笑道：“船上的海鲜很新鲜，放心吧。”

沐良琴微微眯眼，忽然坏笑，装模作样地大喊一声：“榕榕！”

容榕侧头，有些惊讶地看着沐良琴，电话都顾不上挂：“怎么了？”

“我肚子痛。”沐良琴蹲下身子，佯装痛苦地捂住肚子。

容榕急忙跑过去扶沐良琴：“怎么好端端的会肚子痛？”

沐良琴的演技卓绝，下巴微颤，以一种不久于人世的神色看着容榕，神色痛苦：“我怀疑船上的海鲜有问题……”

“啊？”容榕满脸困惑，有些不确定，“不对啊，我也吃了。”

“我可能要死了。”沐良琴痛呼一声，倒在容榕的怀中。

沐良琴闭着眼睛装死，想着自己就算不当网红，去当个小演员说不定比现在的前途好。

容榕匆匆跟沈渡告别，挂掉电话就要帮沐良琴叫客房服务。

沐良琴手疾眼快地拦住容榕，眨眨眼睛：“我好像知道我为什么肚子痛了。”

“……”

沐良琴摸摸鼻子，还有点不好意思：“我想上厕所了。”

沐良琴吊儿郎当地哼着歌往卫生间走去。关上门，她靠在门边，露出了一抹笑容。

容榕完全没注意到沐良琴的小心思，只觉得这一通电话打过去，她的心情又奇迹般恢复了。

都是小事，她能解决的。

美妆博主到R国来，怎么能不买东西。

一下游轮，大家不约而同地将船上发生过的尴尬事选择性遗忘，又开始像集体出游的亲密朋友一般，手挽着手打闹嬉戏。

川南和霍清纯又和好了，互相挽着胳膊打一把遮阳伞。

要说女人之间的友谊真奇妙，为点芝麻绿豆大的小事能吵得天翻地覆，但就算是有血海深仇只要在镜头面前又能亲如姐妹。

乔宝将镜头转为后置，给直播间的观众展示街头盛况：“人真的很多，大家感受一下。”

镜头一路扫过去，拍到的人都给观众们打招呼，然后镜头忽然转向快被烤焦的容榕。

容榕怕热，和沐良琴打着遮阳伞走在边上。

“你们的榕妹来了。”乔宝笑道，“她在旁边呢，只是没跟我们走一起。”

容榕迅速找准镜头，轻轻挥了挥手：“你们好。”

乔宝用的后置镜头拍容榕，没有滤镜也没有美颜，纯日光照射，特写下，容榕脸上的汗滴都清晰可见。

乔宝拍了一会儿容榕，让粉丝刷够了屏，又快速地挪开手机，朝前走两步去找其他人了。

一群人终于到达目的地，从一丁目到八丁目，这一条街都属于银座的购物范畴。

这时候哪儿管先买什么，进去吹个空调再说。

一群人站着吹了吹风，直接往药妆护肤店那边走。

柜姐见这么多人来了，立刻热情地用口音浓厚的英语给他们介绍最近的新品。

乔宝忽然笑道：“我们这么多人，哪能全试，要不让大榕榕来吧？”

正在看腮红的容榕突然被叫到名字，还处于迷茫之中。

大热天的，所有人的底妆差不多都脱了，哪怕用再好的粉底液，鼻翼两端也卡粉了。

本来妆效就如同猪刚鬣，当场卸了妆上粉底，可想而知会是什么样。

谁也不愿意当试验品，所以一致同意乔宝推出来的容榕。

“你们的榕妹要现场卸妆了哦。”乔宝对着镜头笑了笑，“怎么样？期待吗？”

川南忽然笑了：“快把镜头挡住，要是被粉丝看到怕是要幻灭。”

容榕坐在椅子上，柜姐冲她笑了笑，轻柔地挤了点卸妆水倒在卸妆棉上，往她的脸上轻轻擦了擦。

乔宝将镜头对准容榕。

这样一擦，容榕的脸居然跟卸妆之前没区别，只是脸颊上的腮红被擦掉了。

有人没忍住感叹：“这什么色号啊？好贴合肤色啊。”

“天气太热了，我没擦粉底液，只擦了防晒。”容榕笑道。

众人眼见容榕脸上唯一的眼妆和唇妆也卸了，比刚刚稍稍素雅了一些，但还是看不出什么区别。

原来容榕的视频真的没加滤镜，真的是天生的冷白皮，又白又嫩。

柜姐体贴地为她上了全妆。

容榕朝着镜头笑了笑。

容榕特意做了蛋卷头造型，长发松松地扎成丸子头，只有几缕落下搭在肩上，清新自然的夏日打扮，很符合她脸上的妆容。

容榕自己打开直播，没再蹭乔宝的镜头。

乔宝好心提醒容榕：“拿自拍杆很麻烦的，用我的直播就行了。”

“不用了。”容榕歪头一笑，凑到她的耳边小声说了一句，“粉丝给我刷的礼物，送给你有点可惜了。”

乔宝脸上虚伪的善意终于挂不住了，但镜头还对着她的脸，又不能不笑。

勉强挤出来的笑，真的很难看。

大部分人这次大出血，给自己买东西下狠手，给粉丝们也下狠手。

直播间里，无数粉丝痛哭流涕，礼物一阵接一阵地狂刷。

论购买战斗力，容榕从来不肯落下风，别人买她当然也要买。

等容榕意识到自己买了多少东西以后，战斗早已结束。

其他人看着容榕身边的三个现买来装东西的大箱子，简直不知道该如何吐槽。

“大榕榕有必要买这么多吗？”有人凑到乔宝身边小声问，“她对粉丝这么好吗？”

乔宝皮笑肉不笑：“谁知道啊。”

回到酒店后，容榕将自己买的东西给粉丝大概展示了一下：“等回去抽奖送你们。”

这次R国行最主要的目的已经完成，容榕对这里很熟，没有逛街的心思，直接和沐良琴脱队，打算到时候买机票回国。

两个人窝在酒店的房间里通宵打了几天游戏，快乐得不知今夕是何夕。

直到沈渡的电话打来，醉生梦死的两个人惊觉几天的假期就这么没了。

现代懒人的度假方式，找一个热门旅游城市，订一家酒店，然后睡上几天几夜。

度假结束，一滴汗都没流，爽歪歪。

容榕在电话里说：“和其他人闹得有点不愉快，我们打算坐飞机回去。”

沈渡的声音听上去没什么反应：“现在是旅游旺季，飞机票比较难买，我给你安排了游轮，你坐游轮回来吧？”

容榕没反应过来：“什么？”

“给你准备了很多海鲜，放心吃吧。”沈渡的语气略带责备，还带着点无奈，“要吃就吃好点的海鲜。”

挂掉电话后，容榕茫然地跟沐良琴陈述了一遍沈渡的话。

沐良琴睁大眼睛，忽然激动地跳下了床，围着容榕转了好几圈，然后一把将她抱过来，用力在她脸上亲了一口。

“沈总威武！”

两个人收拾好行李匆匆赶往港口。

碧蓝的天空下，夹杂着鱼腥味的海风吹过，海面漾起阵阵水花，很多游客都在港口休息处等待。

沐良琴左右看着：“沈总给你安排的游轮在哪儿呢？”

容榕摇头："不知道，他说还没到。"

两个人刚走到遮阳处，打算找个位置坐下来吹吹风，好死不死，刚好就跟乔宝一群人撞个正着。

要说缘分有的时候真的像粘脚的胶带，甩都甩不掉。

人群中忽然喊了一句："那不是大榕榕和良心妹妹吗？"

一群人望过去，这下谁都看到她们了。

"哟，不是说不跟我们一起吗？"川南的嘴角露出笑容，走过来看着满头大汗的两个人，"是不是买东西没做好预算，超支了？"

其他人也打着伞走过来。

一群人神色各异，像川南这种直接把嘲笑挂在脸上的不多，但也并没有多少人真的好奇她们为什么出现在这里。

乔宝忽然叹了一口气："早知道这样，就提前把钱退给你们，之前包游轮的钱还在我这儿呢。"

这语气真是欠揍得让人梦回"兔兔糖"。

川南连装都懒得装，冷笑两声："干吗逞强买那么多东西呢，生怕别人不知道你有钱啊？"

川南知道，如果大榕榕想上船，就算之前清高地拒绝了，苏安也依旧会让她上来。

不管怎么样，大榕榕总是有靠山。因为知道自己只能嘴上过点瘾，川南此时就像找到一个发泄口，只要能舒了心中那几口气，谁管会不会给大榕榕难堪。

她越难堪，川南就越高兴。

川南说完又转过身冲其他人笑道："当时买东西的时候你们都在啊，大榕榕一个人买了三个大箱子啊，那架势差点就让我真的以为她是福布斯排行榜上哪个深藏不露的女富豪了呢。"

有人没忍住笑出声。

"大榕榕，一直听说你家境很好。"乔宝指着容榕的几个大箱行李，"有时候，镜头面前适当虚荣没什么错，但前提是不能把自己陷入尴尬的局面啊。”

川南点头附和：“说得好。”

乔宝冲容榕笑了笑，转而又像长辈训诫晚辈一般教导容榕：“你要记得下不为例，待会儿船开来了，让那几个男生帮你把东西搬上去吧。”

霍清纯咬唇，站出来：“我帮你搬吧。”

其他几个人的态度还行，让大榕榕省着点花钱，就算宠粉丝，也不能宠到自己都没钱买飞机票回家。

容榕翻了一个白眼，忽然觉得这些人不可理喻，她以后绝对不会再参加集体旅行了。有那个闲钱，自己一个人旅游多爽。

容榕冲霍清纯笑了笑：“不用了，我不坐银海游轮。”

“不坐那你干吗来港口啊？”川南的眼神一转，恍然道，“莫非你也学苏小姐，包了船？”

不是她包的，是沈渡包的。

沈渡是她的男人，四舍五入就是她包的了。

容榕点头：“嗯。”

川南愣了愣，嗤笑：“行了，别装了，我又不会真的不让你上船，到底你还有苏小姐这个靠山啊。”

之前因为苏安，川南成为大家的笑柄。

这才几天，大榕榕反倒成为东施效颦的那个笑柄。

容榕包里的手机振动，沈渡的微信发过来了。

“船快到港口了。”

“叫什么名字？”

“世界号。”

容榕愣了好半天，觉得这个名字无比熟悉。

她忽然睁大眼睛，看向不远处正缓缓驶来的巨大游轮。

全长超过三百米的十六层豪华游轮，超过七层附带露天云台，灰色船身镶嵌着烫金字样的“The World”。

是星梦社专为中国及亚洲市场而打造的符合大家庭和团体游客需

要的巨型游轮。

原本打算暑期启航，但因为被某个内地企业截和，以更高的价格买走，因此启航时间也无限延迟。

这艘游轮实在太引人注目了，所有人顾不上看容榕，都去看船了。

“世界号”他们当然都知道。

“世界号？”

“不是说被买走了吗？怎么在这里？”

“我怎么都没听说过‘世界号’启航的消息？”

船靠岸，海鸥鸣叫，容榕眼见从游轮上下来一个穿着黑色燕尾服的老管家。

老管家在休息处左右看了看，最终找到了目标。

他走过来，冲着容榕鞠了一躬：“容小姐。”

容榕还处在震惊中，茫然地点了点头。

老管家的笑容亲切：“请上船吧。”

“等等。”容榕突然做了个停止的手势，“这么大的游轮，只有我一个人享受真的太可惜了。”

其他正处于震惊中的人顿时眼冒金光。

容榕冲他们笑了笑。

乔宝和川南同时咽了咽口水，川南还算有点骨气，垂在两边的手握成拳，整个身体都气得发抖。

乔宝惊讶道：“大榕榕，这真的是你包的船吗？”

在线变脸。

容榕没理她，拿出手机迅速打开直播。

此时看直播的粉丝还没大量涌入。

容榕笑道：“今天给大家直播吃海鲜呀。”

然后冲着呆滞的众人挥挥手：“想上船吗？”

没人回答她。

“我没苏小姐有钱，包这船花了我不少啊。”容榕叹了一口气，微笑中带着精打细算的影子，“我给大家算团购价吧？怎么样？”

众人：“……”

怎么会有这么装模作样又小气的人？

第九章
我想你了

三百万粉丝的战斗力不是盖的。

直播的观看人数瞬间飙到五十万，直接把容榕送上直播推荐榜。

沈渡的原话是“吃点好的海鲜”。

沈渡都这么说了，那么应该要比在银海游轮上的好很多。

四季中最适合吃海鲜的季节是在秋季，恰逢海鲜渔货出产，海产品种繁多，味道鲜甜肥美。

夏季不宜储存食物，尤其是讲究一个“鲜”字的海鲜。

这些海鲜经过筛选，不远万里被空运到这里，以最快的速度被端上餐桌，就是为了锁住那一刻的鲜香。

现在不是海胆盛产的季节，碎冰上躺着的紫海胆鲜嫩多汁，细腻嫩滑的特级生蚝正在冲容榕招手。

沐良琴戳了戳容榕的胳膊：“你是杨玉环吧？”

“一骑绝尘妃子笑”的那种。

容榕的直播还开着，这场海鲜盛宴不光是她和沐良琴看到了，直播间里所有的粉丝也看到了。

采用法式焗蜗牛做法烤制的贻贝外表色泽恰好，配上外皮稍硬的面包，口中的香味不断回旋着，容榕享受地闭紧嘴巴，生怕一个呼吸就把香味吐出来。

吃完海鲜以后，直播还没有结束。

容榕全程直播，论坛里也有人全程截图实时更新。

沐良琴吃饱喝足，躺在床上刷新。

最后看向旁边同样咸鱼躺的容榕，好奇地问道："沈总为什么能包到'世界号'啊？"

"是他买的。"

沐良琴愣了半晌，猛地睁大眼睛："'世界号'是他买下的？"

"大概吧。"容榕拍着肚子，呼吸都有些困难，"我刚开始也挺意外的，不过后来就想通了。"

沈渡的父亲在D市发展事业，沈渡能买到星梦社的游轮并不难。

容榕拿出手机，打算给沈渡发个消息向他道谢。

结果消息发出去两分钟，那边也没有回复，可能在忙工作吧。

容榕躺在柔软的床垫上，将头埋进枕头里。

容榕正愣神间，沐良琴的手机忽然响起。

"嗯？"

因为上次去F国，沐良琴存了沈渡的手机号。

虽然并没什么用，手机号只是躺在通讯录里生灰，但是沐良琴一直没删。

"沐小姐，我想请你帮我一个忙。"

她沐良琴居然能帮上沈渡的忙，简直是世界奇迹。

因为要尽可能物尽其用，晚上休息时，沐良琴强烈要求要自己享受一人世界。

容榕没在意，自己挑了一间套房。

她正在浴室里泡着，擦了手给沈渡回消息。他也不知道在忙什么，到现在才给她回消息。

"吃饱了没？"

很简单的一句话，容榕莫名就被沈渡撩到了。

为她准备了这么多，居然只是想让她吃饱。

容榕为了让沈渡感受到自己真的很满足，特意把平时难以言齿的体重变化告诉他。

“谢谢沈总的招待，一晚上我胖了三斤。”

那边发了串省略号过来。

这个男人就是发省略号都那么撩。

容榕藏在泡沫下的双腿并拢，想了想，问他：“你在干吗呀？”

“在忙。”

两个礼拜没见，沈渡也很淡定，面对容榕的聊天邀请毫无想法。

容榕愤恨地拿起浴缸旁的红酒，猛地灌了一口下肚。

“我一个人住这么大的套间，有点怕怕的，想你。”

隔着手机，容榕什么情话都能往外蹦。

“想见我吗？”

“超级想。”

反正船靠岸前想见也见不到，这时候可劲地撩，先把嘴瘾过足了，之后的事之后再说。

“好。”

“好”是什么意思？

“我知道了”还是“我很高兴”？

容榕娇嗔一声，发了个张飞表情包过去。

“哥哥是糖，哥哥是药，哥哥是我的羽绒小外套。”

沈渡又不回了。

容榕想，这不行，再接再厉，一连串又发了好几个表情包撩他。

越到后面，表情包就越不堪入目。

其实容榕微信里偷偷存了不少表情包，平时只跟沐良琴互相发着玩，没机会搞大众传播，好不容易交了个男朋友，沈渡又是个禁欲派，她平时不好意思发，怕发了他接不上话，感觉有些崩仙女人设。

容榕的脑子一热，心想这些表情包不能白占手机内存，自己的男朋友有什么不能撩，于是一股脑全发过去。

没反应。

容榕怀疑沈渡睡了。

大半瓶红酒入肚，容榕气得半死，穿上浴袍打算拉黑沈渡。想了半天又不太甘心，心一横给沈渡发了个最刺激的过去，刚发出去两秒赶紧又撤了。

过下瘾就行，这么露骨的还是算了吧？

容榕擦着头发走出浴室，房门忽然被敲响。

容榕皱眉，靠着门边问了一句"谁"，门外熟悉的声音响起，一下子就把她的魂魄震出躯体。

"榕榕，是我。"

"……"

容榕想沈渡应该是想玩电视剧里常玩的那一套，女方说"我好想你"或者"我想吃……了"，男方消失大半个钟头，结果忽然猝不及防来一句"开门"。

女方泪流满面，将这个感人至深的故事发上网，收获一片"神仙男朋友""羡慕哭了""别人家的男朋友"的赞美。

但容榕根本不想沈渡出现。

尤其是在她发了那么多骚话表情包之后。

大约晾了沈渡两分钟，容榕颤抖身体贴着门，双腿发软，结巴道："我没叫特殊……服务啊。"

沈渡很懂："不收钱。"

跟她演起来了？

容榕见招拆招："抱歉，我有男朋友了。"

"你先让我进去。"沈渡一顿，语气低沉，又带着点若有似无的笑意，"我给你看完腹肌就走。"

"……"

她回头就把那些表情包通通删掉，一张不剩。

容榕深吸一口气，最终还是打开了门。

容榕埋着头，也不敢看沈渡，心想这种糗事也不是第一次发生，或许沈渡早已习惯了。

以为沈渡肯定会笑她，容榕咬着牙，生无可恋："你要笑就笑吧。"

房门被轻轻带上，高大的身影骤然占满她的整个视线。

容榕惊讶地抬起头，唇间忽然一热。

容榕眨了眨眼睛，微黄的灯色下，沈渡清俊的面容清晰而又诱惑。

他的眼窝有些深，鼻梁挺拔，下颌轮廓线流畅，光和影巧妙地融合，照亮他俊朗的五官，也隐去了他的急切。

容榕被推在墙边，却没发出多大的声响，沈渡伸出手抚上她的背，替她挡住了冲击力。

容榕有些害羞，内心深处又不得不承认，她心动得要死。

桌柜上的精油蜡烛徐徐燃烧着，小小的火舌在空气中炸开。

沈渡牵起容榕的手，指引着她环在自己脖子上，低着嗓子教她："抱紧了。"

容榕不知道为什么要抱紧，困惑的瞬间双脚腾空，她被沈渡一把拦腰抱起。

容榕穿着浴袍，用腰带固定绑紧，沈渡手臂托着她的后膝盖弯，大腿以下的浴袍部分往地下垂着。

容榕刚想松手拉一下浴袍，就听见头顶上方传来一阵低笑。

容榕抬眼瞪沈渡，有些凶，但没什么威慑力："你笑什么？"

沈渡没有被容榕凶巴巴的样子吓到，嘴角的弧度反而越来越明显。

沈渡垂着眼，目光深邃，也不说话，就那么看着容榕，看得容榕的脸温度越来越高。

如果不是灯光偏暖，此时恐怕就让沈渡看到她这副面红耳赤的样子了。

容榕哪里知道自己在掩耳盗铃。

容榕刚刚洗过澡，脸蛋白净，眉眼清亮，因为沈渡吻得有些用力，唇瓣染上水亮的嫣红，和她沾在脸颊边还有些湿润的黑发对比鲜明。

尤其是那双杏眼，似怒却嗔的神态。

容榕长得清纯，这样羞赧的时候，平添了一份要命的妩媚。

沈渡抱着容榕来到沙发边，整个后背陷入柔软。

沈渡闷哼一声，调整姿势，将容榕用力抱在怀中，嗅到她身上淡淡的檀香，还有杏仁果与奶油的香气，清甜迷人，她爱美，经常会换香水。

沈渡觉得，这对于她而言，只是锦上添花。

沈渡将头挪到容榕的锁骨处。

容榕猛地推开沈渡，轻喊出声："干什么？"

沈渡眨眨眼："榕榕，我今天凌晨就上船了。"

容榕不知道沈渡说这个要干什么。

"在船上工作到现在。"沈渡冲容榕轻笑，捏捏她的脸，补充道，"你说想我，我就来了。"

沈渡是不是在卖可怜？

容榕的神色复杂，抵着沈渡的胸膛小声念叨："是你想我吧？"

容榕剩下还未说出口的话被沈渡吞掉了。

沈渡的眼睛有些红，深深地叹了一口气，强硬地捧起容榕的头用力吻上去。

房间外，海浪拍打着游轮，由远及近的风声吹动着海水。

静谧的夜晚，容榕感觉自己被折磨得够呛。

第二天临近中午，容榕出门吃早餐。

沐良琴早就到了自助餐厅，正端着盘子选爱吃的，见她来了，激动地招招手："榕榕！"

容榕调整了一下面部表情，朝沐良琴走过去。

"怎么样？"沐良琴不怀好意地挑眉，用力拍上容榕的肩膀，语气豪迈。

容榕被口水呛住，涨红脸装傻：“你说什么？”

沐良琴“啧啧”两声：“别装了，好姐们儿有什么可隐瞒的，我能说什么，大家都是成年人了，大气一点！”

“还行……”

“好吧。”沐良琴耸肩，想也知道脸皮薄如容榕是不会多说的，可她又忍不住好奇接着问，“你都起来了，为什么沈总还没起来？”

“他起来了。”容榕咬了一口小蛋糕，语气含糊，“回房间继续工作去了。”

沐良琴的神色复杂：“杨贵妃，你的魅力不行啊，说好的‘从此君王不早朝’呢？”

“你好烦啊。”

“你嫌我烦了？”沐良琴的话锋一转，语气幽怨，做作地“嘤”了几声，“你变了，你以前不是这样的。”

容榕没理沐良琴，挑好食物坐下慢慢吃。

坐下之前，容榕下意识地放缓了速度。

她轻轻咬唇，心里暗示自己忘记那些不和谐的场景。

这副心不在焉的样子被沐良琴尽收眼底。

沐良琴顿了一下，敲了敲容榕的餐盘：“回神了，大白天的，脑子里想什么呢？”

被戳到痛处的容榕心虚地低下头。二十多岁的人了，又不是高中生，她也不知道自己害羞什么。

两个人正埋头交谈间，沐良琴忽然抬头喊了一声“沈总”。

容榕心如擂鼓，整个身体都僵硬了。

浑身清爽的沈渡穿着白色短衫，轻轻扶上容榕的凳子，面带微笑：“抱歉，我来晚了。”

“没有，没有，工作最重要。”沐良琴立刻端坐整齐，语气恭敬，“还没来得及谢谢沈总的招待。”

“应该的。”

沈渡说完就往长桌那边走去，准备给自己挑午餐。

沈渡是翘班上的游轮，游轮一靠港口，就得忙着回清河市继续工作。

沈渡给容榕和沐良琴订好了机票，让她们不必急着赶回去。

“在 S 市多玩两天吧。”沈渡倒是对女孩子的天性了解得透彻，知道她们没那么归心似箭。

沐良琴沾了这么大的光，十分懂得要给情侣留下最后的相处机会，刚吃完就麻溜地离开了餐厅。

偌大的餐厅只有他们两个人。

气氛很尴尬，容榕很无措，她想告诉自己冷静下来，但是心跳越来越急促。

青天白日的，容榕满脑子想的都是昨晚的情景，连嘴角边沾上了酱汁都不知道。

沈渡伸手抚上容榕的唇，刚碰上，她就如同触电般躲开了。

沈渡的目光清浅，并没有生气，只是递了一张餐巾纸给她：“擦擦。”

容榕呆滞地点头，漫不经心地擦去嘴边的酱汁，心里暗骂自己太没出息了。

空气真够凝滞的，容榕加快吃饭的速度，鼓着腮帮子嚼东西，想着赶紧吃完赶紧跑。

可能是看气氛太尴尬了，沈渡状似关心地问了一句：“你的身体还好吗？”

“……”

见人不回答，沈渡抬眸看容榕，又重复了一遍问题。

容榕仰天“哈哈”笑了两声，自信捶胸：“好得很，完全没有感觉！”

沈渡面无表情地看着容榕，没接话。

不能认尿。

容榕再接再厉，高贵冷艳地甩了甩头发，语气轻松：“不是我自夸，我的身体很好，那什么的都是小事。”

容榕才没空考虑沈渡的自尊心。

沈渡的脸色肉眼可见地阴沉下来。

半晌，沈渡冷笑着戳了戳容榕的腮帮子："是吗？"

"……"

"看来昨晚你是假哭。"

容榕诚心认错："大佬，我错了。"

刚下游轮，容榕就迫不及待地进入第二轮疯狂购物。

她们比原定的时间要晚两天回去，之前容榕信誓旦旦地在微博上立誓保证，到日子就直播。

反正在哪儿直播都一样。

大榕榕："明天八点准时直播逛街，不直播我烂脸。"

像这种"做不到就……"的话，粉丝们真的听听就好，千万不能信。

容榕的粉丝千锤百炼，当然没这么好骗。

容榕跟沐良琴定好时间，第二天到点就出门逛街，而且一定要拿上自拍杆。

两个女生迅速敲定路线，也不管沈渡的飞机是几点，是不是还要在S市逗留一会儿，反正他晚上肯定就要走了。

等逛完了回到酒店，两个人洗了澡打算去楼下喝一杯咖啡，就看见此时本应该在机场的沈渡在咖啡厅里，面前的咖啡都没冒气了，他仍旧一口都没喝。

容榕满腹疑问，走到沈渡面前，像看鬼一样看着他："你怎么还在这儿啊？"

沈渡抬眼瞥容榕，脸色看着不太好。

沈渡的声音低沉，说出来的话并不是对着容榕："我不是说尽快回去？"

容榕迅速地弯腰凑到沈渡耳边偷听。

沈渡微微蹙眉，没推开容榕，继续听电话那头魏琛的狡辩。

魏琛嗫嚅："我以为您还想再多陪陪容小姐，所以就帮您跟容小姐他们一起订了两天后的飞机。”

沈渡非常依赖他的助理魏琛，因此上了游轮之后，只和魏琛说要最快的飞机回清河市，具体航班让他看着办。

魏琛拍着胸脯表示保证圆满完成任务。

出于信任，沈渡也没有去管航空公司给他发来的航班预定成功信息。

现在沈渡的行李也收拾好了，准备去机场了，发现登机时间不对。

容榕惊讶地用唇语问他：“你明天走不了了？”

沈渡不知道容榕为什么这么惊讶：“有可能。”

“啊……”容榕皱着鼻子，一副世界都暗了的样子，“你不走啊？”

“……”

魏琛订错了票，还有理由狡辩。

魏琛觉得毕竟都千里送那啥了，应该是想多待会儿的吧？

自以为是老板的贴心小棉袄，刚订好机票那会儿还沾沾自喜，想着老板对他又信任了几分。

结果老板没说话了。

魏琛连忙补救：“我现在就帮您改签！是要今天的吗？”

沈渡耳边一阵战栗，容榕忽然又活过来了，用气音替他回答：“今天，过了这村就没这店了。”

沈渡侧眼看向容榕。

容榕一脸期待地歪头看沈渡，催促道：“赶紧走啊，再不改头等舱都没票了。”

沈渡微微眯眸，舌头抵着牙侧，气笑了：“不用改了。”

魏琛惊喜：“真的吗？”

“我把带过来的文件先传给你。”沈渡迅速做出决定，“没问题的你直接下发到各个部门，还有待商榷的等我回来再处理。”

“好的，没问题。”

这一套从善如流的操作下来，容榕愣了。

“你不是急着走吗？”

“我看你有些舍不得我。”沈渡终于端起咖啡，抿了一口，发现凉了后又放下了。

杯底碰撞着实木桌面，发出一声轻响。

容榕的心也跟着跳了跳。

沈渡继续说道：“所以我决定多待两天，好好陪陪你。”

“……”

按分钟计算工资的沈渡真是菩萨心肠，慈善家。

容榕气鼓鼓地坐在沈渡对面，叫了一杯黑咖啡。

闺密之间，最不能被接受的情况就是某个人不打一声招呼就把自己男朋友叫来，平白无故插个男人在中间，什么话题都聊不开，简直浪费人生。

容榕看着沈渡，越看越嫌弃，就好像沈渡是块臭石头，恨不得一脚踢开的那种。

沈渡淡定地又叫了一杯咖啡，指尖搭上领口，解开最靠近脖颈处的衣扣，神色放松：“你再这么看着我试试？”

容榕拍桌，指着坐在旁边的无辜闺密：“你这么做，考虑过她的想法吗？！”

一直当自己是空气的沐良琴忽然被点到，神色惊慌：“不是我，不关我的事，跟我没关系。”

沐良琴想得很开，反正她怨谁都不是，只能怨自己是个瓦数极高的大灯泡。

连回去的机票钱都是沈总出的，她必须知恩图报，这时候就该麻利地走开。

沐良琴猛地将冰咖啡灌进嘴里，龇牙咧嘴地按着头做戏：“可能是路走多了，我的头突然好痛啊。”

两口子同时望着她，不解。

沐良琴揉捏着太阳穴，十分娇弱地站起来：“今晚我想一个人休息，谁也不要来打扰我。”

然后她歉疚地看着容榕："对不起，明天恐怕不能陪你了。"

沐良琴嘴上这么说着，逃回房间的步伐却异常轻盈。

容榕很有骨气地表示她可以重新再订一间房。

沈渡管她什么骨气不骨气的，直接把人扔回房间办事。

容榕是被沈渡叫醒的。

容榕还沉浸在美梦中不愿醒来，睁眼时窗外已是天光大亮。落地窗外的景色很棒，高楼旁还起着雾，阳光透过云层，照亮了建筑。

沈渡坐在床边，把容榕原本就乱的头发揉得更乱了："起来吧。"

容榕伸了个懒腰："几点了？"

"九点半。"

"……"

沈渡补充："闹钟响了三遍，你每次都迅速出手按掉，我以为你醒了。"

当容榕绝望地打开B站时，那条誓言下的评论已经过五万条了。

热评换了一批。

容榕手忙脚乱地起床洗漱，破天荒地只花了十分钟搞定所有，拉着沈渡直接往楼下冲。

沈渡早就叫了车等在酒店门口，两人坐上车后，容榕十分娴熟地架起手机，做好准备工作。

容榕幽幽地望向沈渡："请您往旁边坐坐行吗？"

沈渡原本是坐在靠中间的，一听她的话，喉结微动了两下，最后还是什么都没说，配合地往旁边挪了挪。

容榕满意了，开启直播间。

"起晚了。"容榕尴尬地冲镜头挥挥手，"现在给大家直播化个妆吧，我出门前擦过护肤品了，所以就直接从隔离开始，隔离是这一款搪瓷隔离，里面有非常细微的闪粉，提亮效果还不错。"

容榕一边对着镜头化妆，一边给观众们解释分享自己要用的化妆品。

虽然在车上，但容榕手稳技术好，纵使画眼线手都不抖。

“大家别学我，在车上画眼线还是很危险的。”容榕一边给出错误示范一边继续画眼线。

画眼线的时候不方便看弹幕，等最后一步涂口红时，容榕终于空出视线看了一眼镜头。

一条弹幕吸引了她的视线。

“榕妹旁边还有人吗？看到衣服了。”

这条弹幕一发出来，立刻有不少人发现了。

“我也看到了，是朋友吗？”

容榕迅速看了一眼旁边，此时路上正堵着，沈渡垂眸玩着手机，耳朵上戴着无线耳机，好像什么都没发现。

容榕面不改色地胡说：“是我闺密啦，她害羞，不肯露面。”

容榕舒了一口气，下意识地朝沈渡看去。

沈渡不知道何时抬起眼，正看着她，目光深沉。

容榕尬笑两声，冲他比了个求饶的手势。

沈渡挑眉，上下唇轻扬，没用声带发声：“闺密？”

她闭眼：“您就假装是我闺密，行吗？”

知道容榕在直播，所以沈渡很绅士地没有开口，也用唇语反问她：“你觉得呢？”

容榕长久的沉默引得弹幕有些怀疑了。

容榕一只手还拿着口红，另一只手直接朝外挥了两下，让他再坐远点儿。

沈渡的嘴角一咧，喉结微动。

他淡定地放下平板，拉上挡帘，车厢内的光线一下子就变暗了。

容榕眼睁睁地看着他倾身，挡上手机的前置摄像头。

“怎么黑了？”

“榕妹人呢？”

剩下的话消失在两人的唇齿间。

沈渡的嘴里还残留着早间咖啡的淡淡香气。

容榕呜咽着躲他的吻，企图把头埋低，沈渡还空着一只手，抬起她的下巴逼她凑近。

“嘘。”沈渡的食指轻轻按在容榕的唇上，侧头用下巴指了指还黑着的手机屏幕，“听得见。”

容榕涨红着脸瞪沈渡，眼珠子都快瞪出来了。

等光线重新照进直播间的时候，容榕微张着嘴，胸口上下起伏着。

“刚刚怎么黑了？”

“榕妹，你的口红怎么花了？”

容榕咬唇，颤着声音解释：“刚刚闺密给我喂了点零食，不想让你们看到。”

容榕转头看向沈渡，男人淡色的唇此时染着口红，蜜桃橘色带闪，属于典型的白皮随便涂，黑皮绕道走的仙女色。

沈渡居然也意外地适合这个颜色。

沈渡也知道自己沾了口红，伸出大拇指擦去唇边的口红。

大约是感受到容榕灼热的视线，沈渡转头与她对视。

沈渡用唇语问容榕：“好吃吗？”

与此同时，美妆区实红的大榕榕这次小小的直播事故被网友敏锐地察觉不对劲。

“闺密挡镜头喂零食，说实话喂个零食不至于口红花成那样。”

“直觉旁边坐的不是闺密，喂的也不是零食。”

“男朋友？”

“她又不是明星，有男朋友干吗藏着掖着？难不成是干爹啊？”

“我听到大榕榕叫他旁边的人‘爸爸’了！”

第十章
做你喜欢的事就好

为了防止穿帮，容榕的直播只进行了短短二十分钟，结果还是把自己送上了舆论的风口浪尖。

在酒店躺尸养病的沐良琴行动力十足，自带雷达眼，每次论坛提到容榕，几条帖子链接立刻甩了过来。

容榕收到这条消息的时候，正在试鞋。

看着论坛那些捕风捉影的猜测，容榕有些哭笑不得。

容榕关掉帖子，给沐良琴回了一句："他们说沈渡是我爹。"

沐良琴发了一串"哈哈"过来。

"沈总不到三十岁有了个二十岁出头的闺女，这拨不亏。"

"……"

沈渡中途接了个电话，等进来的时候，没见容榕挑东西，倒是看她拿着手机玩得起劲。

他淡声问道："在看什么？"

容榕仰头看沈渡，半晌后真情实感地问了句："我认你当爹你同意吗？"

沈渡蓦地眉头微皱，舌尖顶牙，清淡的眸子在她脸上转了一圈。

容榕眨眼看沈渡，就想知道他怎么接话。

沈渡哼笑，给自己抬高一个等级：“我不是你爷爷吗？”

“……”

然后容榕猛地在手机上打出一行：“他说他是我爷爷。”

“你问问他家是不是种了七个葫芦，是的话你就叫一声‘爷爷’。”

这两个人都不正常，容榕决定放弃和他们沟通。

但她还是问了一句：“你家里是不是种了葫芦？”

沈渡点头：“嗯，我还在山洞里救了一只穿山甲。”

鉴定完毕，是有童年的沈总。

“爷爷。”容榕毫无骨气地叫了声，然后指着自己看好的那些东西，“给我买。”

沈渡已经习惯自己从“爸爸”升级为“爷爷”，从善如流地帮她付钱。

容榕乖巧道谢：“谢谢爷爷。”

沈渡眉头微挑，从收银员手中拿过购物袋，语气淡淡的：“乖。”

收银员看他们的眼神都不对，一路目送两个人走出店门。

大小的购物袋七八个，沈渡替容榕拿着，容榕自己背着链条小包，两个人并排走着，想着接下来往哪儿走。

容榕站在街灯下看攻略，翻过一页又一页，沈渡伸手替她撩开被压在肩带链条下的长发。

这会儿正逢暑假，S 市的各类活动都排得很满，各种毕业旅行的、来看演唱会的……年轻人挤满了这个繁华的城市，纵使暑气充斥，仍不减所有人的热情。

沈渡撩容榕头发的时候，发现她的后脖子都湿了，细腻莹白的肌肤沾着汗液，有几缕头发黏在上面，他看着都觉得难受。

他蹙眉：“把头发扎起来。”

容榕伸手从包里掏出一个珍珠发圈，直接递给他。

沈渡接过发圈，笨拙地用手指将发圈打开，松松地将她的长发扎在一起。

容榕伸手摸了摸，不太满意：“太松了，走两步就会掉。”

容榕的头发长且多，有碎发不听话地随着热风拂起，沈渡将发圈拿下，指尖顺滑，如同触上一匹缎子。

容榕不光脸蛋漂亮，就连头发都精心保养，这么长了却仍旧黑亮柔顺。他忽然就想起躺着的时候，容榕的头发散落在枕边，她只要转身，头发就会因为出了汗黏脖子，他每次都要耐心地将头发挑开，才能保证亲上去的时候不吃到头发。

然后容榕就会笑，双颊晕红，很快就又嘤嘤切切。

沈渡的喉头动了动，瞥开目光，将心绪重新梳理好。

沈渡绑紧了一圈，动作还是很轻，容榕回头冲他笑，嗓音清甜："用点力啊。"

沈渡呼吸微促，低哑道："别喊疼。"

容榕没发现这段对话的怪异，敷衍地应了两声，将手机递给沈渡："我们去吃西班牙菜吧？"

这边很好逛，餐厅也不少，容榕决定先去吃个午餐。

不远，步行几百米就能到。

等到了餐厅，中央空调呼呼吹着，容榕将沈渡好不容易给她扎好的低马尾又解开。

容榕忽然兴起，把珍珠发圈套在沈渡的手腕上。

沈渡不太乐意："你自己收好。"

"我怕掉，你替我保管。"

两个人面对面坐着，点好菜后，容榕就专心看着手机，瞟都不瞟一下沈渡，手指在屏幕上迅速跳动着，时不时还笑出声。

沈渡没有手机依赖症，尤其是女朋友坐在自己面前时。

容榕刷了半天微博，终于想起对面还有个男朋友，大发慈悲地将手机递过去给他看。

"你看这个。"

沈渡接过手机，是个不怎么戳他笑点的段子。

提示音忽然响起，容榕的手机振动了一下，屏幕上面跳出消息。

沐良琴：“所以沈总会为了你公开‘世界号’是他买的吗？”

沈渡挑眉，将手机还给容榕。

容榕看了一眼消息就知道他看到了，满不在意地摆摆手：“都是捕风捉影的小事，你别在意。”

“是刚刚的直播？”

“差不多吧，不过我也不差什么黑料。”容榕喝了一口冰水，缓了好半天才接着说，“只要我还继续当网红，这种话题就永远免不了，我看淡了。”

容榕云淡风轻的样子看着不像是逞强。

容榕撇嘴：“可怜我爸爸，去世那么多年，还要被拿出来遛。不过他就算是活着，应该也不会太在乎。”

“你怎么知道？”

“你知道我妈的事吧？当初诅咒信都送到家门口了，我妈天天躲在被子里哭，生怕出门就被捅刀子，我爸没在意，觉得那些人就是嘴上说说，不可能真的拿我妈怎么样。”容榕轻轻笑了，眼神平静，“他安慰我妈说没事，只要不管那些流言蜚语，没有人能伤害到她，然后我妈就得了抑郁症，那些人是没对她造成什么实际性的伤害，但是我妈因为那些人说的话死了。”

容榕像说故事一样，说出被容家藏了多年的秘密。

容榕轻巧地耸肩：“所以只要我不在意，无论他们说什么，都伤害不到我。”

“你爸爸什么都没有做吗？”

“他做了，天天糟蹋自己，没几年就去陪我妈了。”容榕用银叉搅动着杯里的水，忽然又笑了，“或许他觉得这是一种补偿吧。”

明明教她要坚强，出了点什么意外都要训老半天，结果自己那么脆弱。

侍应生端来他们点的餐，话题戛然而止。

容榕神色轻松：“我只跟你说了，你要替我保密。”

“好。”

“我很羡慕你。”容榕忽然又说了一句。

沈渡的眼神微滞，张了张唇，没有问为什么。

伊比利亚火腿配山羊奶酪，有些微微的膻味，但不影响香浓的口感。

“榕榕。”

容榕茫然地抬头：“啊？”

“过年，”沈渡顿了顿，神色温柔，嘴角带着浅浅的笑意，“要来我家玩吗？”

这样细枝末节的温柔，容榕又不傻，怎么可能察觉不出。

“包吃包住吗？”

“嗯。”

她“嘿嘿”笑了：“那包睡吗？”

沈渡从喉间发出一声闷笑，眼中藏着极为清淡的光芒，促狭一闪而过，沈渡轻牵嘴角：“包。”

沉默良久，容榕恶狠狠地指着面前的食物：“吃饭！”

容榕埋头专心吃着东西，不知怎么回事，吃着吃着就笑了起来。

为避免尴尬，她咳了一声，找了个话题问沈渡：“你们家过年是怎么过的？”

“想看吗？”沈渡指了指放在桌边的手机，“相册里有照片。”

容榕拼命点头。

沈渡擦擦嘴角：“有个条件。”

“什么？”

“你亲我一下。”

看着沈渡面不改色的样子，容榕愣了几秒，以为自己听错了。

沈渡是怎么用这种表情说出这种话的？真的很神奇。

事实是，她没听错，小间的包厢里，容榕站起身慢吞吞地挪到沈渡身边，趁着周围不注意，迅速弯腰在他的唇边啄了一口。

沈渡笑了，直接将手机交给她。

其实容榕也不是想看过年的照片，她就是想看沈渡的相册而已，本以为他会推脱，结果居然答应得这么干脆。

看来没有疑点。

容榕打开相册，只有一些文件截图和风景照，还有她的照片。

她的照片有水印，是从微博下载的。

容榕咬唇说：“没看到过年的照片。”

“手机里没有。”沈渡不紧不慢地回答。

容榕睁大眼瞪沈渡：“那你为什么说有？”

“看不出来吗？”沈渡歪头，冲她轻笑，“骗你的吻。”

“……”

两个人吃完饭又逛了一会儿就回酒店休息，翌日一早的飞机回清河市。

沈渡还有工作，在书房里跟人打电话，聊什么容榕也不关心，她跷着腿站在阳台上看风景。迎面就是黄浦江，夜晚人很多，霓虹闪烁，黑夜也被映照得如同白昼。

容榕喝着果汁，享受着江风，连接着蓝牙音响的手机忽然急促地振动起来。

容榕看了一眼来电显示，居然是爷爷，下意识就觉得不是什么好事。

果然，一接通，那边就是一连串的质问：“臭丫头！你跟沈渡到底是什么关系？为什么他要把他名下的那艘游轮转赠给你！财务管理大半夜给我打电话，跟我说你的个人账户进了一大笔不动资产，你是不是骗沈渡钱了？还是你跟他打牌，他把游轮输给你了？”

“……”

“说话！”

“……”

容榕也不知道该怎么解释，只能用沉默应对老爷子的质问。

老爷子理所应当地认为容榕是心虚：“臭丫头，我教你打牌不是为了让你去骗合作伙伴的！你要是把他得罪了怎么办？你赶紧把游轮给人家还回去！”

那边愤怒地挂断了电话。

漫长的“嘟”声后，容榕咬唇，大步流星地走到书房门口，顿了几秒，敲响房门。

没有回应。

容榕犹豫着将手伸向门把手，短促的摩擦声过后，房门被推开了。没开大灯，护眼台灯只照亮了书桌的范围。男人趴在桌上，睡颜安静。

容榕轻手轻脚地走过去，原本想问沈渡为什么要送自己游轮，见他睡过去了又生怕自己会打扰到他。

沈渡的头发还湿着，碎发乖巧地遮住他的额头，眉眼英挺，眼睫覆下，勾出一点阴影。

他的瞳孔颜色很深，眼轮廓却清俊细长，让人觉得冷清孤傲。他也不太爱笑，看什么都是一副淡淡的神色。

如今难得看沈渡斜靠在胳膊上睡着，呼吸平静，嘴唇微抿，靠着桌子的那边侧脸被他挤压凸出一块肉。

灯光下，面如冠玉的男人看着毫无防备，且秀色可餐。

容榕撑在桌上，小心翼翼地戳了戳沈渡那块鼓起来的肉。

沈渡的脸凹下一小圈。

容榕越看越喜欢，又揉了揉他的头发。柔软的短发摩擦着她的掌心，她找到发旋，凑过头轻轻用嘴唇碰了碰。

沈渡的眼睫微动，缓缓睁开眼睛。目光清淡，他也没有动作，容榕的视线都在他的头顶，她微微弓着腰，丝质的睡袍包裹着曲线在他的眼前晃动。

沈渡嘴角微勾，又将眼睛闭上了。

容榕见沈渡没反应，胆子又稍稍大了一些，撩开他的碎发，在他额前轻轻落下一吻，随即又在他的鼻尖上亲了一口。

寂静的书房里忽然冒出一声低笑。

容榕浑身一震，腰间一紧，猝不及防被人拦腰抱住。等她反应过来后，已经坐在了沈渡的腿上。

沈渡随意地靠在椅背上，挑了挑容榕的下巴，声音慵懒：“做什么呢？”

被抓了犯罪现场，容榕慌忙眨眼：“没做什么。”

沈渡笑着微微侧头，想要吻她。

容榕不安地侧头躲了躲，抿唇，顾左右而言他：“我有话要问你。”

沈渡似乎早就猜到：“游轮？”

“对。”容榕捏着沈渡的衣角，不解，“为什么？”

“那艘游轮归你，但它依旧挂在公司名下。”沈渡徐徐说道，语气平缓，“除了你的个人行为，所有的费用都走公司的账目，我依旧可以用它作为项目盈利。”

这艘船原本就是以沈渡的个人名义买的，挂在他半年前刚收购的某家旅游公司名下，只是现在主人成了容榕。

容榕一时间没消化过来，感觉沈渡根本没有回答到点子上，但她自己未必就猜不到：“你是不是想帮我出气？”

沈渡的声音清冷：“有你这个小姑娘就够了，我还不想当‘爸爸’。”

容榕下巴绷着，忽然用力地抱住沈渡，埋在他的肩膀里，小声喃喃：“你这么做好亏的。”

沈渡摸摸容榕的后脑勺：“你以后就是股东之一，要替我赚钱的。”

容榕撒娇：“我只会花钱。”

沈渡云淡风轻地叹了一口气：“那我要努力工作了。”

容榕蓦地笑了，在沈渡的耳朵上亲了一口：“沈先生，你现在是不是很爽？”

“你指什么？”

“什么也不怕，因为自己有能力解决一切，不用靠任何人。”

沈渡掐了掐容榕的脸：“你只需要做你自己喜欢的事就好。”

无论是画画，还是当美妆博主。

“我想重新找一件喜欢的事情做。”容榕抱着沈渡的脖子，双腿腾空，晃晃悠悠，“只不过我现在还没有想好。”

沈渡了然：“那你就慢慢想吧。”

这笔飞来的横财将容榕的思绪打得七零八落，按理来说，她这时候应该对沈渡三跪九叩，跪谢圣恩。

容榕坏心一起，眼睛微眯，不怀好意地问沈渡：“你不怕我跑路？”

沈渡不疾不徐地反问：“你觉得你能跑到哪儿去？”而后用力箍紧她的肩，逼她与自己四目相对，凑近她的耳朵，“试试看？”

容榕捂住耳朵，心跳骤然加快。

沈渡低低地笑了，打横抱起她走出书房，回到卧室。

昏暗的床灯打在帘上，空调风轻轻撩动着透明的薄纱。

沈渡现在也不对容榕有什么要求了，她怎么捶打抱怨都无所谓。

她这害羞的模样就已经足够让他心动了。

容榕刚下飞机，就接到老爷子的消息，让她直接带着行李箱去容宅找他。

容榕又不是第一次阳奉阴违，整个过程行云流水，这边乖巧说“好”，那边迅速让沈渡送她回家。

“可爱”被她寄放在宠物店，还没来得及接。

容榕猜爷爷现在应该还不知道网上这些关于她的言论，不然老爷子的重点不会只放在游轮上。

容青瓷知道后，在微信里骂两个人谈恋爱谈得脑子都昏了，骂了两句解了气，还是帮她暂且把爷爷那边隐瞒下来了。

之前闹得沸沸扬扬的抄袭传闻，老爷子愣是一个字没听到，容青瓷将这事完美地与容宅隔绝，没人敢在老爷子面前提，她顾及爷爷的身体，肯定不会到爷爷面前说。

这种越是不好听的传闻，就散播得越快。

因为是捕风捉影的事，没有证据，刚和容榕划清界限的那帮博主们都很聪明地选择了沉默。

捏着谣言到处发疯的无非就是些仗着网络未实名，随意说脏话的网友和黑粉。

很多人都是一开始就看不惯容榕那股清高劲，正好R国游的时候，“大榕榕”脱队自己包了船。

还有一些是别的UP主的粉，因为自家宝贝在“大榕榕”那儿受了委屈，所以怒转黑粉。

容榕躺在沙发上一遍遍地看过那些脏话，除了生气，更多的是无奈。

沈渡要回一趟公司，等处理好公事再来家里找她。

容榕上楼前，沈渡只跟她说了“交给我”三个字。

网上各种言论都有，但硝烟没多久就被一条微博平息了。

星梦社八百年不更新的官方微博从棺材里诈尸，忽然就发了条微博。

“‘世界号’所有权于两月前以买卖形式转入@门前一棵大榕树小姐的持股企业名下，‘世界号’明年暑期将正式启航，为大家提供豪华舒适的海上旅行服务，另外，我社将于年底重新启航‘云间海洋量子号’豪华游轮，欢迎各界朋友关注。”

配图是“量子号”的九张滤镜美图。

云淡风轻的几句话，甚至还给自己打了一个广告。

官方号出来澄清，“大榕榕”被包养的传闻不攻自破。

在其他人眼中，这条微博就相当于告诉大众，船是“大榕榕”买的，而且是买来给自家企业赚钱的。

星梦社说的两个月前将“世界号”卖掉，其实就是卖给了沈渡，而沈渡将游轮挂在公司名下。

所以星梦社也没说错，“世界号”确实在两个月前就卖给了“大榕榕”持股的企业，只不过是在卖了之后，“大榕榕”才成为股东。

除了当事人，谁也不知道“大榕榕”的股东身份其实是“先上车后补票”。

最先传出“包养”二字的匿名帖已经被版主删掉，版主在置顶帖上公布，对个别 ID 做出永久封号处理。

美其名曰“净化网络环境，拒绝造谣传谣”。

“你问问沈总，他是怎么做到这么一套操作下来行云流水，又解气又舒爽的？”电话里的沐良琴感叹着，“榕榕，抱紧大腿吧，这辈子都别松手。”

容榕有些羞涩：“他说待会儿要来我家找我。”

“啊！这么好的机会千万不要错过了！”沐良琴尖叫，听上去比容榕还激动，“你的妆化好了吗？！玫瑰蜡烛准备好了吗？！”

容榕看着客厅里燃烧着的心形蜡烛，以及暧昧的暗色灯光下，镜子里精心打扮的自己。再简单不过的雪纺白裙，长发微卷，杏眼明亮，红唇精致。

容榕紧张地看着镜子里的自己，浓烈而妩媚的香味钻进她的鼻尖。

前调刺激的胡椒味已经消失，少女撕下甜美的伪装，熟女浓郁的脂粉味，是被酿泡过后的干玫瑰。

门铃被摁响，容榕做作地撩了撩头发，踮着脚尖跑去开门。

她跟安保说过，让沈渡直接上楼，不用经过门禁和登记。

房门缓缓被打开，容榕掐着一把温柔似水的嗓子，娇俏撒娇：“你来了呀。”

“臭丫头，你还知道我会来啊？！”

容榕抬眼，老爷子一身仙风道骨的中山装，正拄着拐站看着她冷笑。

“……”

是了，不需要门禁和登记可以直接上来的还有她爷爷。

老爷子看着容榕这副样子，嫌弃地撇了撇嘴：“你搞什么？靠着门像什么样子？没长骨头？”

“……”

容榕站了个最简单的军姿，双手垂直放在两边，抬头挺胸。

“年纪轻轻的你也要拄拐杖了？”老爷子冷嗤一声，甩了甩自己手中的实心拐杖，“要不你拿我这个去用？”

容榕尴尬地笑了笑："不用了。"

老爷子鼻孔出气，又看容榕一直挡在门口，皱眉："你挡在门口干什么？让开。"

容榕撑着门把，目光躲闪："爷爷，要不您在门口等我？我收拾好东西立刻就跟您回家。"

"你什么意思？"老爷子用拐杖捶地，不可思议地扬声问道，"我还不能进去坐坐了，是不是？！"

"没有，家里挺乱的。"容榕咧嘴，神情为难，"要是您看到了肯定会骂我不收拾。"

老爷子怒极反笑："你收拾了我就不骂你了？让开。"说完就拉着容榕的胳膊一把将她推开，踩着大步走进去，连鞋都懒得换。

绕过玄关便是客厅，大白天的遮光窗帘死死地将阳光挡在窗外，室内一片昏暗。地板上燃烧着一排排蜡烛，火光徐徐照耀着，摆成一个巨大的心形。散落一地的玫瑰花瓣，还有呛死人的香水味。

他找到桌柜上插着几根筷子的黑色瓶子，满室的呛鼻味就是从这儿来的。

老爷子嫌弃地抽出筷子闻了闻："都瞎搞些什么乱七八糟的东西。"

GT的藤条熏香，容榕特意用了和身上香水搭配的摩洛哥玫瑰，就这样被爷爷嫌弃了。

容榕羞耻地趴在墙上画圈圈。

老爷子的胸膛剧烈起伏着，猛地转身指着容榕的鼻尖骂："你神经病吗？大白天的拉窗帘点蜡烛？"

说完走到窗子那边迅速拉开了窗帘。

阳光倾泻下来，照亮了这个被精心布置过的客厅。

在光照下被公开处刑的容榕捂住了眼睛，所有的暧昧气氛曝光在刺眼的强光下，让她无所遁形。

"你这个花全丢在地上干什么？"老爷子嫌弃地踢了几脚，"过来扫干净！"

“……”

容榕老老实实地去拿笤帚，老爷子坐在沙发上监督她搞卫生。

容榕将身上的裙子换下来，扎着马尾，擦掉了烈焰红唇，弓着腰，兢兢业业地打扫。

容榕偷偷拿出手机，想给沈渡发一条消息，让他暂时先别过来。

老爷子瞪眼怒斥：“在我眼皮底下你还敢偷偷玩手机！是不是不服气？”

容榕吓得将手机丢在一边，委屈地继续搞卫生。

“你老实交代，每天都在家里搞什么。”老爷子独自生闷气，看这个孙女哪里都不顺眼，“我让你回家你也不回，每天就躲在家里点蜡烛玩？”

容榕将精心准备的蜡烛通通丢进垃圾桶，弱弱地反驳：“我就今天点了……”

“你还敢跟我顶嘴了？”老爷子挑眉，抬起拐杖作势就要往容榕身上挥动，“搞完了卫生老实跟我回家，好好跟我交代清楚你和沈渡之间到底发生什么了。”

容榕说不出话来。

老爷子恨铁不成钢：“你二婶一心想撮合你姐姐跟沈渡，你倒是有出息，在我这里学了点牌技都去骗人家的钱了！是不是就不想你姐姐找到男朋友？”

容榕的麻将是跟老爷子学的，她脑瓜聪明，学得很快，过年的时候设局子基本吊打全家。

当老爷子连折了三套老宅在容榕手上后，气得为老不尊的他警告容榕以后不许上牌桌。因此，听说容榕的私人账户又进了大笔不动产时，他的第一反应就是，是这丫头打牌骗过来的。

容榕搓着手指：“撮合这事不是早过去了吗？爷爷，你怎么又提了？”

“现在没可能不代表以后没可能啊，你姐姐和沈渡看着确实般配。”

老爷子叹息，“我原本没当回事，但你姐姐迟迟不找男朋友，你二婶确实急了，反正沈渡现在也没女朋友，能撮合的话，谁想放他去当别家的女婿。”

容榕心中暗爽。

——沈渡早被我拿下了。

“行了，行了，懒得跟你说。”老爷子起身往厕所走，“我去一趟洗手间。”

老爷子一走，容榕连忙拿出手机给沈渡发了条微信：“到哪儿了？”

那边倒是回得挺快：“等不及了？”

暗示性极强，容榕咽了咽口水，翻了一下她之前给沈渡发的微信消息。

“爱死你了，么么哒。”

“快来我家。”

“我要给你一个小惊喜。”

她想死。

门铃终于被摁响，容榕这回百分之百确定是沈渡来了，手中的笤帚也没来得及扔，三两步跑到大门口给人开门。

刚开门，容榕一鼓作气冲着门外的人喊道：“快走，快走，快走！要是被看到你来了我就完了，你快走，等会儿再来，走得越远越好！”

她身上围着围裙，手上还戴着塑胶手套，握着笤帚，杏眼清澈，满是害怕和急切。

沈渡刚处理完公务，容榕在手机上催得急，他也跟着有些着急起来。

如今刚开门就要赶他走，沈渡觉得这应该是惊喜之一。

再加上容榕这身打扮，他怀疑这天的剧本很特别。

“小保姆。”沈渡微微弯腰，捏着容榕的下巴，声音充满诱惑，“今天又是玩哪一招？”

“小保姆”绝情地甩开沈渡的手：“我爷爷来了！”

“嗯。”沈渡低笑，环住容榕的腰将她提起，轻轻用鼻子蹭了蹭她，

“种了七个葫芦的爷爷来了。”

浮想联翩的沈渡不知道容榕在玩什么剧本。

不过现在他心情好，她想玩什么都奉陪。

“……”

容榕呆滞间，大门被关上，她被按在墙上，沈渡掐着她的腰，低头吻了上去。

容榕用力咬紧牙关，试图推开沈渡：“唔，你听我说……有人……唔……”

“那我快点。”沈渡一把将容榕抱起，容榕脚上的拖鞋被她自己乱动甩开，直接站在沈渡的脚背上。

沈渡低头去捉容榕的唇。

容榕好不容易找到个呼吸空隙逃脱，大叫一声：“容国渊来了！”

沈渡知道这名字。

华渊集团的董事长，容榕的爷爷，亲的。

“你们当着我这个老头子的面，是想上天吗？”

浑厚盛怒的老年男低音响起，沈渡手上的力道一松，容榕的脚终于落地了。

容榕捂着脸试图装死。

老爷子的面色微红，又是气恼又是羞愤，按着自己的心脏，呼吸沉重：“不像话！不像话！不像话！”

“……”

“……”

原本容老爷子很喜欢沈渡。

年轻有为，皮相也好，成熟稳重，家境虽然优渥，但谦卑有礼。

他一度觉得如果沈渡成为自己的孙女婿，那就是祖上冒青烟，他那个死了多年的老婆子泉下有知说不定心情一好就会舍得上来看看他这个老鳏夫。

老爷子坐在车子里，还没缓过劲来，旁边的两个年轻人估计也知道自己犯了什么滔天大罪，安静不已。

老爷子伸手就给了容榕一个脑门瓜：“既然你在谈恋爱，那为什么不说？”

容榕老实回答：“我想给你们一个惊喜。”

就比如说当着二叔、二婶的面，告诉他们，他们的女婿已经飞了，沈渡是她的男人了。

惊喜当然要留在最后。

“惊喜你个头！”

老爷子冷哼，转而又对沈渡说：“沈渡，我一直以为你是个正经孩子，没想到你也跟着我们家这个胡闹！”

沈渡：“……”

沈渡一直看着窗外，脸颊上的红晕到现在还没消去。

“你们啊……你们……”老爷子欲言又止，自己都不好意思说出口，只能自动省略，“我这么大年纪了，你们还让我看这么刺激的！是不是想我死！”

说完又按着自己的心脏缓冲。

他朴素了一辈子，老婆子去了以后，素了这几十年，早就羽化登仙，超脱世俗。

如今一下子被打入凡间，又被迫回归人类本真。

容榕红着脸，小声哀求：“爷爷，你别说了。”

老爷子懒得理容榕，直接吩咐司机：“开快点！”

司机憋着笑：“是。”

车子一路疾驰，开到容家老宅。

刚进门，阿姨就急忙出门迎接：“老爷和二小姐回来了啊。”又看了一眼另一个人，有些惊喜，“沈先生也来了。”

阿姨的声音不小，正在客厅里看电视的二叔夫妇恰好听见。

二婶猛地捅了下二叔的胳膊：“沈渡来了，快去叫青瓷下楼！”

“没见你这么着急把女儿嫁出去的妈。”二叔叹气，认命地起身。

二婶一见沈渡来了，脸上顿时笑开了花：“沈先生来了啊。”

沈渡轻轻点头：“容夫人。”

“青瓷正好在楼上呢，要不你去楼上找她？”二婶的语气亲昵，撮合之意再明显不过，“今晚就留在我们家吃饭？”

“行了，书玲，别瞎忙活了。”老爷子摆手，神色淡淡的，“沈渡已经是榕丫头的男朋友了。”

这句轻描淡写的话直接把二婶的思绪炸到了天边。

她张着嘴，喃喃：“榕榕的男朋友？”

二婶难以置信地看着二人：“这怎么可能……”

女婿突然就变成侄女婿了。

此时容青瓷正被她爸催着下楼，满脸不耐烦地甩手抱怨：“沈渡来了就来了啊，关我什么事？”

然后就看见几个人在客厅里对峙，气氛尴尬。

容青瓷上前，还没来得及问出口，就被自家老妈质问：“沈渡是榕榕男朋友这件事，你知道吗？”

容青瓷看着面色不太好的老妈，好像要将她活吞了。

她妈从前就觉得她做什么都比不过容榕，长相不如容榕，性格也不如容榕讨喜，就连经商天赋都不如容榕，她现在这个集团副总的位子，如果不是容榕任性去学了艺术，未必能轮得到她。

现在连抢男人都没抢得过妹妹，放在豪门狗血剧里，她就是标准女配。

容青瓷想着必须要扳回一局，此时也顾不得对不住谁，捂着脸，不可思议地退后几步，下巴都在抖：“沈渡，你混蛋！”

沈渡：“……”

“沈渡，你这个王八蛋，我两个孙女你居然都不放过？！”老爷子气得直接把拐杖甩到一边，挥着拳头就朝沈渡打过去。

容榕当然知道她姐姐想干什么。

无非就是报复。

可以，欺负她的男人，等着。

姐妹之情破裂就是一瞬间的事。

容榕忽然冲上前，挡在沈渡面前，神色凄哀：“如果不是那天你灌我酒！我怎么会阴差阳错地跟沈先生在一起？！”

沈渡的眼皮子猛烈地跳动了两下，喉头卡血，憋着一口气差点当场休克。

老爷子悲痛欲绝：“孽缘啊！”

半个小时以后，晚餐时间，沈渡被奉为座上宾，额头上贴着医用绷带，面无表情地享受着整个容家的夹菜服务。

徐北也来得晚，到容宅的时候大戏已经结束了，不过听阿姨复述，光是语言描述就足够精彩。

他憋着笑，这顿饭吃得很痛苦。

沈渡凉凉地扫了徐北也一眼。

徐北也顿时收敛笑容，扶了扶眼镜，出声安慰：“沈总，没流过血的男人都不是真男人。”

沈渡淡淡道：“你不用跟我强调你不是男人。”

“……”

容青瓷和容榕背对着墙壁反省。

容青瓷翻白眼：“你电视剧看多了，灌酒这种话你都说得出口，你看你男朋友被你害的！”

容榕撇嘴：“你先起头的。”

老爷子怒斥：“说什么小话！站着给我好好反省！”

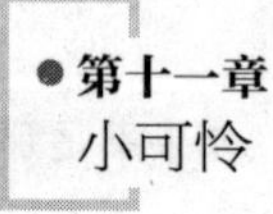

第十一章 小可怜

被教训了的姐妹俩闭紧嘴，不再说悄悄话。

老爷子摇头叹息了半晌，才转头看向沈渡。

不知怎么眼神下意识就往沈渡脑门上的绷带跑，他心虚地捂嘴咳了两声：“沈渡啊，多吃点菜。”然后又夹了一块糖醋排骨放在他碗里。

这是容榕喜欢吃的菜，她的口味稍重，为了配合她的习惯，厨房烧的也偏川浙地带。

糖醋味很浓，甜醋醇厚，光是用嘴巴吸抿表层的酱汁就能尝到酸甜的口感。

最喜欢吃这道菜的人却没资格品尝，老实地站在墙角反省。

沈渡刚将排骨放进嘴里，就察觉到一道强烈的目光。

沈渡朝源头处望过去，容榕侧着脸，正巴巴地望着他筷子上的排骨。

似乎是察觉到沈渡在看自己，容榕连忙撇嘴，眉头耷拉下来，一副要哭的样子。

沈渡扯了扯嘴角，没搭理她。

容榕泄气地对手指。

“沈渡啊，”一旁默默吃饭的二婶开口，满腹疑问地再次确定，“你真的在跟榕榕谈朋友吗？”

因为姐妹俩刚刚搞的那一出，她再叫沈先生已经不合适了。

不到三十岁的年轻人，就算居于集团高位，但按照年龄来看终究是晚辈。

“是的。”

二婶欲言又止，想问什么又没问出口。

老爷子的辈分更高一些，干脆替她问出来：“你喜欢榕榕这丫头哪点啊？她一个毛都没长齐的小姑娘，只会给你添麻烦。”

二婶附和点头。

墙角的容榕龇牙，暗自不满。

二叔夹了块肉送进嘴里，语气有些无奈：“现在年轻人很随性，看对眼就是看对眼了，哪儿来那么多为什么，我早看出来榕榕和沈渡有缘，你们还非不信。”

语气间不免得意。

沈渡低头淡淡地笑了，又见老爷子并没有因为榕榕二叔的话就放弃刨根问底，只得答：“哪点都喜欢。”

或许是没想到沈渡会回答得这么露骨，老爷子一时间噎住，表情有些尴尬。

其他人脸上的表情也纷纷微妙起来。

站在墙角的容榕嘟着嘴，心里冒着粉红色的小泡泡，揪着手指，身体不安地左右摇摆着。

二婶叹气：“原本以为你和青瓷会更谈得来一些。”

“说什么呢。”二叔低声提醒，眉头微皱，“沈渡都是榕榕的男朋友了，还想着给人瞎凑。”

容青瓷扬声反驳：“别把我扯进去啊，我对沈渡没兴趣。”

这句听着像是顶撞，容青瓷不了解父母苦心，说话也直，从不管自己开口是否会伤到他人。

“你对谁都没兴趣，干脆这辈子别结婚了，当个嫁不出去的老姑娘。”二婶的脸面有些挂不住，摔下筷子对着不远处的容青瓷尖声训斥，

“给你介绍了多少人，你一个都看不上。现在好了，沈渡也成为你妹妹的男朋友，你看看你自己有什么比得过你妹的？”

容青瓷的脸一黑，勾着嘴角讥讽地笑出声。

二叔叹声，在桌子下扯了扯她的衣角：“行了，当着客人的面呢，少说两句。”

二婶不耐地甩开手，指着容青瓷转头冲二叔哼笑：“你不是这么想的？你以前不也经常说青瓷做什么都比不过榕榕，如果不是大哥去世得早，榕榕又没心思管理公司，青瓷这个副总的位子早就被榕榕顶替了！”

“够了！”

老爷子重重地敲着桌子，目光凌厉：“书玲，你闭嘴！沈渡和北也还坐在这儿吃饭，你想让他们看我们家的笑话是不是？”

岳书玲缄口，神色微怒。

沈渡下意识地看了徐北也一眼，对方只冲他微微摇头。

老爷子沉声转移了话题：“北也，你大哥、二哥怎么还没到？”

“市政临时开会，一时半会儿估计脱不开身，大哥已经打电话说让我们别等。”

“那我们继续吃饭。”

每次在饭桌上，这样激烈的争吵总是维持不了多长时间。

容榕垂头盯着自己的拖鞋，不敢看身边的容青瓷。

她们之间总是这样，时好时坏，一点火星子就能让刚刚融洽的气氛瞬间点燃。

这顿饭吃到最后，所有人的脸色都不太好。

沈渡临时接了一个电话，去了后院。

老爷子将二叔夫妇叫到了二楼书房。

临上楼时，容榕不安地看了他们一眼，二婶没转头看她，倒是二叔深深地望着她，最后轻轻叹了一口气，什么话也没说。

在父母刚去世那会儿，爷爷曾经跟容榕说过，以后就把二叔、二婶当爸爸、妈妈。

她那时尚且年幼，却也知道，爸爸、妈妈这两个身份是任何人都代替不了的，就算是有血缘关系的二叔、二婶也不行。

容榕之前一直跟着母亲生活，有很多小习惯让二叔夫妇看不惯，曾严厉教导过她。

不准埋头吃饭，不准到处乱跑，不准玩弄钢琴节拍器，被训斥的时候不能揪着裙子。

“你不能学你妈妈那套，她是戏子，而你是容家的二小姐。”

这是容榕听过最多的话。

二叔、二婶总免不了对她一顿教训，她逐渐有些畏惧他们，心里隐隐也觉得，或许他们不喜欢她当女儿。

容榕哭着去找爷爷，说自己不要父母了。

容榕的眼睛都哭红了，爷爷叹气，终于放弃让她过继的想法。

从那以后，训斥少了，他们对容榕的关注也少了。

他们原本就极少对容榕露出什么和蔼的表情，如今年岁渐长，关系不远不近，十分尴尬。

容榕觉得自己处境尴尬，只能避免见面。

容榕端着温水，小心翼翼地走到容青瓷面前，勉强撑起笑容，将手中的杯子递给她：“喝水吗？”

容青瓷挥开容榕的手：“离我远点。”

容榕尴尬地缩回手，抬起胳膊自己将水喝个干净。

“青瓷。”徐北也忍不住出声，语气无奈，“你不应该每次都把气撒在小榕子身上。”

容青瓷冷笑：“徐北也，你在帮倒忙知道吗？”

徐北也也笑了，目光没什么温度：“小榕子有什么错？你冲着她撒气，事情就能解决吗？”

“你是不是想说我小肚鸡肠？还是想说我自私自利？”容青瓷仰头，嘴角露出自嘲的笑容，“这些我都认，因为我容青瓷就是这样的人，我喜欢了十几年的男人死心塌地地喜欢我妹妹，我爸妈每时每刻都拿我跟妹妹比，我拼了命地学习，拼了命地工作，却都不如容榕随手画一幅画就被美院录取，也不如她年纪轻轻就办画展，成为艺术家，我就是这么小气，见不得她比我好怎么了？！”

容青瓷越说越哽咽，说到最后几乎快坚持不下去，压抑着自己的抽泣声。

这些话说完，容青瓷就像是失去所有的力气，倏然倒在沙发上，身体随着惯性晃动几下，双手无力地瘫在身子两侧。

容青瓷大口喘着气，平复呼吸。

徐北也颓然，挪开目光，满眼都是自责和无可奈何。

容青瓷终于说出口了。

其实旁人谁不知道真正的缘由，只是容青瓷一直自欺欺人地认为自己藏得极好。

“小榕子，你去后院找沈渡吧。”徐北也开口赶人，“他的电话应该早就打完了。”

容榕没有动作：“我去找沈渡，然后你们又在这儿坐上几个小时，继续死循环吗？”

徐北也抬眼，有些不解地看着容榕。

容榕走到容青瓷身边，容不得对方有任何抵抗，伸出手狠狠地抱住她。

容青瓷用力挣扎：“干什么？”

容榕不说话，只是固执地抱紧容青瓷。

“放开我啊！”

容青瓷用力推开容榕，下意识地抬手擦过她的脸颊，最后又惊慌地连忙收回手，红着眼吼她：“你走开点行不行？！”

“我已经躲了你这么久，你还想我怎么样？！”容榕咬唇，抓着容青瓷的肩苦笑，“如果你觉得这是我的错，你讨厌我，要不然就跟我断绝关系，要不然就把我按在地上打一顿，你不要对我时好时坏，让我觉得你还把我当妹妹！”

容青瓷微愣，模糊着眼眶看不清容榕的表情。

容榕吸了吸鼻子，抬手擦去容青瓷眼角边的泪水：“如果你想好了，就告诉我答案，继续做姐妹还是断绝关系，我都听你的。”

说罢，容榕站起身来，径直往二楼走去。

容青瓷望着天花板发呆。

半晌，徐北也轻声说了一句“对不起”，也跟着离开了客厅。

这句“对不起”徐北也很早就说过了，在他出国留学前一天，容青瓷哭着拽他的衣角，问他是不是因为容榕才出的国。

徐北也将容青瓷的手从自己身上拉开，只说了一句“对不起”。

细细想来，他的拒绝在那时候就已经很干脆，就算之后他违心否认过自己喜欢容榕，明明谎话说得很没有水平，但容青瓷还是自欺欺人地信了。

容青瓷遮住光，刚刚被容榕擦去泪水的地方再次湿润，有些刺痛。

其实容榕和徐北也没错，错的是她。

可是她又忍不住感到委屈，因此总不肯承认，卑微地用自尊撑起最后的保护色。

容榕原本只是想跟爷爷打一声招呼，说自己先回家了，等她上楼时，发现爷爷和二叔他们还没说完话。

是爷爷的声音。

“书玲，青瓷要找什么样的男朋友，你让她自己做主就好了，别过多干涉她，也不要再拉上榕榕了。”

二婶的声音有些无奈：“爸爸，我干涉青瓷这么多，无非是因为你把所有的心思都放在榕榕身上，我这个当妈的都不管她，那她岂不是太可怜了？”

“那你也不用对榕榕……”

二婶忽然笑了，抬眼和老爷子对视。

“她是丛榕的女儿，容家因为丛榕遭受多少人的笑话，爸爸，你还记得吗？她跳楼，一了百了，大哥也跟着去了，留下榕榕。我对榕榕好，她梦里喊的却是那个扔下她跳楼的女人的名字，青瓷对她好，她抢走青瓷喜欢的人，现在好不容易我想撮合沈渡和青瓷，结果沈渡又成为榕榕的男朋友，爸爸，我没那个肚量。”

老爷子叹气：“北也和沈渡喜欢榕榕，这是榕榕的错吗？”

二婶轻轻笑了：“不是。”

二叔的语气很淡：“你既然知道不是……”

“那我们青瓷不如榕榕，是青瓷的错吗？”二婶转头看他，讥讽道，“从小到大，你骂她的次数还少吗？哪一次不是因为她不如榕榕？”

二叔哑口无言。

二婶徐徐说道：“爸爸，你这么疼榕榕，不就是可怜她从小就没了父母吗？当初你不也是反对榕榕和她妈进我们容家？如果不是她妈死了，你应该看都不会看榕榕一眼吧？”

容榕搭在门把上的手越来越松，最后黯然落下。

她默默下了楼，容青瓷和徐北也已不见人影。

容榕一路小跑来到后花园。

静谧的月色下，沈渡正靠在秋千旁，面色沉静，低声对电话那头的人说着什么。

容榕静悄悄地走过去，不声不响地轻轻抓住沈渡的衣角。

沈渡讶然，伸出裤兜里空出的那只手，和她十指紧扣。

温暖的触感从他的掌心处传递过来。

“尽快过来吧。”沈渡的语气低沉，“我先挂了。”

沈渡挂掉电话，微微弯腰，将容榕抱在怀里。

虽然月色朦胧，但是他能看见容榕眼中的水光。

沈渡什么也没问，任由容榕打湿自己的衬衫。

“他们都各有各的委屈，这我知道。”容榕抽泣着，说话声也断断续续，吐字不清，“可是我也觉得委屈。”

这句没头没脑的话，也不知道沈渡听懂了没有。

沈渡亲了亲容榕的头顶，大手抚上她的头，一下一下地为她理顺。

容榕从沈渡怀中伸出头来，瞥了一眼旁边的秋千，忽然拖着鼻音说："想荡秋千了。"

"嗯。"沈渡拍拍容榕的肩膀，"你坐上去，我帮你推。"

秋千很干净，阿姨时常打扫，容榕坐在上面，沈渡按着她的肩膀，轻轻将她往前推。

视线瞬间抬高，她仿佛离月亮又近了些。

沈渡推得很轻，怕容榕摔着，容榕现在知道这个道理，但是以前不懂。

她催促着容青瓷和徐北也再用力点，再快点。

容青瓷和徐北也没听她的，还是慢悠悠地在后面推她，她一生气就跳了下来，瞪着他们，说这样不好玩。

徐北也无奈道："小榕子，太高了你会摔下来的。"

容青瓷哼哼："你不坐那我就坐上去了。"

容榕大喊一声，又急忙去抢这唯一的座位。

风划过脸颊，吹干了眼泪，容榕的脸颊有些痛，闭着眼，像是关上开关，将眼泪尽数堵在里面。

忽然有人扣住秋千链，容榕睁开眼，沈渡正蹲在她的面前。

沈渡抬手，替容榕擦去眼泪。

容榕垂眸看着沈渡清俊的面庞，喃喃道："以后，可能不会有人再帮我推秋千了。"

"怎么会？"沈渡轻笑，捏了捏容榕的脸，"我帮你推。"

容榕皱眉："你家有秋千吗？"

"只要你想要。"沈渡叹气，承诺道，"小可怜，你想要什么我都给你。"

容榕撇嘴："谁是小可怜？"

"哭得这么伤心，不是小可怜是什么？"沈渡又起身，将容榕从秋千上抱起，安慰孩子似的拍拍她的背，"我带你回家。"

“我没有家。”容榕靠在沈渡的肩膀上，自嘲，“但是我有很多房子。”

“我的房子就是你的家。”

沈渡早已经让老王过来接他，正好把容榕捎上。

魏琛也一起过来了，从沈渡家给他带了一件新的衬衫。

容青瓷站在门口，在容榕与她擦身而过时小声说了一句“给我点时间”。

容榕转头，有些惊讶地望着容青瓷。

容青瓷嘴角的笑容有些勉强，嘴唇上下翕动，又吐出一句“对不起”，而后挪开目光，看着不远处的年轻男人发呆，最后还是鼓起勇气，上前挡住魏琛的去路。

魏琛有些惊讶：“小容总？”

她干脆地问道：“单身吗？”

魏琛愣愣地点点头。

“给个机会，让我追求你。”容青瓷挑眉，语气有些轻佻，“同意吗？”

魏琛：“如果我说不同意呢？”

“那我就让沈渡炒你鱿鱼，然后再把你聘过来，给你开三千元的工资。”容青瓷言笑晏晏，手段狠厉，“还不包五险一金。”

“……”

车子疾驰而去，容青瓷回忆着魏琛刚刚那魂不守舍的样子，蓦地笑了。魏琛应该从来没见过她这么主动的女人，所以被吓到了。

她叹了一口气，靠在门上发呆，连有人靠近都不知道。

“站在这儿会感冒。”

容青瓷抬头看过去，是徐东野，他应该是刚开完会，还穿着工作西服，左胸上的徽章在夜色下发光。

徐南烨轻轻笑了：“你们聊，我先进去吃饭。”

容青瓷不觉得她跟徐东野之间有什么好聊的，但徐东野显然不这么想，看着她的眼睛皱眉问道：“哭过了？”

“啊？”容青瓷慌忙挡住眼睛，有些尴尬，“没有啊。”

徐东野的问话十分简单粗暴：“因为北也？”

容青瓷叹气：“我早就被他拒绝了个干脆，没必要因为他哭。”

徐东野墨色的眸子里闪过一丝意味不明的情绪，冷硬的五官稍显柔和：“不是因为他拒绝了你，而你还喜欢他，所以才哭？”

被戳中心事的容青瓷心虚地低下了头：“没有，我已经不喜欢他了。”

徐东野微微点头。

容青瓷觉得跟这个寡言的男人没什么话聊，转头闷声道：“我进去了。”

胳膊却忽然被徐东野一把抓住，她转身，不解：“还有什么事吗？”

徐东野的语气平静，英俊的面容难得退去冷峻和疏离，微顿，声音低沉：“既然你不喜欢他了，是不是可以考虑考虑其他人？”

“啊？”容青瓷呆呆地点头，顺着他的话答，“是吧。”

徐东野这男人活了三十多年，对谁都习惯冷着一张脸，就算是青梅竹马的两个邻家妹妹，他也难得露出什么温柔的表情。

容榕有些怕她，容青瓷稍微好点，平时碰到就聊一两句。

无非就是，“吃了吗”“最近工作怎么样”这类的无聊家常。

所以对于徐东野突如其来的告白，容青瓷整个人震惊得仿佛被雷劈成两半。

徐东野抿唇，垂眸看着容青瓷，面无表情地说：“我喜欢你。”

“……”

为了安慰“小可怜”，原本车子是径直往沈渡家开的。

“小可怜”红着眼睛说：“我不去你家。”她低头把玩着手指，补充道，“我要卸妆。”

看一个女孩想不想在外留宿，只要知道她有没有随身携带卸妆工具就行了。

沈渡不想说很久以前因为容榕某次留宿，他家确实是有这些东西，但是容榕很显然忘记了。

沈渡敛眸，说话慢吞吞的：“你一个人在家没问题吗？”

容榕点头，又软软地补充道：“我待会儿去宠物店接‘可爱’，有它陪我。”

前排的老王和魏琛伸长耳朵偷听。

沈渡默了半晌，看了一眼手中的表：“这个点，宠物店应该关门了。”

容榕没反应过来，愣愣地问沈渡：“几点了？”

“很晚了。”沈渡没正面回答，继续说，“我不放心你一个人。”

容榕半信半疑地往窗外看去，外边灯火通明，人群涌动，店面基本上都开着门，不像是很晚了。

容榕看了一眼手机，不解地说：“才七点半啊。”

“是吗？”沈渡毫不心虚地点点头，理由充足，“我看错时间了。”

容榕瞥了一眼沈渡的手表。

振频高达每小时二万一千六百次的手工机械表，沈渡几年前向瑞士总部定制，在这款双面腕表的背后，工艺师为沈渡镶嵌上他的名字缩写，相较两年前沈渡陪同父亲在北京四季酒店拍下的6002G蓝面表盘，虽然珐琅工艺精湛，造价昂贵，但表盘设计实在太复杂，并不适合拿来看时间。

容榕好心提醒：“下次要看时间，就戴一块表盘简单点的吧。”

沈渡拖长了音调，回答得有些漫不经心：“知道了。”

容榕察觉到沈渡的不高兴，眼珠子转了两圈。

沈渡是不是想跟自己多待一会儿啊？

容榕悄悄看了一眼沈渡的侧脸，并未察觉到他有什么不同，但这并不妨碍她主动点。

女孩子也不能邀请得太露骨，容榕揪着手指，声音闷闷的：“我家有一款表盘比较简单的男表，前两年去英国的时候买的，要不待会儿你跟我一起上楼，我送给你好不好？”

前两年她还没毕业，在巴黎读大学，他们还不认识。

沈渡淡淡地扫了容榕一眼：“不需要。”

容榕以为沈渡不想收自己的礼物，有些失落：“你不想要吗？”

沈渡眉头拧起，神色冷凝：“你那块男表原本打算送给谁？”

容榕没反应过来，下意识地摇头：“没打算送谁啊。”

沈渡很明显不信，嘴角微讽，声音凉薄：“我不需要。”

刚刚还柔情似水的沈渡说变脸就变脸，容榕原本心情就不太好，赌气地撇过头：“不要就不要，我才不稀罕送你。”

等车子开到容榕家楼下，她二话不说，打开车门潇洒下车，连个招呼都不打。

沈渡冷着脸，也没跟她打招呼。

容榕头也不回地走进了楼层，沈渡侧头看着她的背影，薄唇轻抿。

容榕气得连宠物店都忘记去了，小跑着坐上电梯，门被关上的那一刻，她烦躁地抓了抓自己的头发，在心里骂沈渡不解风情，又突然在心里怪自己，如果自己再说明白点就好了。

容榕并不是那种逆来顺受的类型，没有父母的约束，爷爷几乎事事依她，她骨子里总带着些骄纵和任性。

容榕知道，自己不能太主动，也不能事事都顺着沈渡，男人得到了就不会珍惜。

女孩子，总是要矜持点。

在游轮上，容榕原本没打算真的和沈渡发生什么，但莫名其妙，看着他撑在自己上面，整个人就像是泡在酒缸里，醉得迷迷糊糊。

禁欲清冷的男人动情时尤其性感。

容榕喜欢那样的沈渡，根本说不了“不”字。

容榕叹了一口气，摇头甩掉脑子里的遐想，警告自己不要心软。

等到了家，容榕将手机抱在手中，犹豫了半晌，编辑了几条又删掉，最后什么也没发出去。

“我没错啊。”容榕暗示自己，扔下手机决定去洗澡。

车子一直停在容榕家楼下，没离开过。

沈渡冷着脸，如果不是为了维持上司形象，他此时早就将耳朵牢牢捂住了。但不捂住耳朵，两个下属轮番教导他的场面，也已经让他的上司尊严尽失。

魏琛叹气：“沈总，您这醋吃得真是太小心眼了。”

老王附和：“容小姐去年才和您认识，以前交过男朋友不是很正常吗？您非纠结这个，不是给自己添堵吗？”

“谁还没一两个前任啊。”魏琛故作老成地“啧”了两声，见沈渡没反驳，得意忘形间来不及考虑什么话不该说，兀自感叹，“您以为谁都跟您似的……”

沈渡抬眼，声音低沉：“跟我什么？”

魏琛连忙住嘴，在心里扇了自己两巴掌。

老王责备地瞪了他一眼，转移话题：“容小姐送您礼物，您就算不想要也不必冷着脸啊。”

“她买给她前男友的。”沈渡顿了几秒，拧眉，冷声道，“我不稀罕。”

老王和魏琛对视一眼，觉得老板没救了。

“容小姐也没说就是送给前男友的啊，您瞎脑补什么呢？”魏琛哭笑不得。

沈渡的瞳孔微张，面色逐渐缓和下来。

魏琛摇头晃脑的：“心疼容小姐啊，好心好意送人家礼物，不但不领情还吃了个闭门羹。”

“我们沈总不要，自然多的是男人想要。”

“就是啊，容小姐难道还缺人追吗？”

“容小姐年轻漂亮，家世又好，肯定好多人排着队追呢。”

两个人你一言我一语，成功把沈渡惹毛了。

沈渡按着眉心，打开车门：“我去跟她道歉，你们在这儿等我。”

两个人连忙说“好”。

结果沈渡的脚刚落地，就听见汽车的发动机声响起，老王脚踩油门，头也不回地把老板扔在原地。

魏琛探出半个头，喊了一声：“沈总，冲啊！”

凉凉的夜色中，汽车尾灯渐行渐远。

沈渡：“……”

下属跟他跟久了，管教难度也大大提高了。

是时候裁员了。

容榕刚卸完妆，正准备着进浴室好好泡个澡，门铃响了。

她不解地走到门口，透过猫眼往外看。

沈渡。

容榕心想一定要守住底线，绝对不能放他进来。

底线大约守了五秒钟不到，容榕“咳”了声，把门打开了。

容榕尽量克制着自己的情绪，语气硬邦邦的：“干吗？”

沈渡的表情也没好到哪儿去，硬着头皮问：“不是要送我手表？”

看在容榕眼里，就是拽了吧唧地说“给老子把手表交出来”。

容榕转头就朝屋里走：“逾期不候，不送了。”

走了两步就走不了了。

沈渡从背后抱住容榕，双手环住她的腰，掌心滚烫，她瞬间就觉得心如擂鼓。

沈渡低头：“我想要。”

容榕闭眼，在心里告诫自己，不要上这男人的当，要守住最后的尊严。

尊严只守了大概五秒钟。

沈渡坐在沙发上，容榕将手表盒摆在他面前：“喏。”

沈渡打开盒子，精致的黑色表盘，表圈上三十八颗梯形钻石衬托着星辰图景，比起他的要秀气很多。

“好看吗？”容榕拿出手表，兴致勃勃地在他身边坐下，“我帮你戴上。”

沈渡听话地伸出手，容榕将他原来的那块取下来。

容榕边替沈渡戴还边说：“不如你的贵重，但这是我的心意啊，你要好好保管。”戴好后，容榕倏然抬头，眼睛在笑，“喜欢吗？”

表盘上星星密布，细碎的钻石围成一条银河，沈渡看着容榕，喉结微动。

北半球的星空图绕着表盘转动，都不如她的眼睛璀璨。

怎么可能不介意她有过男朋友?

沈渡轻叹，倾身抱住容榕。

容榕不解：“怎么了？”

“榕榕。”沈渡轻轻亲了亲容榕的额头，“我生气了。”

容榕迷茫地张着嘴：“啊？”

沈渡嘴上说着生气，神色却没有半分恼怒。

沈渡皱着眉，有些犹豫：“这表原本你想送给谁？”

“买给我自己啊。”容榕伸出手腕，给沈渡比了比大小，“当时买的时候觉得表盘好看，想着就算大了也没关系，可是我的手腕太细了，戴着笨重，就一直放在那儿。”

沈渡愣住。

容榕勾住沈渡的脖子，猝不及防地在他的鼻子上亲了口：“现在我有男朋友了，这表终于脱离了暴殄天物的命运。”

沈渡迟疑片刻，慢悠悠地问她：“你以前没有吗？”

容榕摇头：“没有啊，你是初恋来着。”容榕说完自己都有些害羞，抢先捂住沈渡的嘴，喃喃道，“你不许笑我。”

沈渡亲亲容榕的手心，和她抵着额头，失笑：“我们谁都别笑谁。”

“我为什么要笑你？”容榕不解。

沈渡揉揉容榕的头：“傻瓜。”

容榕怪不好意思的，刚刚还在心里发誓绝不心软，现在沈渡戴上她送的表，顿时又在沙发上腻歪起来。

荒唐过后，容榕被沈渡抱回卧室。

她累极了，沈渡却坚持让她吹完头发再睡。

安静的卧室里，容榕觉得莫名安心。

沈渡什么也没问，她却忽然想同他谈心了。

空调温度开得很低，容榕坐在床上，用被子紧紧裹住身体，只露出一颗头，迷迷糊糊地问他：“你为什么不问我今天怎么了？”

沈渡停下手中的动作：“大概能猜到。”

容榕忽然睁开眼，盯着墙壁，语气平静：“别人都说我妈是个靠身体上位的三流演员。”

“那时候网络不发达，一夜爆红几乎是白日做梦，演员和普通上班族没什么区别，如果只是演一个无关紧要的角色，工资甚至比不上那些在企业上班的。”容榕淡淡地说着，仿佛在陈述和自己无关的故事，“她被不少男人骗过，到认识我爸爸那会儿，还是个拿临时工资的龙套演员。”

电吹风呼呼响着，容榕的声音几乎要被盖过去。

从榕终于在一次酒局上，遇到了一个长相还算不错的男人。

那个叫容子儒的年轻男人，是华渊的太子爷，未婚，红颜知己有一大堆，从榕风情万种地冲他敬了一杯酒。

容子儒邪笑，周围响起不怀好意的起哄声。

那晚过后，从榕拿到了一部大制作电视剧的女三号。

从榕的生活荒唐，却真心喜欢演戏，那部电视播出之后，引来不少粉丝的喜欢。

之后从榕便不再需要用这种手段争取资源。

“我爸爸那时候想往影视业这块发展，投资了不少电视剧，两个人就又见面了。”容榕忽然笑了，眼里有光，“我妈不知道用了什么办法，将他牢牢套住，我爸爸花心了三十多年，好不容易动了结婚的念头，结果想娶回家的却是个小演员。”

沈渡知道华渊的投资行业扩展很宽，几乎各个领域都有他们的手笔，但唯独影视业这块肥肉，华渊没有插手半分。

“我妈为了嫁进容家，没跟任何人说她怀孕的事，她偷偷将我生下来，直到我长大点，才带着我去找爸爸。但是事情没有如她所愿，容家还是坚决反对她嫁进来，那时候她拍戏东奔西走，我也跟着她到处走。”容榕顿住，转头冲沈渡自嘲地笑了笑，“听着是不是还蛮惨的？但我隐约记得，那时候我过得还挺开心。”

纵使在所有人眼里，丛榕是个为了嫁进豪门不顾一切的女人，她贪图名利，虚伪世俗，但在容榕仅存的儿时记忆里，她是个会在收工后坐在自己身边，耐心陪她玩耍的母亲。

“她经常带着我工作，那些风言风语自然就传起来了，有人爆出她曾经的事，那些粉丝一夜之间就站在她的对立面，她躲在房子里不敢出门，躲了几个月，她就自杀了。她死了，我被爸爸接回容家，他不上班，没日没夜地喝酒，谁劝也不听，我读小学那年，他也死了。”

男人的忏悔，总在失去之后。无济于事，却自以为深情。

容榕轻描淡写地说完父母的往事。

沈渡从背后环住她。

容榕原本一直没哭，只是背后那个温暖的躯体靠过来时，她的眼眶湿热，有眼泪顺着脸颊落在床单上，瞬间浸湿一小片。

“所有人都讨厌我妈，但是我不能。”容榕咬唇，在记忆里勾勒着那个再模糊不过的影子，“如今容家能有我一席之地，他们愿意让我姓容，让我衣食无忧这么多年，已经是对我的恩赐了。”

哪怕只是偶尔的关心，都让她觉得受宠若惊。

二叔二婶不喜欢她，她就去求爷爷别把自己过继给他们做女儿。

青瓷姐姐因为她被家人忽视，冷嘲热讽也无所谓，只要姐姐能高兴。

爷爷因为愧疚而对她好，那她就更应该有自知之明，做一个不对任何人造成威胁的乖小孩。

看着风光无限的金丝雀，早就将卑微刻进了骨子里，胆小、懦弱又无助。

容榕转身，将头埋进沈渡的怀里，颤着身子啜泣，像一只无家可归的雏鸟。

雏鸟没了巢穴会死亡，幸好有人接住了她，为她筑了一顶金笼。

容榕原本想着，在金笼子里待上一辈子也可以，但待得越久，她就越想要挣脱。

爷爷对她实在太好了，让她差点忘了自己的处境，竟然生出了反抗的念头。

被豢养的鸟，怎么能因为主人的宠爱，就想着逃走？

容榕忽然问出了声："他们对我好，是不是只是因为可怜我？如果我妈妈真的没死，他们是不是真的不会接受我？"

沈渡柔声说："想知道就去问吧。"

"我不敢。"容榕抬头，眼里满是恐惧和逃避，"如果是真的呢？"

沈渡伸手抚上她的脸："你有我了。"

容榕蹙眉，撇着嘴没有回答。

"我会给你一个新家。"沈渡倾身，吻上容榕的眼睛，温柔且坚定，"别怕。"

容榕的眼里蓄满眼泪，看清眼前的男人都有些困难。

沈渡的唇瓣摩擦着容榕的眼皮，容榕的睫毛轻颤，像是衔着露水的枝丫，抖动片刻后便滑落下来，在他的肩膀上晕开。

将心中的秘密和盘托出后，容榕觉得心里舒坦多了。

睡之前，容榕又问沈渡："沈先生，创业是不是特别难？"

"看你的创业方向是否符合社会趋势。"沈渡温声解答，"如果天时地利人和，就会顺利很多。"

容榕若有所思地点点头。

沈渡低头看容榕，笑着问："怎么，要当创业家？"

"其实我早就有这个想法了，如果，我是说如果，哪天我真的跟家里闹掰了，什么都没有了，肯定不能让你养我啊。"容榕从沈渡怀中抬起头，"我得找好出路才行。"

原来她在游轮上的那几句话不是玩笑。

沈渡挑眉："比如呢？"

"比如我最喜欢的化妆品啊。"容榕数着手指给沈渡举例，"上次我设计的那个眼影盘卖得很好，我觉得这也许是一个契机。”

说完容榕又从床头柜拿过手机，翻出自己的私信给沈渡看：“最近又有一个国牌来找我合作了，我打算考虑考虑。”

沈渡听不大懂，不过看容榕的表情，也知道这件事应该能让她暂时忘记那些不愉快。

沈渡听着容榕絮絮叨叨地跟他说那些美妆知识，眼皮渐沉。

恍惚间听见容榕问他：“你会支持我吗？”

沈渡“嗯”了一声，将她抱紧：“只要你喜欢。”

容榕听着沈渡的心跳，顿觉安心。

“谢谢你。”

容榕看着沈渡安静的睡颜，往他怀里又蹭了蹭，找到最适合入睡的角度，暂时抛却那些算不得美好的回忆，沉沉睡过去。

那天晚上容榕没打声招呼就离开容宅，爷爷特意在第二天给容榕发消息，让她下周末务必回一趟家。

容榕不可能假装那天什么都没听到，也不可能假装那天她和容青瓷之间什么都没发生过。

哪怕容青瓷选择和她断绝关系，或者是她知道了爷爷这些年对自己的宠爱全部出于同情，她也欣然接受。

躲了十几年，容榕觉得自己的姿态放得实在太低，仍旧没有任何成效。

与其这样，倒不如把话明明白白地敞开说，无论容家恨她还是接受她，她都没有任何怨言。

这些年，她享受着容家二小姐的身份所为她带来的一切，得到的物质补偿已经足够她感恩一辈子了。

很多事并不能用对错去衡量，但逃避一定解决不了任何问题。

这是沈渡教给她的。

借着这次新的国牌找她合作的契机，她想试验看看自己到底是不是做这方面的料。

之前被诬蔑抄袭的那段时间，MD官方的态度着实让她有些寒心，之后虽然官方已经在微博上发布了道歉声明，但她还是决定不再和MD进行任何推广合作。

和品牌合作的夏日限定眼影热度至今居高不下，容榕因祸得福，接到不少其他品牌抛来的橄榄枝。

SH就是其中之一。

论知名度，SH不如那些大热国牌，只属于小众美妆。

负责和容榕交接的工作人员是个应届毕业生，或许是没有想到容榕真的能回复，当即就激动地给她寄了一大箱产品过来。

一大箱子，从粉底液到口红，每个色号都寄了两样过来。

容榕自己扛不动，还特意找了保安大叔帮忙。

对接人说寄两份过来，剩下的那份可以抽奖直接送给粉丝。

容榕觉得有些不好意思，她现在都还没确定要不要接这个推广，就想着抽奖给粉丝发福利了。

三百万粉福利的大型抽奖微博还没发出去，又来了一个品牌方赞助的抽奖活动。

SH走日系，包装精美，设计感十足，但定价也相对比其他国牌稍高，不算贵，但也着实跟平价搭不上边。

容榕是近两年才开始接触国牌彩妆的，一方面是想要支持国货，另一方面也是为了她的学生党粉丝们分享推荐。

SH的包装设计在容榕看来无可挑剔，容榕原本就钟爱小清新，很多学生党被包装吸引想要尝试，却因为价格犹豫不决。

彩妆的外貌固然重要，但品质才更关键。

容榕做了两天的测评，一天在家一天外出，专门用来试这些彩妆。

两天的试用下来，容榕平心而论，没什么可挑剔的，但容榕还是决定回绝这次推广。

容榕从来不觉得国牌没资格卖出贵价，前提是品质要对得起定价。

性价比太低，容榕不可能推荐给她的学生党粉丝们。

对接人将推广费翻了一番，再次征求她的意见。

容榕还是拒绝了："再翻一百倍也没用，我不接，抱歉。"

那边久久没有回复，容榕觉得自己的话说得有些重了，打算再道一个歉缓和一下双方之间的气氛。

"我知道榕妹不缺钱，做博主纯属爱好，推广费我们真的可以再商量。"

容榕无语，语气重了点："既然你知道我不缺钱，还在这里费什么口舌？"

容榕最后说了一句包裹会重新寄回，因为体谅对接人刚毕业，没有工作经验，容榕又表示已经用过的产品也会折现全部微信转账还给她，合作没成，容榕自己差不多垫付小一万元。

解决完这件事后，容榕给沐良琴打电话吐槽，说着说着沐良琴开始刷起论坛。

"刚刷新出来一个帖子，又是美妆圈的，但好像是树洞吐槽。"

沐良琴越看越觉得不对劲，最后直接将帖子发到容榕的手机上。

"我怎么越看越觉得这楼主说的是你啊？"

"楼主是刚入职一个美妆公司的菜鸟，组长给了任务去给博主发私信，楼主一连发了十几条私信，回复我的屈指可数，没办法，公司品牌还属于小众，很多博主看不上。原本没抱希望，结果有个粉丝数超级多的博主回了我的私信，一开始聊得特别好，我特意跟组长说给那位博主寄了我们品牌全线的彩妆单品，而且是双份，楼主单纯，光想着能谈成这次合作就好了，结果那个博主刚收到包裹就跟我说不接了，我跟她说可以加推广费用，然后那位博主说她看不上那点钱，现在楼主也不知道该怎么办了，只希望老大不要因为这件事就把我开了。"

树洞贴翻页必作妖，之后有人让楼主上聊天记录，楼主坚持不解码，随后再也没回过帖。

沐良琴问容榕："你这边还有全部的聊天记录吧？"

"有。"

“那不用担心了。”沐良琴的语气轻松，“这帖子明天估计就会沉下去，等它真的掀起什么浪了，你直接放全部的聊天记录就行，理在我们这边，不怕。”

原本这只是个小小的树洞贴，按理来说确实掀不起浪来。

但因为之前“大榕榕”那次霸占热搜第一的事件，帖子经过一晚上的发酵，在第二天一早就被营销号转到了微博上。

热门微博头条就是带着容榕名字字母缩写的爆料——

B 站粉丝 356 万的某 D 姓美妆博主，撕开白富美人设，其实是隐性白莲花？

第十二章
罪有应得

某个网红爆料营销号爆料，营销号将爆料人的名字和头像打码，截图发了微博。

没带大名，信息透露得也十分委婉。

“秘密，吐槽一个美妆圈网红。平时立清淡如菊的人设，后来推广越接越多人设有些维持不下去，她就又换了一个白富美人设。

“前不久她去R国旅游，我有个朋友也是美妆圈的，跟她一起买礼物，大家都买得比较多，她生怕被人比下去，只拿贵价品牌的，当时把我朋友都吓住了，然后到现在也没发抽奖微博，不知道后续如何，反正那次旅行挺不愉快的，大家都玩得很开心，她也不合群，拿鼻孔看人，谁都瞧不起。昨天我听到一个爆料，说她去R国花钱花得太厉害，一口气接了好几个推广，什么品牌都接，收完人家公关包裹转眼间又说不合作了，包裹也不退，就自己吞了。”

微博和论坛联动，不到几个小时就将“大榕榕”扒个干净。

容榕不是第一次看到这种爆料帖，当事人的ID厚码，就算是造谣，谁也不知道是谁，自然无所顾忌，怎么劲爆怎么编。

偏偏就是有人信。这次爆料相较于前几次不再是捕风捉影，而是有完整的时间线，甚至还有小视频。

就是“大榕榕”上“世界号”的视频，和直播的拍摄角度不同，至少证明爆料人没撒谎，她的朋友确实是当时跟“大榕榕”一起去旅行的博主之一。

有人总结了“大榕榕”所有视频中出现过的贵价商品。

真正让她坐实“白富美”称号的两个事件，只有三十万元的粉丝礼物和包船事件。

因为这次的爆料，这两个事件通通被推翻了。

B站美妆区的“大榕榕”人设终于要崩了。

之前多少次爆料，都被她轻而易举地反驳回去，现在各种圈内爆料，绝对没跑。

各种信息轰炸，就像是商量好的一样，突然压向她。

容榕要凉了。

装白富美……如今多了一条：瞎接推广，而且还中途跑路，把烂摊子留给公关。

无数的黑点一股脑地往她身上扑。

“大榕榕”能够稳坐美妆区头号流量的位子，粉丝的功劳不可小觑。

容榕是出了名的“宠粉狂魔”，粉丝黏度和她的吸粉力在整个美妆区中，除了当时风头正盛的“兔兔糖”，几乎没人能跟她抗衡。

以前容榕能轻松反击，粉丝也出了很多力。

已经有人摸到了B站骂容榕，粉丝一如既往地替她说话。

他们不在乎“榕妹”的白富美人设是不是装的，也不在乎她和“世界号”是什么情况，最在乎的不过是所谓的“公关包裹”。

这样无休止的网络暴力，容榕不知道自己还要承受多少次。

每个人都在说杜绝网络暴力，却无意间成为网络暴力的一员。

容榕突然觉得累了。这样无休无止地被误解、澄清、再被误解、再澄清的事她已经做烦了。

入行两年多，容榕第一次生出退出的念头。

爷爷的担忧和劝告都是真的。她妈妈当初得抑郁症并非偶然，任谁经历这种事情，都很难真的一笑而过。

感同身受永远是最大的谎言，所以爸爸当年哪怕知道妈妈是因为什么备受打击，却仍旧轻描淡写地让她待在家里。

爸爸跟妈妈说："有我在，你管别人说什么，时间久了那些人就闭嘴了，别在意。"

他当然不会在意，因为被骂的又不是他。

除了受害人，谁也不知道这种滋味是何等的痛苦。

它就像一把无形的刀，能将受害人的心脏扎穿，而旁人无法体会这种感受，还会被扣上"玻璃心""承受能力差""太在乎别人的想法"的帽子。

容榕将手机关机，瘫倒在地上发呆。

她喜欢做的这件事，让她收获了很多人的喜欢，也引来了很多人的厌恶。

如果她一开始听爷爷的话，远离网络，是不是就可以杜绝这一切的发生？

这样无休止的攻击，真的让她很厌烦，厌烦得恨不得将所有社交账号清空，将所有人都拉黑，与世隔绝，自然就能隔绝那些伤害。

"可爱"不知道什么来到容榕身边，或许是感应到她的心情，靠着她趴下了。

柔软的猫毛擦过容榕的脸，她现在什么人都不想见，还好家里有一只猫。

她需要好好考虑自己的未来，喜欢的这份职业，是否真的能让她这辈子都无视外界的攻击，继续凭着爱好坚持下去。

终归，她还是不够强大。

容榕将手机关机，选择跟母亲一样，躲在这房子里。说她胆小也好，懦弱也好，哪怕只有几天，她也想彻底远离这些乌烟瘴气。

没人能感同身受，那她就自己想办法度过。只要几天就好。

沐良琴一直打不通容榕的电话，去她家找也没人回应。

她关机了。

原本以为容榕会像前几次那样，发微博澄清，这事会很快过去，但沐良琴从白天等到晚上，也没等到容榕的微博。

微信记录停留在容榕发给自己的最后一条。

“你别管，这件事我自己解决。”

连她都无法忍受，容榕居然就这样风平浪静地消失了几天，任由那些人在微博下骂。

她现在只想知道容榕怎么样了。

沐良琴想，或许可以联系沈渡。

她打了沈渡的电话，那边没接听。

无奈，她只好打给魏琛。

“沈总临时有事出差，现在不在本市。”魏琛的声音听起来也很疲惫，“我跟着他赶飞机，从昨天到现在都没合过眼，累得要死，你有什么事吗？”

沐良琴随口敷衍过去，将电话挂断。

男人偏偏在关键时刻派不上任何用场。

容榕跟家里人的关系一直很敏感，和她亲近的也就是爷爷。

沐良琴犹豫着一直没联系容榕的家里人，倒是容青瓷破天荒地给她打电话过来。

容青瓷让沐良琴直接到医院。

沐良琴不知道是谁生病了，这天是周日，原本也不用上班，她没多想，收拾了一下就往容青瓷说的医院赶去。

沐良琴刚进医院就被两个保镖带着上了电梯。

一层楼都很安静，消毒液的味道在鼻尖处蔓延，容青瓷正坐在病房门口发呆。

沐良琴犹豫了半晌，走上前，轻声跟容青瓷打招呼：“青瓷姐。”

容青瓷抬起头看沐良琴，眼圈泛红，身上的套装皱巴巴的，满身疲倦，见沐良琴来了，又一次问了在电话里就问过的话：“容榕真的没跟你在一起？”

“没有。”

容青瓷闭眼，无奈地说：“死丫头，居然连家都不回了。”她顿了几秒又像是自嘲般阐述，“爷爷那样嘱咐她，让她周末回家吃饭，昨天晚上，爷爷等到十二点也没等到她回家，菜热了好几遍，死丫头居然没回，真狠心啊。”

说完，容青瓷捂住自己的眼睛，自责地低下头：“我当时就不应该把手机拿出来。”

因为一直等不到容榕，容青瓷猜想她是不是遇到什么事。

容青瓷已经习惯通过网络去获知容榕的消息了。

在爷爷面前，容青瓷头一回没忍住，将手机狠狠地摔在桌上，骂了一句脏话。

老爷子的语气急切，问是不是榕丫头出事了。不等容青瓷说什么，老爷子直接将手机夺过去，他的视力还不错，戴着眼镜能看清手机屏幕里写了什么。

而后老爷子颤着手将手机还给容青瓷，自言自语地说：“我的榕丫头被人骂成这样了，难怪她不想回家吃饭。”

之前老爷子了解网上那些消息，都源于容青瓷，而她也是保留几分，将难听的摘去，只说些不会让老爷子太生气的内容。

“我以为让榕丫头在外面吃点苦，她就知道错了，会乖乖回家跟我认错。”老爷子的眼神晦暗，按着眉心的手止不住地颤抖，“是我错了。”

十二点已过，客厅前的大钟敲了十二下，桌上的饭菜丝毫未动。

第二天，老爷子起晚了。

再然后，救护车从医院赶到容宅。

“她为什么就是不肯回家呢？”容青瓷忽然笑了，后脑勺无力地靠在冰凉的砖墙上，“为什么受了这么大的委屈，也不愿意回家呢？”

沐良琴安慰地拍拍容青瓷的肩：“青瓷姐，容榕肯定没事的。”

“我已经让人把热搜撤了，华渊在这方面人脉不多。”容青瓷转头看沐良琴，声音很轻，“我们家以前出过事，所以一直不肯将生意往媒体这块发展，不愿意蹚这趟浑水，家里也没管过容榕在网上被人说什么，没想到这次直接让她人间蒸发了。”

原来热搜是容青瓷撤的。

怪不得容榕之前多次上热搜，整个容家都无动于衷。容榕那时候笑着说：“我家不管我的。”

这句话是真的。

沐良琴接不了话，只能换一个话题：“爷爷怎么会因为看到网上的消息就忽然倒下了？”

“容榕她妈妈就是因为这种事跳楼的。”容青瓷勉强笑了，眼神空洞，“爷爷一直不认同容榕现在的工作，就是因为她的妈妈。”

沐良琴第一次听到容榕母亲去世的真相，她忽然觉得心口钝痛，说不出话来。

“青瓷，爷爷醒了吗？”

身边忽然响起一个陌生的声音，沐良琴抬头，面前站着一对神情憔悴的中年夫妇。

容青瓷摇摇头：“没有。”

“榕榕找到了吗？”

“没有。”

容青瓷指了指身旁的沐良琴：“这是容榕的朋友。”

眉宇间皆是颓废的中年男人开口问沐良琴：“姑娘，你真的不知道榕榕在哪儿吗？”

沐良琴摇摇头。

一直沉默的中年女人开口：“非得学她妈妈当什么明星，现在出事了就不知道躲哪儿去了。”

沐良琴隐约猜到，这应该是容榕的二叔和二婶。

“容榕跟她妈不一样。”容青瓷烦躁地打断中年女人的话，“那女人是那女人，容榕是容榕。”

“那榕榕也是丛榕生出来的。”二婶蹙眉，加重了语气，“容家也是被她连累的。”

二叔的语气很重：“现在说这个还有什么用？人都死了那么多年了，一直拿出来说有意思吗？”

二婶冷笑：“你难道忘了当年丛榕那副样子了？她带着几岁大的榕榕，大摇大摆地进了我们家，说她是我们的大嫂，说大哥有多爱她，就算全家人都反对，她也一定能嫁进容家。爸爸跟大哥大吵了一架，从二楼摔下来，拄了十几年的拐杖，一到冬天连下床都困难，这些都是那女人一手造成的！”说罢，又指着容青瓷，言辞更锐利了几分，“当时青瓷才多大，她又跟青瓷说了什么？！”

容青瓷按住耳朵：“别说了！”

容青瓷一直想尽力忘记那个女人。

忘记那个女人化着浓妆，笑得像个妖精，得意又嚣张地对她说：“我的女儿比你漂亮，以后也会比你更讨人喜欢，你要失宠啦，你大伯也不会再管你了，他只会喜欢你妹妹。”

大伯以前明明说过，他不会结婚。

他将她抱在怀里，说：“我有侄女青瓷就够了，青瓷就是我的女儿。”

转眼间，任由爷爷如何反对，大伯也要坚决将那女人和她的孩子带进容家。

后来丛榕死了，却成了她永远挥之不去的阴影，也是他们家所有人的阴影。

容青瓷和父母一样，没了仇恨的根源，就只能转移。

容榕是丛榕的女儿，她的名字也在每时每刻地告诉整个容家，就算丛榕那女人再如何，容子儒也依旧爱她爱到骨子里。

容青瓷对容榕的感情复杂极了。

她的双眼噙着泪水，抬头看着父母：“你们是不是也希望容榕跟她妈一样死了？”

“怎么可能？”二叔顿了顿，解释道，“容榕跟她妈妈不一样。”

“是啊，她们不一样。”容青瓷苦笑，反问自己，“我们为什么要假装不知道？把错都推到容榕身上，这就是我们报复那女人的方式吗？”

默了半晌，她又像是在告诉自己：“她是我妹妹。”

二婶忽然哑口无言。

她也曾对容榕好过，容榕乖巧听话，每次接受批评的时候，都会乖乖受罚，然后奶声奶气地说一声：“二婶，我记住了，下次不会了。”

容榕懂事得那么早，小心翼翼地接近和讨好所有人，和她妈妈截然相反，但每次看见她，又让人忍不住想到丛榕。

容榕现在的这份工作，她头一个反对。

整个容家都怕容榕走上那条路，不支持她，不理会她，任由她吃苦受累，以为她能回头，却从来没人告诉她真正的原因。

“榕榕的朋友。”二婶看向一直在旁默不作声的沐良琴，深吸了一口气，终于逼迫自己冷静下来，“你能不能告诉我们，榕榕平常都喜欢去哪里？”

沐良琴摇头：“她喜欢待在家里。”

所有人都默然。

容青瓷无力地瘫倒在座位上，掏出手机再次拨容榕的电话。

依旧关机。

有新的电话打进来，是徐北也。

“我找到小榕子了，她就在老宅。”徐北也重重地舒了一口气，“她还在纳闷家里怎么没人呢，用钥匙自己开了门，坐在后院荡秋千。”

容青瓷用力闭眼，咬唇：“让她死过来！”

容青瓷浑身一松，绷着的弦终于解开，连带着打开了眼泪的开关，簌簌落下。

“我这就把她押送过来。”

挂掉电话后，徐北也无奈地冲失踪了好几天的容榕耸了耸肩：“去认罪吧。”

容榕缩了缩肩膀：“我这几天没带手机，真的不知道……”

“你说什么都没用了。”徐北也皱了皱鼻子，故意吓她，“你等着被制裁吧。”

一旁的徐南烨终于看不下去了：“行了，别吓榕榕了。走吧，去医院。”

容榕原本在后院荡秋千，还想着家里人都去哪儿了，结果就听见徐北也一声大喊：“你居然就躲在我们眼皮子底下！”

连向来温柔的徐北也都忍不住责备容榕：“你怎么能几天都找不到人？你知道家里出事了吗？”

容榕没理，只能乖乖跟着三个哥哥上车。

她瑟瑟地看向旁边从头到尾没说过一句话的徐东野。

徐东野注意到容榕的目光，沉着脸侧头望她：“知道错了吗？”

容榕点点头：“对不起。”

“你总是让人不放心。”徐东野伸手，重重地按在容榕的头上，指尖摩挲揉乱她的头发，“还好你回家了。”

容榕睁大眼睛，有些不适应大哥这突如其来的温柔。

另一侧的徐南烨笑着在容榕耳边说：“大哥难得翘班，你要赔他这几天的工资哦。”

容榕不好意思地笑了。

徐东野皱眉，声音低沉：“你陪着老婆休假，不也赶着回来了？”

“我原本就跟榕榕关系好啊。”徐南烨见招拆招，“不像你总是板着脸，我还以为你不喜欢榕榕呢。”

徐北也坐在副驾驶座，“啊啊”大叫：“你们都走开，小榕子是我妹妹。”

徐东野只轻轻扯了扯嘴角，露出极淡的笑。

车子开到医院，徐家三兄弟押送犯人去面见提刑官。

提刑官容青瓷再看到犯人容榕的那一刻，忽然大哭出声。

容榕没反应过来，被抱了个满怀。

容青瓷将容榕紧紧勒在怀中，边哭还边用手捶打容榕的背：“死丫头，你玩什么人间蒸发啊？！我要被你吓死了！”

容青瓷整个身体都在颤抖，连带着手臂的力道也越来越紧，生怕下一秒怀中的人又失踪不见。

容榕挣扎：“好痛，你放开我。”

“受了委屈就要记得回家，知不知道？”容青瓷放开容榕，胡乱擦去自己脸上的泪水，掐着容榕的脸警告道，“下次你再玩这套，我就跟你断绝关系。”

容榕的眼睛一热：“不玩就不断绝关系吗？”

容青瓷吸了吸鼻子，又抱住容榕：“这声‘对不起’我欠了很多年了，对不起，榕榕妹妹。”

容青瓷是靠着容榕的耳朵说的，也只有她能听见。

二叔、二婶站在一旁看着，直到姐妹俩分开了，才上前说：“进去看看爷爷吧，他已经醒了。”

容榕有些心虚地看着他们。

“你快把我们吓死了。”二婶神色柔和，轻声告诫道，“下次真的不许再这样了。”

容榕用力点头：“嗯。”

“对不起，让你受委屈了。”二婶顿了顿，最后还是说出了口，“下次直接回家吧。”

“嗯。”

容榕犹豫着走进病房。

老人穿着白色病服，正坐在床上喝粥。他的头发又白了一大片，握着调羹的那只手上，老年斑似乎又明显了几分。

容榕坐在床边，小声说：“爷爷，我喂你吧。”

老爷子撇过头：“不用。”

容榕才不管这些，直接抢过他手中的调羹。

老爷子惊呼：“你！”最后还是无奈地放下手，叹了声，“我年纪大了，经不起你吓。”

“对不起，下次不会了。”

容榕也不知道说了多少次“对不起”，也不知道听了多少句“对不起”。

老爷子的喉结微动，咽下容榕喂他的那口热度刚好的清粥。

“榕丫头。”老爷子忽然出声，神色平静，“爷爷看不得你受那些委屈，想把你正式介绍给所有人，你愿意吗？”

被诬陷谩骂时，容榕没哭。独自承受所有时，她也没哭。

如今只因为爷爷的一句话，她放下碗，转过头，背对着爷爷哭出声。

老爷子伸手，轻轻抚上容榕的背，一下一下地拍着背安慰她：“我以为把你护在羽翼之下是对你最好的保护，事实证明，我错了，我该让你堂堂正正地站出来面对风雨。”

容榕哭得上气不接下气，只能点头回应爷爷。

“别哭了。”老爷子用下巴指了指碗，“继续喂我。”

喂完粥，老爷子又睡下了，容榕不便打扰他，悄悄地走出病房。

沐良琴悄声问容榕：“你爷爷好点了吗？”

容榕点点头：“睡下了。”

“哦，我跟你说。”沐良琴掏出手机，塞进容榕的手里，“有人反水，我知道是谁在背后搞你了。”

“谁？”

沐良琴冷笑两声：“霍清纯加不上你的微信，就截图发给我了，你自己看吧，我真没想到一个人能恶毒到如此境界。”

发过来的截图是一个小群的聊天记录，群聊显示只有五个人。

因为没有名字显示，容榕不知道谁是谁。

“你说要是我们几个合伙，能不能把她搞下去？”

“人家三百多万粉丝，我们的粉丝加起来都没她多，梦里吧。”

“川南，你这是想到招了？”

“我大学学的新闻，她哪里最吸粉，我们集中往那黑就行了。”

“她的脸最吸粉吧，怎么，你要让她毁容啊？”

“我想搞她，但我不想坐牢好吗？”

……

之后的聊天记录就断了，接着几张图时间显示是昨天。

“我去问了那个公关，她死活不肯给聊天记录。”

“啊，那怎么办？”

“我跟她说，要是她不给聊天记录，以后就别想跟我们合作，反正大榕榕那边她是合作不成了，要是失去跟我们合作的机会，被炒鱿鱼还不是时间问题。”

“她给了？”

“给了，我裁了图，留下几条有用的，已经找好微博号了。”

最后是霍清纯给沐良琴发送的微信消息：“就当是我向大榕榕道歉，聊天记录你发给她，除了我其他四个人的 B 站 ID 我也发给你吧。”

“你不怕被川南她们记仇？”

“我打算退圈了，随她记仇，无所谓。”

完美的反水。

容榕捏着手机，神色无波。

沐良琴问容榕：“你打算怎么做？”

“她不是不想坐牢吗？”容榕将手机还给沐良琴，垂眸微笑，“我非要让她尝尝坐牢的滋味。”

“公关包裹”事件经过几天的发酵，“大榕榕”的 B 站账号和微博账号被人轮番攻击，而她本人没有任何回应。

这几天的沉默，足够为她扣上一顶“心虚”的帽子。

容榕的母亲就是这样被“杀死”的。

没人能理解她，为什么只是因为流言，就会患上抑郁症，从而跳楼。

没有经历过网络暴力的人，永远也没资格去怪罪为什么他人在遭遇网络暴力时，没有将自己铸成铠甲，没有坚持对抗，而是选择退缩和逃避，甚至选择死亡。

这种无形的“凶器”，甚至比刀枪棍棒更可怕。

热搜足足挂了一周，“大榕榕”的微博账号终于更新了。

门前一棵大榕树：“放屁。”

简单的二字回应，并配上完整的聊天记录，一张不漏，包括容榕在最后拒绝的时候强调的可折现或是退还，公关没有回应，她仍旧给对方提前转账过去。

倒数第二张是快递单，早在容榕拒绝合作的那一天就重新让快递公司打包退了回去。

第一张则是物流信息，包裹在三天前就已经被对方公司签收。

容榕又在评论区补充了一句：“256G 的内存从来不担心缓存，下次想要诽谤最好确认对方有没有删聊天记录。”

证据很硬，时间线完整，图片清晰，没有任何马赛克和裁图痕迹。

容榕的负面新闻不止这个，但最能引起路人反感的就是和人品挂钩的“公关包裹”事件，所以容榕必须先澄清这个。

网络上顿时掀起轩然大波。

容榕笑笑不说话，同意了公关的好友申请。

对方一再道歉和恳求，希望“大榕榕”能原谅她，让她不要被炒鱿鱼。

“你跟川南的聊天记录截图给我。”

“你怎么知道？”

“快。”

那边犹豫了很久，小心翼翼地问如果她发聊天记录，能不能网开一面帮她求情。

容榕没回答。

公关抱着一线希望将聊天记录发过来。

“不能。”容榕收下图，麻溜地将她拉黑。

之前退还包裹，还转了现金，就已经很给面子了，她又不是真的圣母转世。

容榕将聊天记录转发给徐北也。

没过多久，SH 品牌终于出面，用官微向她道歉，和当时 MD 的话差不多。

粉丝显然不愿意接受。

跟三百万粉丝的“大榕榕”硬杠，刚有点知名度的SH显然不是对手。

SH官方很快就关闭了微博评论。

“估计要凉了吧？”沐良琴叹气，有些惋惜，“可惜了SH这个品牌的理念，连老板都不会做人。”

沐良琴说完，转头想听听容榕的看法，容榕冲沐良琴比了个“安静”的手势。

SH的管理层在和“大榕榕”进行沟通，希望能得到她的原谅。

管理层的道歉很诚恳：“真的抱歉，是我们的疏忽，现在那位公关已经离开公司了，我们不求未来合作，只希望您能原谅我们，不好意思。”

如果说MD那次不发声，是因为联系不到她，所以才选择沉默。

那么SH这边就真的说不通了，他们只要去问公关要完整的聊天记录，就能了解真相，而且在三天前公司就收到了容榕的退货包裹，却仍旧装作无事发生。

那么重的一个大箱子，容榕连邮费都是自己出的，不得不说，挺寒心的。

她被骂成这样，SH也并非无辜。

她喜欢SH的理念，自然不能眼睁睁地放着不管，就这么任它凉了。

现在的管理层无非就是想要容榕的一个声明，说这件事跟SH无关。

容榕的语气温和：“我不会不管你们的。”

沐良琴就坐在容榕旁边，一听她的话立刻怒了：“容榕，圣母不是这么当的啊？！”

那边顿时松了一口气：“谢谢，谢谢。”

“我很喜欢SH的彩妆理念，不希望它因为我就这么毁了。”容榕冲沐良琴比了个“嘘”的手势，转而淡淡地说道，“如果换一批管理层，应该就能杜绝这种情况发生了吧？”

“您说什么？”

“我说，”容榕耐心地重复了一遍，“SH 如果是我的品牌，肯定不会发生这样的情况。”

挂掉电话后，沐良琴皱着眉，有些不确定：“你刚刚那句中二指数爆表的话什么意思？”

容榕笑笑，中二指数继续飙升：“买下它的意思。”

“……”

沐良琴以为容榕只是说说而已。

“公关包裹”事件过去一个月后，容榕拿到了 SH 的品牌估价表。

隶属 G 市某电子商务有限公司旗下的彩妆品牌 SH 成立于三年前，两年前线上店上市，去年升级为官方旗舰店。

早已入驻各大日化业实体店，并且在不少的商场开设了专柜。SH 的发展前景很不错，收购没那么容易。

当然，个人收购没那么容易而已。

如今电商行业竞争大，好不容易做起来这么一个有知名度的 SH，公司不可能轻易卖。

集团施压就不一样了。

容榕以华渊集团股东的身份直接委托律师去 G 市找到电商公司进行洽谈，她放心地把所有事务都交给北臣律所。

律所内，徐律师办公室。

徐北也有些不乐意：“我帮你发律师函，又要帮你写收购方案，给加工资吗？”

“沈先生把你借给我，总要物尽其用。”容榕撑着头对徐北也笑，语气浮夸，“之前众润的股票并购案交给你，沈先生赢得轻轻松松，谁都知道，这方面，找徐律师准没错。”

众润集团早在去年就将事业板块拓展至国内日化和奢侈品产业，都是国内目前非常看好的产业。

日化方面收购了自主品牌“自纯”，而奢侈品则通过购买集团股票拿到母公司的股份。

在一个月前，沈渡赶赴S市，从母公司手中夺下了三个国内顶级奢侈品品牌。

入股和并购方案出自徐北也之手，他在律师圈内的名声也水涨船高。

现在没人再敢说，徐家的三公子不学无术了。

前脚合同刚签，沈渡后脚就回清河市了。

徐北也别别扭扭地去跟沈渡邀功，结果被他无情地反讽：“徐大律师名声大震，还需要我的奖励吗？”

他一拍桌：“沈总，名声是名声，奖励是奖励。”

沈渡抿嘴笑了：“去帮榕榕吧，费用你尽管开。”

徐北也身负两担，加了两周的班，就为了沈渡财大气粗的一句“尽管开”。

“人家在G市那边，有地界，人脉资源都不缺，我们到底跨着省，收购没那么简单。”徐北也放下资料，给容榕打预防针，“你做好打持久战的心理准备。”

容榕点头，并不在意：“不急于这一时，对了，我让你帮我查的资料你查到了吗？”

“公安部门已经介入了，我用私权查太引人注目了。”徐北也话锋一转，神秘地冲容榕眨眨眼，“不过谁让我人脉广，查个人还不简单？”说完直接用手机把文件传给容榕。

徐北也警告容榕：“别太过分了，无论她做了什么，你都不能越过警察的手去教训她，到时候我可不想去局子里捞你。”

“知道。”容榕挑眉，欣然起身，“我跟爷爷借了几个保镖，吓吓她而已。”

网民的记忆力很差，昨天还在激情愤慨，睡一觉就会忘得一干二净。

关于“大榕榕”最严重的欺骗粉丝事件已经被澄清，“白富美”人设是捕风捉影，除了还有些人不死心，偶尔跳出来说几句，没人再愿意给什么眼神。

往常，事情发展到这个地步，容榕就收手了。反正怎样都堵不住悠悠众口，不必理会。

现在容榕可不这么想。

她直接杀到沐良琴的公司，二话不说强行给她请假，拖着她上了车。

沐良琴转头对人事经理依依不舍：“经理，我这是带薪假，求不扣工资啊。”

经理愣愣地点头：“去吧，去吧。”

沐良琴被带到一片中高档小区，越过门卫直接上楼，连登记都免了。

沐良琴忍不住斥责容榕这种行为：“这小区的安保系统也太差劲了吧？就我住的那个破小区，陌生车辆进出都要登记的。”

“这片小区是嘉源名下的。”容榕不慌不忙地解释，“开发落户的时候，嘉源的顾总送了两套给我爷爷，我爷爷把其中一套转给了我，所以我也是这里的业主。”

容榕又拍了拍身下的真皮座椅：“这辆车也是我的。”

七座商务车，除了她们，车上还坐了几个看上去很能打的保镖先生。

黑色的商务车，黑西装的保镖以及神色莫测的大小姐。

沐良琴咽了咽口水，嘴角轻扯：“你这是要去干什么？我提前说，我遵纪守法，你要我违法犯罪那是不可能的。”

容榕微笑：“晚了。”

沐良琴捂嘴：“你真做啊？！”

没等到回答，沐良琴又被拉下了车。

小区每栋楼的入口处都配有电子锁，保镖直接掏出从保安那儿拿来的内部人员门卡，轻轻松松过关。

“……”

沐良琴看了一眼面前的防盗门。

容榕按响门铃，房子里的声音透过音响传出来。

“谁啊？”

容榕出声："王一楠，是我。"

沐良琴原本还在想王一楠是谁，门被推开，一个穿着粉色 Hello Kitty 睡衣的年轻女孩映入眼帘。

居然是川南。

"怎么是你？你怎么知道我家？你怎么进小区的？"川南皱眉质问容榕，看到容榕身后的几个保镖，"你搞什么？"

容榕笑得很甜美："社区送温暖啊。"

容榕四处打量屋里的装饰，点头称赞："不错，装修得很漂亮。"

"你怎么找到这里来的？"川南眼看着这几个不速之客，伸手指着容榕的鼻子大骂，"赶紧滚出去！不然我就报警了！"

容榕一步步走近她："怎么找到你的？你以为谁都跟你一样没本事，查了我大半个月什么都没查到吗？"

川南睁大眼看着容榕："你查我？"

"对于网络暴力的始作俑者，切身实际地让她感受感受被查的滋味比对她进行爱的感化有用多了。"容榕神色轻松，侧头冲她笑，"你说对不对，王一楠小姐？"

王一楠后退几步，心虚地撇开眼，大声反驳："谁是始作俑者？没证据就不要乱说，赶紧滚！"

容榕也不恼，轻声问她："律师函收到了吗？"

王一楠的神色一变。

"律师函只起警示作用，我看对你好像没什么用。"容榕从随身携带的包包里掏出一份密封袋，随意甩在客厅的沙发上，"所以今天是特意过来送起诉书的。"

"你起诉我？！"

"对啊。"容榕转身坐在沙发上，仰头看王一楠，姿态傲慢，"惊喜吗？"

几个保镖站在容榕背后，气势十足。

沐良琴看着容榕这副样子，忽然有种"当走狗真的好快乐"的感慨。

王一楠的脸色铁青，抄起茶几上的水果就要往容榕身上砸。

保镖手疾眼快地替容榕拦下，开口警示："小姐，麻烦文明谈话。"

王一楠气得发抖，又没胆子硬拼，只能大着嗓门试图让自己的气势看上去不那么弱："你们要是再不出去，我就报警了！"

容榕勾起嘴角："你一个马上就要坐牢的人，这么迫不及待地想要去警局喝杯茶吗？"

"你什么意思？"

容榕又从包里拿出一份文件，扔在茶几上。

沐良琴偏题了，容榕平常都只带小包出门，这次居然破天荒带了个这么累赘的包，原来是要充当哆啦 A 梦的百宝口袋。

王一楠警惕地拿过文件，一张张翻过，她的脸色也越来越白。

买通营销号，用小号爆料虚假信息，威胁前 SH 公关交出聊天记录，以及她在那个小群里说过的话，全部被打印在 A4 纸上。

一目了然。

王一楠瞬间瘫倒在地上，文件散落一地。

容榕耸肩："不要觉得躲在背后就能摘得干干净净。"

王一楠忽然笑了："最多就是警告、罚款，你以为我真会坐牢？"

"视情节而定，大姐，你法盲吗？真以为诽谤罪不用坐牢？"

王一楠的面色阴沉，捂着头崩溃大叫："你凭什么！你不过就是凭脸上位，你有什么真本事？！你以为你真能靠脸吃饭吃一辈子？！"

"我告诉你，你觉得靠脸不能吃饭，那是因为你不够漂亮。"

反派气势十足，倒显得弱小无助的王一楠可怜。

"有人天生就出生在终点线，我就是那种人，你能怎么办？"容榕起身，十分做作地叹息了一声，"你要是每次遇到我这种人就要嫉妒，那你这辈子也不可能摸到终点线。"

嫉妒是常情，真正能站在终点线的人，嫉妒对他们来说不过是一种动力。

耍腔耍够了，容榕带着大家离开了王一楠的家。

王一楠的啜泣声很大。

是的，她要坐牢了，所以她后悔了。

如果不是威胁到自己，她又怎么会忏悔？

重新坐上车，沐良琴星星眼望向容榕：“榕榕，你真要告川南？”

“嗯。”容榕点头，补充道，“不光是她，在收到我的律师函后，还没有停止诬蔑诽谤的营销号我全部要告。”

“那得花多少钱啊？”

容榕笑了：“我不在乎。”

“……”

随后，微博上很多收到律师函后弃之不顾的营销号收到了起诉书。

再发道歉声明已经晚了。这回他们没炸号，只是再也没有发微博的机会了。

网友还没缓过神来，SH的官微正式发布了转股微博。

隶属某电商公司的SH将成为华渊旗下的子品牌，执行总裁则是集团股东之一，华渊二小姐。

经常逛论坛的都知道，这位华渊二小姐藏得有多深，外人只知道她备受宠爱，被家人牢牢护在羽翼之下。

没人知道她的姓名，长相，年龄。

除了去年的众润周年庆上，她曾惊艳登场，之后就再无踪影，是顶级富豪圈里低调的豪门千金。

越是低调，就越引人好奇。

如今这个谜底终于被揭晓了，还不是被人扒出来的，是当事人自己爆的。

“门前有棵大榕树”转发了这条微博：“请多指教。”

容榕就是“大榕榕”。

顿时网上炸开了锅。

“不是说收购会比较困难吗？”

容榕正和徐北也通电话，SH 的那条微博她自己看得也莫名其妙。

徐北也“呵呵”笑了两声：“我忘了沈总是商界的大佬了。”

容榕咽了咽口水，果断挂掉电话，给沈渡发了一条微信。

“沈大佬，是你吗？”

“嗯。”

“我决定永远追随沈老大！上刀山下火海万死不辞！”

“不用上刀山，也不用下火海。”

“那你想干吗？”

“陪我一晚就行。”

商界大佬沈渡的眼界居然这么低。

第十三章
你真好哄

“我在爷爷家呢。”

容榕扭捏地打出一句委婉的话，说是这么说，但她也真的想见沈渡，拿着手机暗戳戳地看沈渡会回复什么。

“没事，关好门就行。”

容榕的脸颊发烫，将手机藏在背后，偷偷笑出声，想了半天，还是决定回一趟家。

容榕小心翼翼地上楼，容青瓷刚好打开门出来，容榕立刻心虚地稍息立正，乖乖站好。

“你怎么了？”容青瓷察觉出容榕的不对劲，挑眉问她，“爷爷刚刚睡下，别进去打扰他。”

容榕摇头：“爷爷怎么样？”

容青瓷没理解容榕的意思：“你指的是什么？身体怎么样，还是心情怎么样？他的身体和心情都挺好的，躺床上躺惯了，天天有人伺候，懒得下床而已。”

容榕舒了一口气，小声说：“我想回一趟家。”

容青瓷的领悟能力极强，瞬间就猜到容榕想回家的目的：“见沈渡？”

她呆住："这么明显吗？"

"双目含春，满面桃花。"容青瓷伸手掐了一把容榕的脸，"是个人都猜得到了。"

容榕揉了揉自己的脸，企图掩盖表情。

容青瓷耸肩："好好谢谢他吧，他公司那些公关那段时间基本上都为你一人服务了。"

姐妹俩并肩下楼，容榕打算开车回家，刚想跟容青瓷道别，就见她也拿起沙发上的包包，冲她努了努下巴："让我搭一下你的顺风车，懒得开车了。"

"你不留在家里吃晚饭吗？"

"我晚上约了人。"

容榕"哦"了一声，原本没想问容青瓷和谁吃饭，但心里实在好奇。

容青瓷打扮得很有女人味，难得穿一身优雅的小裙子，头发好像也长了些，发尾烫了一个小卷，柔顺地垂在肩膀上。

容榕直觉不对，还是问出来："你跟谁吃饭啊？"

容青瓷坦白得可怕，直截了当地说出约会对象的大名："魏琛。"

容榕足足愣了半分钟，脑子里不停地飘过魏琛和容青瓷的脸，然后再拼凑在一起，怎么想都觉得不可能。

"是因为工作吗？"

"不是。"容青瓷理了理头发，冲容榕轻笑，"我在追魏助理。"

"……"

容青瓷不耐烦地推推容榕的肩膀："行了，别问了，走吧。"

"你喜欢魏助理？"容榕以一种不可思议的眼神看着容青瓷，仿佛每个字都带着问号。

容青瓷给容榕列举喜欢魏琛的理由："他长得不错，性格也可以，最主要的是，逛街的时候他会帮我拿购物袋。"

虽然理由很充分，但容榕还是没法把这两人想到一块儿。

容青瓷催促着正发愣的容榕，后者还在原地纠结着，容青瓷干脆放弃拉她回神，直接甩手：“算了，我自己开车，你慢慢在这儿发呆吧。”

容榕回过神，抓住容青瓷的胳膊，语气有些严肃：“不许玩弄魏助理的感情。”

容青瓷顿了几秒，没想到容榕居然会说这个，敷衍地点点头：“知道了，管家婆。”

“我说这个可能有些多管闲事。”容榕咬唇，吸吸鼻子，还是冒死说出可能得罪容青瓷的话，“但是谈恋爱要跟真正喜欢的人谈，如果只是为了忘记什么或是转移注意力，对另一个人来说不公平。”

容青瓷愣住。

容榕继续说：“魏助理是个很好的人。”

“榕榕，我跟你坦白，人都是非常情绪化的生物，包括感情。有时候你明知道那件事不对，你这么做是错的，可那一瞬间，或是气恼，或是烦躁，再或是觉得委屈，即使是错的，你还是下意识地去做了。”容青瓷叹息了一声，幽幽望向大门外的园林景色，“我不是那种性格完美的人，甚至有很多缺点。很多事情，我优先考虑的就是自己。”

门外树影重重，天色也有些晚了，夕阳顺着石子路透过层层树荫落进门内。

容青瓷拍拍容榕的肩膀：“我还是自己开车吧，你不顺路，不麻烦你了。”

说罢，容青瓷直接转身离去。

地面上容青瓷的影子斜斜的，她挺起胸，自嘲地说了句：“我真是个人渣啊……”

容榕也不知道自己站在门外发了多久的呆，直到徐东野的声音将她的思绪拉回。

他应该刚下班，手臂上还搭着微皱的西服外套，现在天气热，从来都是将衬衫扣系到最后一颗的徐东野居然也解开了最上面的两颗扣子，衬衫向上挽起，露出结实有力的手臂。

映在夕阳里，总是严肃着一张脸的徐东野身上居然落满了柔和。

他蹙眉："怎么站在这里发呆？"

容榕摇摇头："在想事情。"

"进去吧，应该快开饭了。"

徐家常年没人，二老退休后天天环游世界，放着三个儿子不管不顾，日积月累，徐家三兄弟的伙食都在容家解决。

二老每个月打三个儿子的伙食费过来，有时候真的给容榕一种还在念书的错觉。

放学回家了，家里没人，就去关系好的邻居家蹭饭。

伙食费统一存在卡里，老爷子财大气粗地表示不在乎那点钱，他嘴上总念叨徐家三个小子过来蹭饭，结果还是照旧让阿姨在餐桌上摆上他们的碗筷。

容榕笑笑："我回一趟家，晚饭不在这儿吃了。"

徐东野淡淡地点点头，朝里看了看，轻声问容榕："你姐姐在吗？"

"她刚走。"容榕指着容青瓷离开的那个方向，"她今天跟人有约。"

徐东野挑眉："跟谁？"

反正大哥也不认识，说了应该也没影响吧？

"沈先生的助理。"

徐东野沉声问道："男人？"

"嗯，男人。"

"她有没有跟你说，在哪儿约？"

容榕觉得徐东野过于关心了，掰着手指，不解地望着他："大哥，你干吗问这么多？"

徐东野的理由十分充分："我喜欢你姐。"

"……"

这两个人都该死的坦白，让容榕都不知道该说什么了。

徐东野又问了一遍："在哪儿约？"

"我也不知道，我没问。"容榕抿唇，看徐东野跟看动物园的猴子似的，一脸新奇，"你可以直接打电话问她。"

不知道为什么，容榕忽然从徐东野那冷硬的面庞上看出了挣扎和无措。

容榕下意识地告诉自己肯定是看错了，冲徐东野挥挥手以示道别："我先走了。"

"奇观，你们居然凑在一块儿说话。"

不远处正插着兜的徐北也，吊儿郎当地站着："聊什么呢？让我也听听呗？"

"大哥问我……"容榕刚要说明，就被徐东野瞬间冷下来的眼神吓住了。

容榕原本就有点怕徐东野，还是闭嘴吧。

容榕开车离开了容宅。

快到家的时候，天色已经差不多全暗了，容榕给沈渡发了一条消息，想先在外面吃顿饭再回家。

沈渡欣然同意，容榕直接将车转向，往他公司那边开。

夺目的银色跑车停在大厦大门口，容榕将上方的车顶收起来，手指敲打着方向盘等人。

不一会儿，沈渡下来了。

周围经过的下属冲他一一点头问好。

沈渡衬衫长裤，胸前系着宝蓝色的领带，银色的领针有些晃眼。

他的腿很长，不疾不徐地朝容榕走来。

容榕计算了一下他的步子，想着他要是用平常的速度跟她并肩走，她估计要跑起来才能追上。

容榕冲沈渡比了个飞吻："Darling（亲爱的），你来了。"就跟那种富二代追小姑娘，在公司楼下堵人的样子差不多。

最近容榕对沈渡的称呼真是越来越奇怪了。

沈渡只轻轻瞥了容榕一眼，随后很快适应了这个新称呼，打开车门上了车，语气清冷："去哪儿？"

容榕继续恶心沈渡："去你心里。"

"……"

沈渡沉默了几秒，没搭腔。

容榕以为沈渡被自己撩到了，正暗自得意着，结果他不紧不慢地启唇，语气懒散又平缓："你已经在了。"

打扰了。

容榕订了一间人不怎么多的餐厅，环境清幽，很适合约会。

他们直接在小包厢入座，沈渡在点菜，容榕起身打算去洗手间理理着装。

去洗手间要绕过好几间包厢，容榕漫不经心地走着，与她相向而行的服务员手里端着大餐盘，小心翼翼地走着，那圆形的玻璃罩子还往外飘着干冰。

容榕看了一眼，七色马卡龙雪糕，很甜，但是样子很好看。

她给服务员让了路，对方冲她说了一声"谢谢"，接着推开一间包厢门。

里头传来一个娇滴滴的声音："哇，我最期待的冰激凌来了耶！"

嗓子像掐着水，容榕莫名觉得熟悉。

趁着服务员没关门，她戴了美瞳，视力5.0的眼睛瞬间瞥见里面那个娇滴滴的女人是谁。

居然是容青瓷。

容青瓷从来不喜欢吃冰激凌，容榕小时候爱吃雪糕，每次放学都要买，徐北也也爱吃，两个人站在小商店门口，吃得开心极了。

容青瓷叉着腰破坏气氛，说吃冰激凌会发胖，还会长蛀牙。

结果十几年过去了，因为先天基因优越，容榕和徐北也非但没胖，反而身形完美，牙齿也是坚固又洁白，能直接去做高露洁广告。

容青瓷依旧不喜欢吃冰激凌。

魏琛的声音有些轻松："还以为小容总你不喜欢吃呢。"

"谁说的，我最喜欢吃了，魏助理，你好体贴哦。"容青瓷笑了一声，像是在撒娇。

门被关上了，服务员用一种看偷窥狂的眼神警惕地看着容榕。

容榕尴尬地摸摸鼻子，不舍地走开，想了半天，觉得不搞点事心里发痒，憋着怪难受的。

容榕偷笑两声，决定搞点破坏，给徐东野发送了自己的地理位置。

“蔓越莓包厢，我只能帮你到这儿了。”

容榕想着徐东野那种一身正气的人，就算现在处于错综复杂的三角恋中，也应该不会真的杀过来。

“谢谢。”

原来男人在这方面真的很小气。

容榕觉得跟徐东野的关系好像因为容青瓷拉近了几分，大着胆子又发了一句：“不给点谢礼吗？”

那边顿了几十秒，估计没想到容榕会这么得寸进尺。

“给你买包。”

一想起大哥面无表情地跟她说“我给你买包”这种浪漫发言，容榕就觉得不能接受。

容榕打了一个哆嗦，快速回到包厢，接着一顿饭吃得漫不经心，眼睛总乱瞟，夹土豆片的时候甚至还意外脱手了。

容榕尴尬地看着地上阵亡的土豆片。

沈渡放下餐具，神色淡定：“在想什么？”

容榕心虚地低下头，塞了满嘴的食物，试图蒙混过关。

沈渡略微蹙眉，脸色很明显地阴沉下来。

吃完饭，容榕不愿意走，编了一个烂到不行的理由非要多吹会儿空调。

她没看沈渡，眼神总往外瞟。

容榕打扮得很漂亮，托着下巴发呆，脸颊被挤得鼓鼓的，从侧面看过去，似乎在期待什么。睫毛时而颤动两下，时而张着嘴嘟嘟囔囔，不知道在说什么。

容榕手腕上戴着手表，表上的小蜜蜂好像在冲沈渡笑。

沈渡下了飞机就马上赶到容榕身边，任由她靠在自己肩上哭了好久，又帮她处理网上的新闻。

因为容榕这些日子都住在老爷子家里，沈渡不方便跟她见面，总往人家里跑显得不太礼貌。

好不容易得到容榕的首肯，这晚可以一起过夜了。

结果呢？

饶是沈渡这种喜怒不形于色的冰山脸也受不住了。被无视了一晚上，这谁能忍？

沈渡直接伸出手将容榕拉到自己怀里。

容榕反应不及，瞪大一双杏眼愣愣地望着沈渡，被他一把挑起下巴，结结实实地吻住了。

她有些害羞，正想闭眼，手机响了。

容榕迅速推开沈渡，火急火燎地拿起手机，徐东野给她发了三个字。

“我到了。”

容榕那颗八卦的心藏不住了，直接对着手机笑起来。

沈渡还保持着环抱容榕的姿势，现在怀里的人没了，他的姿势显得有些好笑。

沈渡放下手，压抑着怒意警告她：“把手机放下。”

“我现在出来接你。”

容榕退后了几步，讪讪道：“我正在为他人的幸福而奔波，别生气。”

沈渡点头，扯了扯嘴角，神色有些阴冷，反问她：“那我们的呢？”

几分钟后，容榕出来接徐东野。

旁边站着沈渡。

徐东野跟沈渡打过交道，但是不熟，他只轻轻点头，淡淡地打了一声招呼：“沈总。”

沈渡的眼刀子“唰唰唰”地飞过来。

两个男人原本就不是什么平易近人的类型，沈渡是心情不好，徐东野是天生就面瘫。

气氛霎时变冷。

徐东野不禁想是不是以前批文件的时候，写评语时无意间得罪了沈渡。

想了片刻，徐东野随即将沈渡抛向脑后。

他来到容榕说的蔓越莓包厢，正欲推门进去，却感觉如芒刺背。

“大哥，你是什么时候……喜欢姐姐的？”容榕咬唇，满脸的求知欲。

徐东野敛眸，蓦地扬唇：“比你想的要久。”

他的笑意极淡，几乎让人察觉不出，容榕忽然想起之前一直没见过徐东野笑，或许只是因为他笑的时候，没人察觉到罢了。

沈渡在旁边围观，面色渐渐缓和下来。

徐东野推门进去时，容榕原本想要围观，却被人一把揪住衣领子，往后拖了几步。

包厢的门已经关上。

沈渡自然不能放任容榕去插手人家的私事。

即使是隔着门，容榕还是能听见容青瓷的那一声惊呼：“你怎么来了？！”

沈渡的指尖摁在容榕的额上，骨节稍弯，神色淡定：“走吧。”

“你难道不感兴趣吗？”容榕眨巴眨巴眼，试图感化他。

“我对别人不感兴趣。”沈渡抓着容榕的后脖子，像拎鸡崽子似的提着她往店外走，“我现在对你倒是挺有兴趣。”

容榕的高跟鞋后跟擦着地挪动，小幅度地挣扎着：“我自己能走。”

好好的二人约会就这样变成三个人。

徐东野宛如一尊石佛立在那儿，容青瓷嘴里还未来得及吞下的冰激凌就这样化成甜水，冰得她舌头发麻。

魏琛认识徐东野，此时起身恭恭敬敬地行了一个礼。

徐东野微微点头，接着非常不客气地坐下了。

容青瓷有些尴尬："你来这里干什么？"

"你和别的男人约会，我来监督。"徐东野双手交叠，看着容青瓷手边还没吃完的冰激凌，蹙眉，"有问题？"

魏琛错愕地看着面若冰霜的两个人。

怎么回事，他忽然就当了第三者？

这事没法翻篇了。

魏琛迅速起身，想要离开："我先走了，你们慢聊。"

容青瓷拉住魏琛的衣袖："你别走。"

随后又冲徐东野质问："我跟别的男人约会碍着你什么了？你也要来监督？你是我爸吗？"

"青瓷。"徐东野抬眸看容青瓷，"既然我已经表露了心意，就是希望你能给我一个答复。"

徐东野的强势不容置疑，不像是表露心意，像是催债。

容青瓷原本就是个暴脾气，越逆她的鳞，她就越不爽。

"那天的答复还不够吗？"容青瓷重复了一遍那天对徐东野说的话，"你不要开这种玩笑了，我不需要你可怜我。"

徐东野略微皱眉："这不是玩笑。"

"我被徐北也晾了这么多年，是我心甘情愿地犯贱，我和他没可能，这件事我也知道。"容青瓷的胸膛剧烈地起伏着，每句话都说得艰难，"我不需要你来接盘，我也不打算这辈子都吊在你们姓徐的身上。"

说完，容青瓷拿起皮包，另一只手拽着魏琛，快速地走出包厢。

徐东野坐在那儿没动作，只是看着还没吃完几乎化成水的冰激凌发呆。

他记得，她好像不爱吃这个。

容青瓷靠在方向盘上发呆。

魏琛坐在副驾驶座上，催促她开车也不是，自己下车也不是。

旁边的女人突然说了一句"对不起"。

他愣了。

“刚刚你也听到了。”容青瓷将头埋在手臂里，声音有些闷，“我喜欢一个男人很多年，单恋，现在我知道我跟那个男人不可能了，所以想要迎接一段新的感情。”

魏琛笑笑：“是吗？”

“对不起，给你带来很多困扰。”容青瓷抬起头，稍稍整理了自己的表情，冲他露出一个很勉强的笑容，“我不该一时冲动，把你牵扯进来。”

魏琛望着容青瓷，笑容很浅：“那小容总现在心情好点了吗？”

容青瓷咬唇，没回答他。

“我说我之前的女朋友喜欢撒娇，喜欢吃冰激凌都是骗你的。”魏琛忽然耸肩，笑得有些不好意思，“其实我就是想看看小容总愿意忍受到哪种地步。总是看你雷厉风行，对着所有人都冷冰冰的样子，这样的女人居然会主动追我这个小助理，真让我很惊喜。”

魏琛说完，得意地冲容青瓷眨了眨眼。

容青瓷“扑哧”一声笑出来。

“你看，你又哭了。”魏琛叹了一口气，抬手擦去容青瓷眼角的泪水，“小容总，别刻意去忘记什么人、什么事，时间久了，你慢慢就会忘记。”

没有什么是时间治不好的。

日子久了，再去想曾经为之付出大量时间和精力去纠结、去痛苦、去抱怨的事情，会发现根本不值得。

面容清秀的年轻男人此时耐心极佳，没有生气，没有冲她发火，反而给她当起了人生导师。

她是真的对魏琛有好感。

不知从什么时候开始，或许是因为F国的那个晚上，她哭得几乎快断气。

他替自己找台阶，问她看了什么悲情电影。

这种像温水般，不远不近的关怀，让她生出依赖。

她之前的恋爱都是轰轰烈烈，很快陷入热恋，又很快好聚好散。

散了之后发现，她还是忘不掉徐北也，因而再次决定放弃他的那一瞬，她想到了魏琛。

容榕的话没错，她是在利用魏琛。

“对不起。”

“我能看到小容总为了讨好我，特意装作喜欢吃冰激凌，一边被冰得牙齿疼，一边还要冲我发嗲的样子，就已经报复回来了。”魏琛得意地哼哼两声，“谁让你总是在沈总面前数落我的不是。”

容青瓷勉强勾起嘴角：“你还真好哄。”

“你不也是？”魏琛歪头，笑容爽朗，“刚刚还在哭，这会儿就笑了。”

两人同年，魏琛比容青瓷还小半岁。

入职场这么久，魏琛西装革履，挺拔俊秀，却仍未褪去少年感。还像是在球场上穿着宽大的篮球服和队友配合默契的大男孩。

她年少老成，或许她喜欢的正是魏琛这点。

“好啦，好啦，怎么又哭了呢？”魏琛哭笑不得地又替容青瓷擦了擦眼泪，“你再哭我就把你这副样子拍下来，传到你们公司的公用邮箱里。”

容青瓷这回没有用惯有的手法威胁他，而是轻声说了一句：“谢谢。”

魏琛不禁笑出了声。

“以后如果想要约我，请明确告诉我你是以朋友身份约我的，还有，”魏琛顿了顿，面色严肃，“有了男朋友就不要找我了，我对有夫之妇没兴趣。”

说完这句话，魏琛干脆利落地下车。

看着满街的霓虹，魏琛背对着容青瓷，忽然捂住心口，苦笑：“奇怪了……有点难受。”

他又赶紧摇摇头，甩掉那些乱七八糟的想法，大步朝地铁站走去。

很快，他的身影消失在人群中。

容青瓷没有急着回家，重新返回包厢。

徐东野果然没有离开，他点了几瓶酒，正坐在那儿安静地喝着，喝得脸颊微红，发丝凌乱，整齐的衬衫上也有了褶子。

“徐东野。”容青瓷走到他的身边，伸手挥了挥空气，散去这浓烈的酒气，“我问你，你是什么时候喜欢我的？”

徐东野抬眼看容青瓷，面露嘲讽：“不是跟你那个小男朋友走了？”

“我在问你问题，你回答我。”容青瓷执拗地看着徐东野，下巴绷紧，“如果你也是同情我，那么我这辈子都不会理你了。”

徐东野微眯着眼，忽然抱住容青瓷的细腰，逼得她踉跄几步，只能坐在他的腿上。

徐东野目光微沉，笑得有些阴鸷：“你喜欢了北也多少年，我就喜欢了你多少年。”

容青瓷睁大眼看徐东野，显然没料到他的答案竟是如此之久。

半晌后，容青瓷笑出声，夺过他手上的酒，猛地灌了一大口。

“徐东野，我谢谢你。”容青瓷撑在桌上，笑得妩媚，“我以为我挺惨了，现在听了你这卑微的暗恋故事，竟然觉得好受不少。”

徐东野嗤笑：“很得意？”

“得意。”容青瓷瞥了徐东野一眼，毫不胆怯地凝视着他，“高高在上的徐东野，居然也会求而不得，这个求而不得的对象，竟然是我，你说我该不该得意？”

“闭嘴。”徐东野舔了舔牙，神色危险，“去找你男朋友去吧。”

容青瓷收敛了神情，耸肩：“被甩了。”随后坐在徐东野身边，让服务员拿新的酒杯过来。

“如果你还愿意跟我这种女人喝酒，就干一杯吧，祭奠我们曾经浪费了十几年的暗恋时光，明天就通通忘记。你也忘了吧，别喜欢我了，我不是什么好人。”

也不知过了多久，容青瓷咬着酒杯，醉醺醺地冲徐东野说了一句“对不起”。

这是徐北也曾对她说过的，如今用在徐东野身上。

真是一报还一报。

徐东野冷冷地说道：“不需要。”

被提回家的容榕忽然收到了徐东野的消息，只有简短的一句“谢谢”。

她有些愣：“这是搞定了的意思吗？”

正躺在容榕旁边，光着膀子、神情慵懒的沈渡不满地拿过她的手机：“不是说累了？还看手机？”

其实她没累，就是不想跟他发生关系，所以假惺惺、娇滴滴地说自己受不了了。

女人说受不了，对男人来说是件特别骄傲的事情。

沈渡也未能免俗，掐掐容榕的脸放过了她。

“沈先生。”容榕的双腿藏在空调被下，她抬了抬，被子凸起两个小包，乐此不疲地玩着这种无聊的小游戏，“谢谢你帮我那么多。”

沈渡答得很官方：“不用谢。”

“我出了事也没想着找你。”容榕抬起胳膊，自己钻进去，“就是怕得到跟我爸爸那时候一样的答案。”

“什么？”

“没事的，不要在意，不要理会，都会过去的。”容榕闷闷地说道，“他不理解我妈妈曾经经历过什么，他觉得只要我妈妈躲在家里不跟外界接触，就不会受到伤害。”

从外界的角度来看，不理会确实是一种最好的解决方式。

可谁能不在乎？没有人真的是铜墙铁壁，也没有人真的能一笑置之。

总是乐观地说自己没事，最爱笑的那个人，往往最孤独。

他们不会哭，不会抱怨，他们默默消化掉所有，然后再对他人绽开微笑。

旁人却觉得，他们铜墙铁壁，他们坚强乐观。

而沈渡不同。在回来的第一天，他没有安慰自己，也没有让她放肆地哭一场，而是问她需要什么帮助。

无论是法律上的，还是网络上的，反击和强硬，才是面对敌人最好的态度。

躲在别人怀里哭永远解决不了任何事。

沈渡理解容榕的意思，轻笑："这么说，我过关了？"

"过了，过了，满分男友。"容榕冲沈渡竖起大拇指，"我亲自盖章。"

沈渡倾身，挑了挑她的下巴，嗓音低沉："那你能不能也当一个满分女友？"

"怎么当？"

沈渡眨了眨眼，亲了亲她的嘴角。

容榕迅速躲开沈渡的眼神勾引，喃喃道："我明天答应了粉丝要直播。"

"有吗？"

"我发了微博。"

沈渡挑眉："我没看到。"

对哦，沈渡也是她的粉丝。

容榕的眼珠子一转，迅速起身拿起靠他那边床头柜上被没收的手机。

沈渡只看着面前的美景，危险地眯起眸子，喉结微动。

容榕迅速发了一条微博。

门前一棵大榕树："明天早上八点，准时直播。"

然后得意地冲沈渡晃了晃手机："明天八点，我们睡吧。"

沈渡又不动声色地拿过手机，再一次放在床头柜上。

容榕感应到这危险的信号，没来得及躲，被人按倒在柔软的床垫上。

沈渡撑在容榕的上方，慢悠悠地笑："放心，明天我叫你。"

很久后，容榕从被子里钻出半个头，热气顺着暗淡的室内灯缓缓上升。

原来累比吃褪黑素催眠有效多了，她几乎是沾枕头就睡。

等她再醒来时，庆幸自己设置了闹钟。

看着还躺在床上熟睡的男人，容榕报复地捏住他的鼻子，不准他呼吸。

沈渡蹙眉，偏头躲开了她的手，半张脸埋入枕头里，呢喃：“别闹。”

低低懒懒的，还带着未睡醒的磁性，随即又响起他轻微有频率的呼吸声。

容榕抿嘴偷笑，弯腰在沈渡发际吻了一下。

“你多睡会儿啊，我帮你定了十点半的闹钟，不到十点半不许起床啊。”

沈渡迷迷糊糊地“嗯”了一声。

容榕随便收拾了一下，想着卧室不能用来直播，便从梳妆台前拿了一些化妆工具，蹑手蹑脚地走出卧室，又悄声关上门，直接往主客厅的卫生间走去。

次卧的卫生间有些小，容榕不经常用，像新的一样。

卫生间这种东西，越新用起来越没有亲切感。

直播时间差不多了，容榕穿了一套简单的家居服，将手机架在镜子边，开始直播。

直播是临时起意，也没个剧本，容榕不知道播什么，索性就直播化妆。

这是“公关包裹事件”后的第一次直播，容榕意外地觉得有些手生。

或许是之前瞬间的退缩让她对粉丝生出一些愧意，如果不是有粉丝们在，她恐怕早就不知道躲哪儿去了。

因而心态也变了。

不辜负粉丝，是容榕唯一能做的。千言万语的谢谢，不如用实际行动证明。

容榕随意地问弹幕：“我今天不知道该直播什么，你们有什么想看的吗？”

往常如果容榕这么问，弹幕肯定是五花八门，什么颜色的弹幕都充斥在一团，根本不知道听谁的。

现在却十分统一。

“想看榕妹的家！”

……

容榕想想也可以，只要不进主卧，不拍到沈渡，粉丝们要看就给看好了。

她答应了，手上已经开始动作。

容榕打算就化个淡妆，等直播完了回卧室睡个回笼觉。

她化好妆，用自拍杆架起手机，带粉丝参观她的家。

独层的公寓，装修都是按照她的意思来的，没有想象中的金碧辉煌，更不可能哪里都是镶金镶钻，她又不是阿拉伯皇室。

粉丝也没觉得失望。

容榕在主客厅转了一圈后，又去了次厅。

次厅与餐厅相连，中间是一个小小的过道，一个简单的吧台，原本这里只是面积稍微大点的玄关，去年容榕去沈渡家，觉得他家那个小吧台很有意思，就照着那个感觉给自己家也搞了一个。

“我不怎么喝酒，这吧台就是装饰。”

容榕用空的高脚杯轻轻和手机碰了碰，装模作样地喂了自己一口。

“干杯。”

之后她绕过主卧，去了次卧。

次卧仍旧是尺寸很大的公主房，容榕歪头：“这是给客人睡的，平常不怎么进，有些起灰了。”

房子的装修偏小清新，很符合她的定位。

最后一站是衣帽间。

“大榕榕”的衣帽间终于曝光了。

她将衣服、鞋子和包包都放在指定的区域，一目了然，也比较好挑选。

容榕拉开防尘帘，指着那些包：“很多都是冲动消费，好多都没机会背。”

以 S 品牌为首，大众最为熟知的奢侈品包包，除了许多大热的偏小资的包，还有她个人定制的渐变色、刺绣款的包包。

在衣帽间耽误了不少时间，容榕口干舌燥地回到客厅，打算倒一杯水喝。

“那今天的直播就到这里了。”

“主卧、主卧、主卧！”

“想看榕妹平时睡觉的地方。”

容榕自动忽视这些弹幕，笑了两声，打算关掉直播。

众人大失所望之际，奇迹发生了。

主卧的门自己打开了。

居然还是自动的。

容榕拿着自拍杆愣在原地，表情和身躯都很僵硬。

男人正在系领带，不急不慢地走出卧室，长腿优势明显，两三步朝她走过来。

沈渡刚睡醒，眼神还有些迷茫，不似平日那般老成，难得带着几分年轻的气息，估计昨晚玩疯了，脑袋上有一丝短发俏皮地翘起来，跟容榕打着招呼。

他的脑子难得糊涂，抚弄着自己的衬衫袖扣，面色略有不满，声音也不似往常清冽，带着点致命的慵懒和调侃：“昨晚求着我说想睡觉，起这么早玩手机？”

容榕的心瞬间就被击中了。

清晨的男人最性感。

沈渡还没反应过来，蹙眉问容榕：“你在自拍？”十分天然呆地凑过来。

屏幕里除了那张已经痴呆的“大榕榕”脸，又多了一张被放大无数倍的俊脸。

被弹幕淹没的两个人都回过神来了。

沈渡终于想起，她说过早上要直播的。

“……”

“……”

容榕关掉了直播，绝望地看着始作俑者。

沈渡倒是很淡定："要帮忙吗？"

"晚了。"容榕望天，"虽然我知道这句话很矫情，但我还是想说，我不想上热搜。"

犹豫了大半天，容榕揪着手指问沈渡："热搜能撤？"

"能。"沈渡点头，继续整理衣服，昨天脱得太急，顺手丢在床边，也不知是谁压着了，皱褶抚都抚不平。

容榕试探着问沈渡："你想撤吗？"

"你想吗？"

两个人对视几秒，同时回答："不想。"

跟自己的对象上热搜，那就上吧，又不是见不得人的事有什么不好意思的。

"大榕榕跟沈渡是一对啊？"

论坛主楼放出了直播截图，堪称秒截。

还有动图，从卧室门被打开那一瞬，再到沈渡出现在镜头里，再到他说出那句话，再到他凑近镜头，给了自己的身份一个惊天实锤。

大榕榕全程呆若木鸡，估计被吓得不轻。

跟楼放出了这次直播之前，仅有的几张公开活动照片，其中一张还是闪光灯照射的粉丝合照。

面对这样的高曝光度，两个人的颜依旧好到没朋友。

大榕榕和沈渡，时隔一年再次登上热搜，还是靠脸。

现在所有人都知道他们是情侣了。

沈渡适应得很快，明明一年前上热搜的时候脸特别黑特别可怕。

不到一年，沈渡已经从善如流地学会顺水推舟了。

"没办法了。"沈渡冲容榕笑了笑，"跟我回D市吧。"

第十四章
乐不思蜀

“不是说过年再去吗？”容榕面色尴尬，“现在去，我还没做好心理准备。”

沈渡没逼她，一笑置之。

经过前几次事件，有竞争力的博主全部被大榕榕干翻，整个B站美妆区这段时间几乎被她一人包揽。

兔兔糖退圈，苏安半退圈，霍清纯退圈，川南正吃着官司也被迫退圈。

其余乔宝之流跟大榕榕的影响力差得实在太远，不捧大榕榕捧谁？

B站凡是每次首页推送春日出游、少女茶会、清新夏日这类能跟美妆区沾边的活动，主页最上方的横条宣传栏那里永远挂着大榕榕的大头照。

大榕榕和沈渡之间的关系给了网友新的思路，顺手牵羊扒出不少消息。

包括之前被众人热议很久的“世界号”。

工商局那边已经登记，大榕榕持股的旅游公司，早在半年前就被众润收购。

现在所有人都知道容榕是众润的未来老板娘了。

华渊原本就跟众润有合作，之前也想过让双方的年轻人彼此认识，能联姻那是最好，不能也不会影响正常合作。又不是演电视剧，不联姻就真的得撕破脸。

现在将两家集团牢牢捆绑在一起的机会送上门来了。

这算是好消息，所以容青瓷一字不漏地全部告诉了老爷子，半点没藏。

第二天容榕和沈渡就被召集到容宅。

老爷子躺在床上，神色轻松：“事情闹大了，你们说怎么办吧？”

容榕满头雾水：“什么怎么办？”

“你说要是没闹这么大，兴许你们以后没感情了，还能好聚好散，年轻人，分分合合正常。”老爷子整张脸都在发光，偏偏还要做作地摆出苦恼的架势，“现在谁都知道你们在一起了，要是分手了，影响的可就不仅是你们两个人了。”

“所以呢？”

老爷子没接容榕的话，转而对一旁默不作声的沈渡说道：“沈渡啊，你看看你父母什么时候有空，我们两家人见一面吧？”

沈渡轻笑：“我原本就打算国庆期间带榕榕回一趟D市。”

“哦，行啊，那你带她去吧。”老爷子甩甩手，对这个安排很满意，“我们榕丫头就麻烦你了。”

容榕突然感觉自己就像是一个商品，都没有自主权。

老爷子跟他们聊了一会儿有些累了，原本打算睡个回笼觉，却被容榕强行拉着下楼，说要多走动走动。

“我这腿再走多少也就这样了。”老爷子有些懒散，不太愿意，“还不如多躺会儿，舒服。”

容榕蹙眉：“花花最近都不怎么趴在窝里睡觉了，天天在客厅溜达，怎么爷爷连它都不如啊？”

“你说谁不如花花呢？”老爷子瞪容榕，吹了一口气，“花花天天在客厅里溜达还不是因为你带回来的那只猫！”

容榕前不久住在容宅，把“可爱”一起带过来了。

结果“可爱”跟“花花”玩在一起了，容榕已经搬回家了，它还继续住在这儿。

老爷子一开始挺不乐意，说什么“有猫没我，有我没猫，猫在人亡，人在猫死”。

后来“可爱”对着老爷子“喵”了几声，又用湛蓝色的猫眼和粉色的肉爪爪色诱了老爷子，老爷子傲娇地表示，反正家里这么大，多一只猫能怎么样，算了算了。

刚走到一楼，老爷子自动无视了躺在地板上乘凉的“花花”，拍了拍手掌，弯腰低声逗猫：“小花……小花花……”

因为觉得“可爱”是个形容词，不能当名字，老爷子霸气地给“可爱”取了一个新名——小花。

德牧聪明得很，知道老爷子不是叫它，连个眼神都懒得施舍给老爷子，躺着动都不动。

趴在它背上独自美丽的“可爱”很明显不接受这个老土的名字，高冷地无视了。

被一猫一狗同时无视的老爷子面子上挂不住，闷哼一声离开客厅，要去外面散散步，差点撞上刚回家的容青瓷。

容青瓷神情恍惚，眼神涣散，走路都有些飘。

“你走路都不看路吗？”老爷子心有余悸地拍拍胸脯，皱眉瞪她，“你最近是怎么了？天天心不在焉的，叫你也不应，跟个游魂似的。”

容青瓷茫然地“啊”了一声，摇头：“没什么。”

容青瓷实在很反常，老爷子能信就有鬼了。

“榕丫头都要上门去见家长了，你呢？男朋友都没着落，有空走路发呆还不如多打量打量身边有哪些适合自己的男人，带回来我看看，也让我安心。”

容青瓷撇嘴，小声抱怨：“一天得说多少遍啊？”

“你跟榕丫头是不是换了一副躯壳啊，怎么她好了，你又这么扭捏了？”老爷子扯了扯嘴角，表情复杂，“现在最小的榕丫头还没到催婚的年纪就有着落了，我不说你说谁？哦，还有北也，等他回来我还得说说他，仗着老徐不在家过得挺逍遥自在，南烨都结婚多久了，他还单着呢。”

“爷爷，您是不是还忘了一个人啊？”容榕笑眯眯地凑上前提醒老爷子，“还有大哥。”

“东野？”老爷子蹙眉，嗤笑，“他那副冷冰冰的样子，能交到女朋友就怪了，他能喜欢上哪个女孩子，徐家都得烧高香。”

在旁的容青瓷神色微变。

老爷子出去散步了，容榕手疾眼快地拦住容青瓷的路，凑到她的耳边小声问：“你跟大哥怎么样了？”

容青瓷的瞳孔猛然放大：“你知道？”

容榕干脆地点头：“知道，大哥说他喜欢你。”

“他还真是直白啊。”容青瓷冷笑，耸肩，语气潇洒，“我们发生关系了。”

——你比徐东野还直白好吗？不知道哪里来的勇气讽刺别人。

容榕惊得什么话都问不出口，倒是容青瓷翻了一个白眼，绕过她转身上楼了。

晚上吃饭的时候，容榕仔细观察了徐东野和容青瓷。

两个人食不言寝不语，默默地夹菜吃饭。

除了徐东野默默地给容青瓷夹了一片猪肝，容青瓷的脸瞬间变成猪肝色，然后他又给自己夹了一筷子韭菜，慢条斯理地吃进嘴里，嘴角牵起一丝极淡的笑容，其他都挺正常的。

容榕被徐东野的笑搞得浑身发毛，下意识地给沈渡夹了韭菜。

沈渡的眉头皱了两下，下巴微抿，目光一沉，但还是将韭菜吃了下去。

国庆长假，机场热闹得很。

去D市玩的人也不少，航班有些紧张，机场挤满了人，就连容榕和沈渡走的VIP通道都比平常多出一倍的人。

两个人正在休息室喝咖啡等车子来接，对面的空座上坐了一位新乘客。

短发、墨镜、红唇，身材高挑，穿着一片式剪裁连衣裙，干练又帅气。

“好巧。”

苏安柠似笑非笑地看着对面的两个人。

是了，苏安柠也是D市的，国庆长假回家也不奇怪。

容榕和沈渡比较淡定，机场遇到算不得什么天注定的缘分，反正出机场就分道扬镳了。

苏安柠上下打量着容榕，忽然开口夸了她一句：“你打扮得真漂亮。”

这种恭维放在任何两个女人之间都不会奇怪，但放在她们之间就显得相当别扭，尤其沈渡还在场。

不过沈渡只是掀起眼皮看了苏安柠一眼，就低头继续看自己的新闻了。

容榕也不知道该跟苏安柠说什么，最多她问一句，自己就答一句，聊了十几分钟，气氛也不见好转。

沈渡一直沉默着，她们的谈话他插不上嘴，索性闭嘴。

苏安柠不经意地瞥了沈渡一眼，随即话锋一转，语气稍稍变了：“听说你们公开了，恭喜啊。”

这句祝福怪里怪气的，容榕敏锐的第六感察觉到苏安柠的不对劲。

容榕眯眼，立刻开启了战斗状态。

她皮笑肉不笑地回了一句：“谢谢。”然后又猛地戳了戳沈渡的胳膊。

沈渡也说了一声“谢谢”。

苏安柠垂眸，声音很轻，忽地问了一句：“他对你好吗？”

容榕和沈渡同时蹙眉，两个人茫然地对视，不知道苏安柠问的是谁。

按照一般的逻辑思维考量，通常这个时候，问的都是男方，女配角黯然退出，当然要问问男主角，女主角对他好不好，看看自己的退出到底值不值得。

容榕和沈渡思维正常，都是这么想的。

容榕嘟唇，气恼地转过头，转头前还用眼神威胁沈渡，示意他好好说话。

沈渡皱着眉头，语气有些不满："苏小姐，榕榕对我好不好，这和你没有任何关系。"

苏安柠张嘴，语气比沈渡还差："我又没问你，你抢答什么？"

沈渡："……"

苏安柠看向容榕，表情逐渐傲娇："我看你之前被诬陷，沈渡也没为你做点什么，还想劝你分手呢。"

沈渡："……"

"像沈渡这种男人，根本不会关心女人，不解风情，而且只会用粗暴的方式解决问题。"

沈渡："……"

容榕："……"

怎么他们都不按剧本走？

见两个人的表情都凝固了，苏安柠的嘴角微扬，大仇得报。

沈渡按着眉心，有些尴尬。

好在这时候手机响了，他连忙起身，拍拍容榕的背："我去接个电话。"

容榕也顺势站起来："我去上个厕所。"

"正好我也要上，我跟你一起吧。"

"啊？"

组队上厕所这是好朋友之间的默契约定，她跟苏安柠顶多算半个情敌，居然也有一起上厕所的一天。

容榕站在镜子前洗手。

容榕不知道该跟苏安柠说什么，对她的感觉也挺复杂的。

苏安柠帮过自己，对她虽算不上喜欢，但也没之前那么讨厌。

苏安柠就站在容榕旁边的盥洗池边，透过镜子看她："你的画展什么时候办？"

容榕顿了顿："还早。"

"之前你跟我说的，我不用买门票这承诺还作不作数？"

苏安柠抬起下巴，似乎是在对镜子里的自己说话。

容榕下意识地点头："作数。"

"那就好。"

苏安柠低头继续洗手，从容榕的角度看过去，她似乎笑了？

空气又突然安静下来。

再开口时，苏安柠的语气很明显有些僵硬："如果别的工作忙，画展一年办一次就行，但你不要放弃画画。"

容榕没想到苏安柠会说这些，但还是替自己解释了一句："我没想过放弃画画。"

"我自己也在创业开店，知道兼顾两方面很不容易。"苏安柠终于舍得侧头看容榕了，虽然脸对着容榕，但眼神还是飘忽不定，往旁边游移，"别把身体搞坏了。"

"……"

容榕简直要怀疑眼前这个人是不是苏安柠了。

"我花了那么多钱买下那幅《寂静之夜》，是希望它能升值保价，而不是让我觉得这一百万元打了水漂。"苏安柠仰头，气势十足，神情也恢复了往日的高傲，但见容榕目瞪口呆地望着自己，又迅速移开视线，顺手从自己的手提包里拿出口红补妆。

容榕看着那少女心满满的口红，忽然皱眉："我不是说这批次的口红品质不好，让你们不要买吗？"

苏安柠愣愣地看着自己的唇，她擦的是正红色唇釉，张扬艳丽的正红色，而手上这支 SH 的猫咪系列唇膏色号却是少女珊瑚粉。

苏安柠顿了几秒，将口红丢进包里，拿出原本应该用的那支。

苏安是B站出了名的贵妇UP主，连容榕都比她接地气。

如今她的珍珠链条小方包里居然出现了一支国牌的少女口红，包装上还有一只卡通形状的布偶猫在吐舌头。

容榕也觉得很尴尬，有种戳穿了人家心事的罪恶感。

容榕还特别“此地无银三百两”地补充了一句：“等新款出来了，我送你整个系列的。”

苏安柠睨了她一眼：“我自己买就行了。”

苏安柠居然真的要买SH。

“你做生意应该差不到哪儿去，虽然你现在把部分商品下架，又没有急着推出新品，在其他人眼中可能是白白浪费了赚钱的好时机，但我知道你是想真真正正做好这个品牌，所以我会期待的。”

苏安柠说完这句话后咳了两声，对面的容榕被她感动得一塌糊涂，就差直接泪崩了。

苏安柠后退了几步，有些惊慌地看着容榕：“你冷静点，待会儿沈渡看到了又要误会我对你做了什么。”

容榕上前几步，双手搭上苏安柠的肩膀，语气郑重：“谢谢你。”

苏安柠移开目光：“把SH做好的同时，别忘了画展。”

容榕用力点头：“你一定要来看我的画展，还有，还有，SH出新品了，我一定会寄一份送你。”

苏安柠：“嗯。”

容榕的下巴颤抖着，她刚才居然还对苏安柠有敌意，把苏安柠看成潜在情敌。

顿了几秒，容榕一个上前猛地抱住还试图维持高冷形象的苏安柠。

苏安柠的个子比容榕高一些，说是容榕抱她，还不如说是埋在她的怀中。

不知道容榕用的是什么香水，苏安柠自己从来不屑用这种少女气息浓厚的花香味香水，她向来标榜自己是成熟女人，看不惯一切和少女挂钩的事物。

但如今怀中的女孩年轻香甜，抽泣着跟她说“谢谢”的时候，她觉得整颗心飘飘忽忽的，像是掉进了棉花糖里。

又香又软的女孩抱着手感真好。

苏安柠心底里的不满越来越强烈了，沈渡凭什么啊？

一个毫无绅士风度只会拒绝女生的男人，凭什么拥有这么好的女孩啊？

“你刚刚还没回答我。”苏安柠的耳根微红，推开容榕，“沈渡对你怎么样？”

容榕茫然地冲苏安柠眨眼：“他对我很好。”

苏安柠扯了扯嘴角，眼睛里明明白白印着“不相信”三个大字：“他这种只会惹女生哭的男人会知道怎么对人好？他给你吃了什么迷魂药？”

容榕摇头：“他确实对我很好，”转念一想又觉得不对，有些疑惑地问苏安柠，“惹女生哭是什么意思？”

苏安柠的表情有些一言难尽。

苏安柠跟沈渡初中和高中在同一所国际学校念书，如果说之前有滤镜支撑着她对沈渡的喜欢，那么现在滤镜破碎，沈渡在她面前该是什么样就是什么样。

那种十几岁就烫头，没事就去网咖打游戏，嘴里滔滔不绝地说着脏话的校草除了一张脸真的不知道还能找出什么优点。

或许小女孩都喜欢痞坏痞坏，明明看上去学习不认真，还能考年级第一这种自带光环的小男生吧？

苏安柠之前也是这样。

循规蹈矩地当着自己的富家千金，脱口而出最喜欢的钢琴曲都是德彪西的《月光》，浑身上下充满一种文艺少女的知性气质，忽然遇见这么一个校服不好好穿，头发不好好梳的“杀马特”少年，而且皮相还好，沦陷是很正常的事。

尤其是苏安柠偷偷去教室看沈渡，却被他提着校服领子拖到一边，被警告“乖乖女回去写作业，别挡路”，接着“杀马特”少年的嘴角扬起一抹漫不经心的坏笑，丢下她径直离去的背影是那么清纯不做作。

安静乖巧的富家千金就这么沦陷在“杀马特”的爱情陷阱中。

从沈渡兄弟口中得知，沈渡喜欢比较野的女生时，苏安柠毅然决然地扔掉了一柜子的公主裙。

然后沈渡的眼光一百八十度大转变，喜欢上了容榕。

臭男人，毁她的青春，抢她的偶像，死一千遍都不为过。

两个人回到休息室，沈渡已经打完电话坐回原位。

见容榕终于回来，沈渡伸手指了指桌上的蛋糕：“车子堵在路上了，估计还要等会儿，给你点了东西，过来吃。”

容榕小跑两步过去坐下，兴奋地端起小盘子，对他说了一声“谢谢”。

容榕吃得很斯文，旁人看着她吃，觉得那蛋糕仿佛是什么人间珍馐。

特别是在吃到奶油夹层里的水果时，容榕满足地抿唇，脸颊一侧鼓着，杏眼又黑又亮，苏安柠戒糖很久，居然有了食欲。

沈渡轻笑：“很好吃？”

“好吃。”容榕叉了一块蛋糕送到沈渡嘴边，“要尝尝吗？”

沈渡微微启唇。

容榕坏笑，胳膊一收，蛋糕又转了一个圈，送进自己嘴巴里。

沈渡也没生气，伸手戳了戳她的脸。

搞完恶作剧后，容榕心情大好，低头继续吃。

沈渡也没有再看手机，单手撑在沙发上，身子微侧，看着容榕吃。

苏安柠看到这小打小闹，两人明明也没有亲昵的动作，连肢体接触都没有，她却莫名感受到成吨的暴击。

早在和沈渡重逢的时候，苏安柠就明显察觉到沈渡和以前不一样了。

举手投足间都是成年男人具有的成熟和稳重，很难再把他跟当年那个烫头的男生联系在一起。

明明喜欢玩电脑游戏，还不爱上课，却能带着 NOIP（全国青少年信息学奥林匹克联赛）一等奖回校，直接拿到清华的保送名额。

因而再看到沈渡西装革履寡言清冷的样子，她先是惊讶，又再次不可避免地心动。

优秀的男人，无论是叛逆还是稳重，都能牢牢吸走她的目光。参与了这个男人的青春，到头来这段单恋还是结束得如此匆忙。

沈渡神色柔和地看着容榕吃蛋糕。

苏安柠终于知道，无论她变成何种样子，都不会是沈渡喜欢的模样。

苏安柠最后在心里暗骂了一句。她按捺下心中忽然升起的某种失落，接她回家的司机已经发消息来了。

苏安柠起身，冲正在吃蛋糕的容榕说了一声："我先走了，蛋糕少吃点，容易发胖。"

容榕也跟她说了一声"拜拜"。

"沈渡。"苏安柠叫沈渡。

沈渡抬起头看苏安柠："什么事？"

沈渡清俊柔和的脸庞在面对苏安柠时，又恢复了面无表情。

苏安柠蓦地笑了："拜拜。"

她提着行李箱，潇洒地离开了休息室。

车子从机场开出来，行驶到繁华的街边，苏安柠透过车窗外看到了大大小小的商场。

她一时兴起，让司机停车。

司机问苏安柠有什么事。

她只是笑道："我突然想去买一条公主裙。"

路舒雅女士因为知道容榕要来，提前一天就收拾好了沈渡的房间，为防止容榕害羞不愿意跟男朋友住一间，特意又收拾了一间客房出来。

上次来的时候还是客人，这次虽说还是客人，身份却不同了。

这次沈渡的爸爸也在，两个人特意到楼下接人，像所有等儿子儿媳回家的普通父母，车子大老远开过来还没停下，两个人就往前走了几十米迎接他们。

沈爸爸直接让庆叔先回去休息，自己走到后备厢那儿给他们拿行李。

他看了两个行李箱，一看就知道哪个是容榕的。

沈爸爸无视了沈渡的行李箱，将另一个比较小巧的行李箱拿下来。

容榕慌得不行，连忙上前阻止他："怎么能麻烦叔叔，我自己来就行了。"

"小姑娘能有什么力气。"沈叔叔冲容榕笑笑，指了指妻子，"你跟阿姨一起走吧。"

路舒雅女士笑眯眯地挽住容榕的胳膊："榕榕，我们先走。"

等到了家，容榕觉得房子好像比之前又充实了一点，玄关和客厅里都多了不少装饰物。

路舒雅女士指了指容榕的行李箱："榕榕，你要跟沈渡住一间吗？"

一家三口站在她面前，似乎都很期待她的答案。

容榕果然矜持地摇头："我自己住一间，可以吗？"

路舒雅女士瞥了儿子一眼，表情有些幸灾乐祸。

沈渡倒没什么感觉，帮容榕把行李箱拿到客房，打算回房间休息。

沈渡刚打开房门，看了一眼里面的装饰，以为进错房间了，后退了两步关上房门，确定自己没进错时，又再次打开。

他的黑白格床单变成粉色的缎面蚕丝，还挂上了娘里娘气的粉色床帐。本来房间很简单，装饰品就只有一些木质雕塑和金属几何的益智类小玩意。床上那个目测跟他差不多高的玩偶熊不知道哪儿来的，窗帘也换上了梦幻的蕾丝薄纱。

正好容榕放好行李打算去客厅喝杯水，好奇地往里面看了一眼，惊叹："哇，沈先生，你的房间好好看哦。"

沈渡深吸一口气，太阳穴突突地跳了几下。

沈渡直接将人拉进房间，语气不容置疑："你跟我住一间。"

容榕挠头："为什么？"

为什么？他一个大男人单独住这个娘里娘气的房间像什么样子？

沈渡又看了一眼自己的房间，从来没有这么讨厌过粉色。

他的父母还在这儿，容榕怎么可能愿意跟沈渡一间房。

容榕后退几步，摆出誓死不从的烈女样：“我拒绝。”

沈渡按着眉心，头疼欲裂。

容榕又打量了一下房间，不用想也知道这房间是谁布置的。

“你小时候是不是被当成女孩养啊？”容榕好奇地四处观察，脚心柔软，低头一看，居然连地毯都换成了柔软的乳白色。

容榕知道有很多家庭小时候想养女儿，所以就把儿子当女儿养，反正年纪小，穿裙子扎辫子别人又看不出来。

沈渡摇头，并不是每个生了儿子的母亲都有这种癖好。

容榕只从别人口中听说过沈渡的年少往事，却没见过。

“那你小时候长什么样啊？有没有照片？”

沈渡的语气淡淡的：“相册老房子那儿。”

容榕有些失望地应了一声。

倒是沈渡悄悄地舒了口气。

可转折来得猝不及防，临近用餐前，路舒雅女士神秘地从房间里拿出来好几本大相册。

“我特意从老房子那儿拿过来的。”路舒雅挑了挑眉，“榕榕，想看吗？”

颇有年代感的相册，封壳隐约有些泛黄，边角整齐，正中间是很大的繁体烫金字“相册”。是家族相册，翻开第一页时，照片里的人容榕都不认识。

“这是沈渡的爷爷奶奶，已经去世很多年了，还有这个，是你叔叔他们四兄弟。”路舒雅女士耐心地一张张给容榕介绍着相册里的沈氏家族成员，语气怀念而闲适。

之后年代拉近，都是些清晰的数码照片，渐渐就只有他们一家三口了。

沈爸爸这辈的人都在D市念书，大学毕业后，两岸贸易往来频繁，他索性将沈家的大部分家业转到了这里。

其中一张以别墅为背景的三口之家合照深深吸引了容榕的目光。

浅水湾道的独栋别墅背靠山，隔岸便是港湾。

沈爸爸在零几年时买下这栋别墅，却不常住，目前为止，呈指数形式增长的 D 市房价，使这栋别墅的价值已经远远不是十几年前时能比的。

这哪儿是家族史相册，这简直就是发家史。

容榕从小在物质条件极其优越的家庭中长大，富养的好处在于她能面对外界各种物质诱惑，没那么容易被男人骗走。

但是现在，她该死地心动了。

容榕在 D 市待了整个国庆假期。

说实话，乐不思蜀，出行有司机，逛街有陪同，今天陪路舒雅女士逛，明天陪苏安柠买。

晚上回来还能吃到最正宗的粤菜。

在家里当米虫还会被爷爷说教，在这儿，就算她躺上一天都没人说。

接管 SH 这么久，员工连老板的面都没见到，想看老板还得自己去网上搜。

老板不管事，他们也不敢问。

但沐良琴敢。

“当初你把我挖到你们公司，跟我说什么福利好、待遇好，还不用加班，你这个奸商！”沐良琴面色狰狞，满腹抱怨，“我七天假天天为你这个老板加班，不是跑工厂就是开会，连温槐安找我约会都没空，你倒好，在外地当你的豪门阔太，明天就八号了，你居然连飞机票都没买？你别回来了，你不配！”

容榕心虚地摸了摸鼻子：“过得太爽了，我给忘了。”

沐良琴冷笑：“那沈总呢？沈总也不回来？他也不提醒你？”

“魏琛已经把最近积压的工作都给他带到这里来了。”容榕咧嘴笑，“所以，也没提过要赶着回去。”

沐良琴捂头，由衷地同情魏琛：“可怜的魏助理。”

容榕不禁想起魏琛刚到 D 市的时候，那满脸兴奋的样子。

说是过来跟沈渡汇报工作，其实就是变相的公费旅游，沈渡还给他放了个小长假，让他好好散心游玩。

魏琛当天到 D 市来，立刻就买了晚上的飞机票。

容榕没事做，顺道跟沈渡一起送他去机场。

是小长假，所以出国有点来不及，魏琛折中，去了丽江。

容榕问魏琛为什么去丽江，魏琛只说，那边好看的小姐姐多。

容榕下意识地问："那我姐姐呢？"

魏琛背着行囊，穿着简单的 T 恤，踩着运动鞋，像是个刚毕业的年轻大男孩。

他笑得爽朗："我和小容总只是朋友啦。"

沈渡拍拍魏琛的肩膀："别忘了回来。"

魏琛热泪盈眶，猛地点头："沈总，我爱你！"

"免了。"沈渡摆手，"去找别人爱吧。"

魏琛笑嘻嘻的，用力冲他们挥手，独自踏上丽江之旅。

沐良琴不知道内幕，自顾自地抱怨："容总，麻烦你也学学人家沈总，你要是不回来，好歹出个机票钱让我飞过去找你行不行？好多文件没你同意我也不敢点头，堆在桌子上能当枕头了。"

容榕很干脆地点头："你来啊，机票报销。"

她要用事实证明，当老板，她不比沈渡差。

刚刚还一脸苦闷的沐良琴瞬间眼睛发亮，一脸惊喜："真的吗？"

"真的啊，你想来早说啊，我又不是什么抠门的老板。"

"我这不是为你考虑吗？"沐良琴努嘴，一脸娇羞，"难为容总高薪挖我，我肯定要事事以容总为先。"

沐良琴在事业单位干得很好，又是铁饭碗，父母也不需要她养，朝九晚五，周末还不用加班。

偏偏被容榕一句话说动了，毅然决然地跳槽来到 SH。

"想不想跟我一起做出不亚于国外大牌的国牌来？"

国牌发展不可估量，现在已经正在慢慢地往正轨走。

前几年，能在美妆博主口中听到的国牌寥寥无几，而现在，平价好用的国牌并不亚于国外的品牌。

沐良琴热爱彩妆，她也想将自己的这份热爱灌输进品牌，做出真正具有代表性的国牌彩妆。

“虽然加了这么久的班，但我一点也不觉得累。”沐良琴比了个强壮的手势，气势满满，“一想到SH的新品里会有我的心血，就觉得能做一份自己喜欢的工作真是太幸运了。”

有多少人上了一辈子的班，也不知道自己到底喜欢干什么。

之前虽然衣食无忧，稳定悠哉，但沐良琴更喜欢这种忙碌的生活。

毕业前，她满腔热情要大干一场，毕业几年后，事业心快被朝九晚五的办公室生活磨没了。

终于在二十五岁这年，她找到了自己真正想干的事。

在他人看来值不值得的选择对她而言根本算不上什么。她永远不会后悔，也不怕失败，因为年轻是最棒的资本。

容榕看着手机里打着鸡血的沐良琴，不禁笑了，看来把她请过来真是一件明智的事情。

容榕挂掉电话，心情舒畅，下意识地看了一眼自己的手边，桌上正躺着她尚未出版的第二本画集样本。

之所以不急着回清河市，是因为她的个人画展已经确定了地点。

此前经纪人多次和她协商，最终将地点定在柏林大厦的艺术中心美术馆。

主办人是路舒雅女士。

有柏林地产做靠山，再加上这是中籍画家Yinel的国内画展首秀，几乎不用怎么宣传，赞助商就自己找上门来了。

经纪人费思也特意回国，帮容榕筹办画展。

容榕打开画集，扉页画的是城市的日出。迷蒙的薄雾，洒入城市每一角的细碎阳光，和她第一本画集有很大的不同。

不再是破败的暗色，画风也明朗了许多，线条光影依旧，色彩却活泼了不少。

容榕舍弃了部分对比度低的灰白，添上了明艳的杏黄和湛蓝。

翻开后，还有不少人像。曾经只在线稿中出现过的父母，加上了颜色，成了两个相对而望的画中人。

没有人能理解容子儒和丛榕，但容榕可以。

容榕曾夺过容子儒手中的酒瓶，哭着骂他不是好爸爸。

容子儒将她抱了过来，身上满是酒味，眼神却清明如洗："你妈妈活着的时候，我觉得她无论怎样都不会离开我，有很多事没为她考虑过，想着只要能跟她在一起就行，现在你妈妈死了，我喝再多酒，都梦不到她。"

容子儒是真的爱丛榕，毋庸置疑。

丛榕明知道容家人不会接受她们母女，却仍旧咬牙待在容家。就算她没办法嫁进容家，也一定要将容榕送进容家。即使所有人都觉得她只是为了容太太的位子才这样不顾脸面，任人羞辱，可在她看来，做不做得成容太太无所谓，她不想容榕再跟着她在多个城市辗转，不得安稳。

无论丛榕如何卑微，都没办法获得容家人的认可。于是她索性将自己扮成一只刺猬，一个只为钱，不为爱情的势利女人。

所谓的二弟和二弟妹对她没有什么好脸，她又为什么要对他们卑躬屈膝？

他们看不起自己，她索性昂首挺胸，任他们说，她也绝不低头。

容榕这么漂亮，一定会比容家的长孙女还要受宠，她看得出来，容老爷子是喜欢容榕的，只是没办法接受她这个生母。

老爷子因为容子儒而摔下楼，原本腿脚就不利索，这一摔，下半辈子更是离不开拐杖。

丛榕来到老爷子的面前，和儿子离心的老人家只是背对着她，不愿意给她任何眼神。

“伯父，如果我放弃跟容子儒结婚，您能不能好好对榕榕？”

老爷子皱眉问丛榕：“你这话是什么意思？你要把榕榕丢给我们吗？”

“我不想她跟着我到处走了。”

老爷子的眼神复杂：“你要去哪儿？”

丛榕笑着摇头，语气有些迷茫：“不知道，像我这样的人，去哪儿都是人人喊打吧？”

最后，丛榕选择用最痛苦的方法离开。

躺在病房里，她睁不开眼，耳朵里也只有嗡嗡声，却不知道怎么回事，最后居然看到了守在她身边的容家人。

容榕大声哭着，老爷子遮住她的眼睛。

容子儒站在她身边，眼神涣散。

从来没对她露出什么好脸的二弟和二弟妹，居然也会露出担心的表情，真是稀奇。被她警告威胁过的长孙女，居然替容榕打抱不平，骂她不是好妈妈。

他们明明那样讨厌她，却在她生死攸关间，选择放下成见，让她走得不那么孤单。

她满足了。

容榕会过得很好，至于容子儒，随他去吧。

下辈子如果能再遇见他，她绝对不要去主动认识他，简直害人害己。

丛榕心里这么想着，嘴角却不自觉地勾起笑容。

酒席间，英俊的年轻男人将她抱在怀中，在她耳边说着那些甜言蜜语，她原本以为那些都是假的，左耳进右耳出。

后来她问他，女儿取什么名字。

男人神色温柔：“叫容榕吧，我的姓，你的名。”

她怎能拒绝这样的男人。

现在死了，容子儒这浑蛋短时间内是忘不掉她了，应该会晚几年再给容榕找后妈吧？

从榕这么想着，心中了无牵挂，沉沉地睡过去。

只希望容榕能好好的。

容榕抚摸着父母的轮廓，心中感慨万分。

容榕是无神论者，不相信来生，但是为了父母，她迷信地希望他们能有来生。

其实大多数人都不相信来生，不过因为这辈子遗憾太多，才会将希望寄托于来生。

画集再翻一页，便是熟悉的男人面庞。

他的轮廓沐浴在温润的阳光下，从额间到下巴，都是容榕心中的模样。

容榕没忍住，凑上去亲了一口。

沈渡的声音恰巧在她花痴时响起来："在干什么？"

容榕抬起头，将画集关上："你怎么进来了？"

"这是我的书房，我怎么不能进来？"沈渡走到她的身边，从她手中抽过那本画集，自己翻开看了两页，语气慵懒，"我就在你身边，不用睹物思人。"

沈渡果然看到了。

容榕抿嘴，伸手："还我。"

"不还。"沈渡将画集藏在背后，弯腰和容榕对视，眉头微挑，"刚刚亲了哪里？还给我。"

容榕嗫嚅："亲的是你也要还啊？"

沈渡轻笑，倾身在容榕唇边啄了一下："要。"

"嘁。"容榕不屑地偏过头。

沈渡直起腰，又恢复了往日的神情，将画集重新还给她，说道："妈妈让你在这儿再多待些日子。"

容榕当然愿意了。

容榕正欲半推半就地点头，沈渡的下一句话又将她打入了地狱。

“你跟爷爷打招呼了吗？”

容榕茫然：“没有。”

沈渡蹙眉，伸手掐住容榕的脸：“快打个电话给老人家报平安。”

容榕在沈渡的监视下，不情不愿地拨通了老爷子的电话。

刚接起，容榕就很明智地将手机隔得老远。

果然不用免提，老爷子中气十足的声音也能听得清清楚楚：“臭丫头！乐不思蜀是不是？！都不想回家了是不是？！这么多天也不知道打个电话是不是？！”

一连串的质问把容榕搞蒙了。

也不等容榕认错，老爷子气闷地总结：“都说嫁出去的女儿泼出去的水，你这还没嫁出去呢，连家都不肯回了，不肖子孙！”

容榕向沈渡发出求救。

沈渡接过，语气无奈：“爷爷，是我。”

老爷子一听是沈渡，语气瞬间转了一百八十度：“沈渡啊，榕丫头这几天没给你们添麻烦吧？”

沈渡当然要帮容榕说话：“没有，我的父母都很喜欢榕榕。”

“那就好，算她还懂点事。”老爷子的语气终于缓和了些，“你们也别在D市玩疯了，到底两个人事业都在这边，还是要回来的。”

“好的。”

“回来以后给我打个电话，我让厨房做几个好菜。”老爷子顿了几秒，好像在自言自语，“我一个人守着这么大个宅子好几天了，花花和小花又听不懂我说什么，真是孤寡老人。”

容榕和沈渡贴着脸，自然也听到了老爷子的抱怨。

“二叔和二婶呢？姐姐呢？还有小北哥哥他们呢？”

老爷子的语气平静：“都在准备结婚的事，他们不让我插手，说是等一切都置办好了再跟我说。”

容榕看着沈渡，沈渡摇头表示不知情。

容榕犹豫地问道：“谁……谁结婚啊？”

“嗯？你姐姐啊。”老爷子语气疑惑，“青瓷没跟你说吗？”

容榕皱眉，以为自己幻听。

还是沈渡回神得快，替容榕问出口：“她和谁结婚？”

“东野啊。”老爷子冷哼一声，“要不是我抓到她偷偷去医院，我还不知道他们原来早就勾搭到一起了！你姐姐还想着去打掉呢，还好我发现得及时。”

信息量太大了。

不过容榕隐约猜到容青瓷是什么时候怀孕的。

“现在这边儿忙着呢，你回来也好帮个忙，别到时候你姐姐办婚礼了你还在外面玩，听见没？”

老爷子还说了什么，容榕一时半会儿没听进去，只能机械地说“好”。

容榕匆匆挂掉电话，立刻给容青瓷打电话。

容青瓷的声音听上去不怎么高兴：“别跟我说恭喜。”

“啊，哦，那我说什么？”

“什么都不要说，到时候乖乖回来参加婚礼就行，你跟沈渡还没打算结婚吧？给你留了一个伴娘的位子。”

容榕微愣：“姐，你真的要结婚了啊？”

“我能怎么办？我手术都预约好了，爷爷死活把我抓回来让我结婚，我也很绝望。”

容榕犹豫：“那大哥呢？他没反应吗？”

“他？谁知道我怀孕的事是不是他告诉爷爷和徐伯伯的？”容青瓷咬牙切齿，“我跟你说，男人都不是什么好人！”

“……”

通完话后，容榕还是没消化掉这个消息，最后只能感叹：“她结婚结得居然比我早。”

沈渡不知道容榕在感叹什么。

明明昨天晚上她还说自己年纪小，想多玩两年，不想这么早就踏进婚姻的坟墓。

“大哥真行啊。”容榕又感叹，“一次就怀孕。”

沈渡：“……”

他是不是被鄙视了？

第十五章
沈家小公主

容青瓷要办婚礼，容榕只好提前打包行李回家。

沐良琴刚买好机票还没来得及找容榕报销，就被告知容总已经打算回清河市了。

抱怨了半天，只好去把票退了。

容榕以为只有自己回去，单独打包好行李和沈家人打了招呼就当告别。

结果登机那天，不但沈渡跟她一起，他还带着他的父母一起打包回了清河市。

容家人也以为只有容榕一人回来，所有人忙得脚不沾地，就只派了一个司机接她，结果在VIP休息室看到了四个人。

司机面对突发状况一时间也不知该如何处理，只好将容榕拉到一边，悄声问道："二小姐，你不是说就你一个人回来吗？"

容榕无辜地耸肩："我也是上飞机之前才知道的。"

司机满脸纠结："车子都拿去做婚礼彩排了，我开过来的是你的车。"

容榕放在老宅车库里的车都是失宠的，她想了想，也不确定司机说的是哪辆。

容榕和司机窃窃私语，那边沈渡怎么会猜不到，无奈地看着父母：

“给人家添麻烦了。”

路舒雅女士不在意地摆手：“啊，那肚肚你打个电话给你的司机，我们就不跟榕榕挤一辆车了。”

沈渡正打算给老王打电话，容榕又踱步过来。

“车子就停在外面。”容榕的表情有些不对劲，有种说不出的尴尬。

路舒雅摇头：“我们坐肚肚的车吧，榕榕，你先回去。”

容榕怎么可能扔下沈家三口自己先溜，要是被爷爷知道了，耳朵估计又要起茧子。

本来他们猜车子是因为坐不下五个人才让容榕这么为难，直到他们看到了那辆车。

双拼糖果色，樱花粉配牛奶白，是容榕二十岁那年老爷子买的。

二十岁的容榕正是最迷恋粉色的时期，原本的黑白配色她哪哪儿都看不顺眼，直接让4S店改成糖果色。

车厢里还特意装了星空灯顶饰，从方向盘到轮毂，全部按照她的想法做成了拼色。

老爷子看不得这鲜艳的颜色，钱就当打了水漂，死都不肯上车。

容榕感叹高处不胜寒，只能自己开着这辆车到处跑。

走在马路上，旁边的车子都自动与它保持距离，隔壁的车道永远空着。

容榕那时候张扬，还觉得很自豪。

后来容榕被交警拦了好几回，怀疑容榕非法改装，容榕出示了行驶证，又解释自己已经去车管所做了登记，才算了结这件事。

老爷子骂容榕活该，懒得替她擦屁股。

这辆车就这么被搁置在车库，放在最角落里生灰。

容榕有些不满：“为什么所有的车都被选走了，就单单不要我这辆？我这辆当婚车队的头牌，多拉风？”

“男方毕竟身居要职，不能太奢靡，大小姐说怕被请去喝茶。”

容榕嗤之以鼻，她就不信要搞婚车彩排的婚礼能从俭到哪儿去。

几个人还没上车，周围就聚集了好多人，还有人拿出手机偷偷拍照。

他们站在车子旁边，也被当成动物园的猴子围观。

有人认出容榕，偷偷拍照传上微博和论坛。

“大榕榕是要结婚了吗？看到她接男朋友的父母上车了。”

配图是车子和几个当事人。

大榕榕穿着简单的浅色风衣，妆容清淡，扎着舒适的高马尾，和沈渡站在一起。

容榕平时的打扮都很年轻，是二十岁出头的年轻女孩的风格，如今这身婉约的打扮，让她看上去成熟不少。

一看就是见男方长辈时最中规中矩的打扮。

旁边还站着打扮正式的夫妇，其中中年男人的脸喜欢看财经杂志的都熟悉，地产大亨沈柏林。

总见他在沿海和对岸出席活动和会议，没想到这次居然能在内陆城市看见真人。

消息在网络上广泛传播，现在所有人都知道这辆车是容榕的了。

容榕红着脸请沈渡和他的父母上车。

沈渡有些哭笑不得，伸手按她的头顶，夸赞道：“很特别的车子。”

几个人上了车，车顶上的星空自动亮起来，还是呈渐变特效，后排的一家三口，脸色随着变换的灯光时明时暗。

因为要去容家，他们穿得都很正式。

路舒雅女士脖子上的天女珍珠项链是容榕特意送给她的，配上驼色小西装，显得端庄典雅。

三个人后方的Hello Kitty靠枕怎么看怎么违和。

容榕开始后悔，为什么要换掉低调成熟的黑色内饰，全部布置成粉色。

尴尬的气氛一直持续到回到容家。

老爷子早就接到电话，提前在宅子门口等着，见人来了急忙让容青瓷扶着他快步往车子走去。

早就听说过沈柏林的大名，但老爷子也是第一次见这位地产大亨。

老爷子笑得眼睛眯成了一条缝，将他们迎进宅子。

路上经过装修精巧的私人花园，沈爸爸笑意盈盈："老爷子很会过日子啊，这花园比我们家大气多了。"

老爷子虽然心里得意，但面上还要保持谦虚："养老的地方总要花点心思，沈先生还年轻，考虑这些还早呢。"

进了宅子，容家上下早就在客厅等候了。

"突然造访，也没提前打声招呼，实在抱歉。"沈爸爸让路舒雅女士拿过礼盒，递给门口的阿姨，"一点心意，还望诸位笑纳。"

二叔笑得很客气："沈总，太客气了，您肯过来做客，就是我们的荣幸。"

"不过来不行啊，到底我们沈渡和榕榕谈恋爱，我们做父母的总要帮他拉点好感。"

路舒雅女士抿嘴笑："其实我来过清河市好多次了，居然也拖到这时候才过来，好不容易等到沈渡他爸爸有空，就想着一起过来拜访。"

"哪里的话，什么时候来都行，我们随时欢迎。"二婶抬手，将人领到沙发边，"快坐下休息。"

两方友好会谈，场面正式，客套话频出。

容榕从来没见过爷爷和二叔二婶这么和蔼可亲过，就连平时最喜欢板着脸的容青瓷都面带笑意，沈氏夫妇问什么，她就老实答什么。

谈着谈着就谈到了生意。

容榕眼见着老爷子和沈爸爸不知道怎么回事，三言两语就谈成了地产生意。

"我们的爱情最终还是没能逃脱物质的束缚。"容榕叹了一口气，捧着脸感叹，"我想要一份纯洁无瑕、不掺杂任何杂质的感情。"

容青瓷的嘴角抽了抽："得了便宜就别卖乖了，你和沈渡在一起，我们家总要捞点好处。"

容榕自怨自艾道："我对我们家而言，只是个联姻的工具吗？"

“电视剧看多了你。”

容青瓷翻了一个白眼，不再理她。

“榕榕这孩子父母过世得早，我们对她的关心一直很少，不过好在她天性乐观，健健康康地长大了。我没什么能给她的，只希望能在我活着的时候，让她无忧无虑，什么都不用担心，等她找到能照顾她的人，还能继续宠着她。”容老爷子语气和蔼，眼神清明，“现在家里有我小儿子一家撑着，她自己也找到了想做的事情，榕榕和沈渡的感情这么好，我很欣慰。”

沈爸爸笑着点头：“榕榕是个好孩子。”

“之前爷爷就怕榕榕找到不适合她的，然后跟着吃苦。”容青瓷坐在老爷子身边，亲密地挽住他的手臂，语气调侃，“我们家的小公主肯定吃不了苦的，爷爷就怕她到时候后悔，哭着要回家。”

容榕：“我没那么娇气好吗？”

“你还不娇气？”老爷子侧头瞪容榕，“你在D市待了这么久，给人家添了多少麻烦，人家对你好，你倒还挺自豪啊？”

容榕撇嘴，绞着手指不服气。

沈渡放下茶杯，冲容榕轻轻笑了笑：“榕榕很好，在D市那段时间，我们家里总是充满笑声。”

容榕听到，咬唇给沈渡抛了一个媚眼。

沈渡捂嘴，忍住差点从唇边溢出的笑声。

“老爷子，听说你们家的大孙女要结婚了？”路舒雅女士双手合十，笑容可掬，“还没恭喜老爷子呢。”

突然被提到的容青瓷脸上的笑容瞬间凝固。

老爷子盛情邀请：“沈先生、沈太太还请一定要赏脸参加我们青瓷的婚礼。”

沈爸爸点头：“恭敬不如从命。”

“你逃婚的概率又变小了。” 容榕站在沙发后，撑着沙发垫凑到容青瓷的耳边幸灾乐祸，“高兴吗？”

容青瓷转头作势要打容榕："闭嘴！"

"青瓷，榕榕，不许闹。"二婶皱眉，"长辈还在呢。"

二叔呵呵笑道："姐妹俩估计觉得我们说话没意思，你们上楼去聊吧，等青瓷结婚了，你们可就没这么多时间在一起了。"

容青瓷起身，牵起容榕的手："走，陪姐姐上楼聊天去。"

容榕不情不愿地跟着容青瓷去了她的房间。

刚关上门，容青瓷那淡定的样子瞬间消失无踪，她在房间里转了好几圈，最后无奈地看着容榕："我真的要结婚了吗？"

"你不想结婚吗？"

"我当然想啊，但不是跟徐东野。"容青瓷烦躁地揉乱头发，"那天真不应该喝那么多酒。"

容榕抿唇："你就没有一点点喜欢大哥吗？"

"这不是我对他怎么样的问题，而是他对我怎么样。"容青瓷将容榕拉到床边，神情复杂，"我到现在还无法相信他喜欢我这件事，我跟他结婚，完全是因为我怀孕了，孩子正好是他的，我们彼此间没有感情基础，就算我能接受和没有感情的男人结婚，我也无法接受这个男人是徐东野。"

容榕愣愣地问容青瓷："大哥那边怎么说？"

容青瓷摇头："我不知道。"

"我要是结婚了，就很难离了，等于将自己的下半生全部拿来做这场婚姻的赌注。"容青瓷勉强地笑了，无力地瘫在床上，"不瞒你说，我还真有逃婚的念头。"

"以大哥的性格，如果他不想结婚，谁都逼不了吧？"容榕跟着躺在容青瓷身边，侧过身子，喃喃道，"他宁愿用你最讨厌的方式将你绑在身边，就算你逃了，应该也会把你抓回来吧？"

容青瓷望着天花板，没说话。

婚礼当天，两家包下了本市最大的希尔顿酒店。

早上六点，婚礼流程正式开始了。

天色还没完全亮，空气中弥漫着淡淡的薄雾。

容榕穿着伴娘服，到处找地方给容青瓷藏婚鞋，半天也没找着好地方，最后搞得容青瓷烦躁，直接对着窗户把高跟鞋扔进后院。

几个伴娘目瞪口呆。

这么不想新郎找到鞋子的新娘子，她们还真是第一次碰见。

最后新郎拿着高跟鞋进来，直接把高跟鞋往新娘脚边一放，语气平静："我可以带走新娘了吗？"

伴娘们："……"

新娘："……"

别人抢新娘热热闹闹，到处都是欢声笑语，不是逗新郎就是逗新娘，偏偏这一对新人脸色都臭得要死，一副深受包办婚姻荼毒的厌世模样，伴郎伴娘团生怕开个玩笑就把这对新人拆散，只好选择保持沉默。

就这样沉默地给父母敬茶，沉默地向酒店出发。

婚礼会场花了不少心思，整个梦幻的西式童话风格。婚礼进行曲在会场回荡，正中间两层楼高的LED大屏里循环播放着婚纱照。

说真的，摄影师估计也是头一次给脸这么臭的夫妻拍婚纱照。

后来宣誓的时候，司仪拿着麦克风大声地问新娘："请问我们的新娘子，是什么原因让你选择嫁给我们英俊潇洒帅气的新郎？"

容青瓷的语气冷淡："怀孕了。"

司仪："这真是……双喜临门啊！"

容榕坐在最靠近舞台的亲属桌上，眼睁睁地看着徐东野的脸色又阴沉了几分。

老爷子扶额："多少人看着呢，这丫头就不能稍微给点面子吗？！"

沈家三口坐在同排的贵宾桌旁，路舒雅女士倒是看得挺开心，跟沈渡开着玩笑："榕榕的这个堂姐还真挺有趣。"

沈渡挑眉，没有搭腔。

仪式好不容易结束了，新郎新娘要先下去换礼服，再给宾客敬酒。

容榕总算看见容青瓷露出整场婚礼上的第一个笑容，她直接端着酒，跟徐北也碰了一个，十分得意地冲他扬眉：“叫大嫂。”

徐北也：“……”

徐南烨在一旁笑着，他年轻的妻子乖巧地叫了一声“大嫂”。

徐氏夫妇也催促着徐北也赶紧叫“大嫂”。

“改不了口。”徐北也的嘴角抽了抽，试图搪塞过去。

徐东野的语气低沉：“叫大嫂。”

“……”

大约坚持了几秒，徐北也终于妥协，叫了一声“大嫂”。

所有人都笑了，举杯同庆。

容青瓷的心情总算好些了，从背后悄悄掐了掐徐东野的腰，踮脚在他的耳边说了一声“谢谢”。

徐东野从背后将容青瓷的手拿到身前，和她十指紧扣，嘴角微勾：“总算高兴点了吗？”

容青瓷心虚地点了点头，又皱眉问他：“你不也一直板着脸？既然你也不想跟我结婚，为什么要答应这门婚事？”

“我如果表现得太高兴，会让你觉得难过。”徐东野垂眸望着容青瓷，声音清冷，“会觉得是我强逼你结婚。”

容青瓷：“难道不是？”

“是，但我必须对你负责，而且那天我是想做措施的。”徐东野从容不迫，似乎有意帮容青瓷记起那天。

容青瓷急忙去堵徐东野的嘴：“好了，好了，别说了！”

徐东野果然没再继续说。

容青瓷只好认输：“行吧，脸也臭了一天了，刚刚徐北也那句‘大嫂’总算让我解气了，我们都高兴点吧。”

徐东野揽住容青瓷的腰，在她的耳边轻笑：“我很高兴。”

容青瓷觉得耳朵有些痒。

宾客也不知道新郎新娘为什么忽然就高兴起来了，后来到新娘扔捧花的环节，容青瓷拿过麦克风，语气带笑：“这捧花，我只想给一个人。”

容青瓷提着裙摆走下阶梯，径直朝容榕走去，塞进她的怀中。

会场顿时一阵尖叫。

容榕愣愣地问容青瓷：“就这么直接给我吗？”

“我妹夫沈渡呢？”容青瓷佯装不解地左看右看，“去拿个戒指而已，至于这么慢吗？”

会场的灯骤暗。

英俊挺拔的男人穿着正式的黑色西装站在聚光灯下。

容榕睁大眼看着沈渡。他们什么时候策划的？

之后沈渡是怎样半跪在自己的面前，又是怎样拿出那枚戒指的，容榕快记不清了。

容榕只听见，家人和朋友们都在催促她快点答应。

所有人都让容榕答应，只有徐北也说着反话：“我们沈总还是不行啊，第一次求婚就被拒绝。”

容榕回过神，侧头瞪徐北也。

徐北也的神色忽然变得温柔，只是说话依旧吊儿郎当没个正经：“沈总膝盖都要跪麻了，影响的可是你的幸福哦。”

容榕连忙蹲下身子，查看沈渡的膝盖：“对不起，跪麻了吗？”

“嗯。”沈渡看着容榕，神色有些无奈，“所以快答应我吧。”

容榕嘟唇：“我答应，你快起来吧。”

“容家的小公主。”沈渡将戒指戴在容榕的无名指上，倾身在她的手背上一吻，“从此，你就是沈家的小公主了。”

老爷子嫁孙女只有一个要求。

她在容家千娇万宠地长大，只希望她嫁入夫家时，夫家能够一如既往地爱她、宠她、呵护她。

沈渡一一照办。

沉寂多时的“世界号”，终于在容榕的婚礼当天启程。

港湾上，天空碧蓝，海风温和，白色的海鸥在海平面那一端鸣叫着。

巨大的游轮鸣笛，激起阵阵涟漪。

在“世界号”的船身上，刻着“Shen&Rong（沈 & 容）”的花体缩写。

柏林、华渊和众润三家企业全程赞助，举办了为期一周的海上婚礼。

SH 的新品已经上架，纯白的少女婚嫁系列，封壳上印着一名穿着婚纱的新娘。

“愿所有的女孩，都能找到自己梦寐以求的爱情。”

“愿所有女孩，都能笑着面对生活中的一切。”

“没有什么，比你笑起来时更好看了。”

未施粉黛也好，出身普通也好，女孩的美千种万种，无论选择哪一种，都是最漂亮的。

“你们会找到幸福的，我保证。”

容榕致所有的女孩。